西高地
行记

阿来——

著

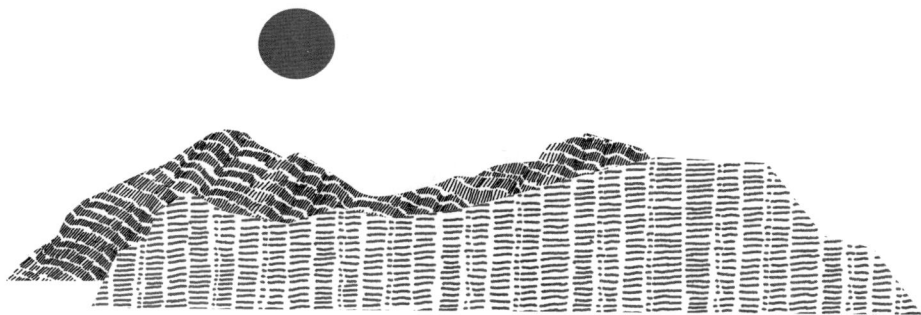

北京出版集团
北京十月文艺出版社

目 录

故乡春天记

◇ 岷江道上

春天了。

这些年的春天里总想，而且总要回乡。

如今城乡疏隔，回乡是需要理由的，高原的春天便是我回乡的好理由之一。

高原的春天来得晚，在成都，所有春天繁花开过，眼看就是绿色深浓的夏天，家乡那边才传来春天的消息。达古冰川的朋友今天打电话说，高山柳开花了；明天打电话说，落叶松和桦树发芽了；又说，你教我们认得的苣叶报春和龙胆都开了。

达古冰川在黑水县，在小时候从故乡的小村庄时时仰望的那座大雪山的北边。

大雪山叫作阿吾塔毗，山的南边是我家乡马尔康县。那些日子，县里也打电话来说，我老家梭磨乡的开犁礼要在木尔溪村举行了。所有这些消息，都在诱惑着我。当下就把几乎在车库里停了一冬天的车开到店里保养，换了新轮胎。我要回去看家乡的春天。

新轮胎黑黝黝的，新橡胶的味道也像是春天的味道。

取车的时候，站在已经开过了一树红花的刺桐树浓重的阴凉下，我想，成都的春天刚刚过完，我又去过家乡高原的春天。多么幸福！一年过两个春天！

这一天，是 4 月 15 号。

4 月 18 号，终于可以出发了，先去黑水县。

"名家看四川"系列活动之一，邀请作家中的大自然爱好者，去黑水县境内新开发的风景区达古冰川，去走走看看，多少有帮忙发现与提炼景区丰富美感的意思。达古冰川不仅有壮美的雪山风光，更有从海拔两千八百米到海拔五千多米的冰川造就的地质景观与植物群落的垂直分布。旅游业勃兴后，这样的审美发掘工作，正是作家可以作些贡献的地方。

我决定不随团行动，不参加半途上的集体午餐。但我对工作人员建议：安排的饭食要有山里的春天——刚开的核桃花、新鲜的蕨菜。而且，眼前马上就浮现了那些石头建筑错落的村寨，高大的核桃树刚刚绽出新叶，像一团绿褐色云雾，笼罩在村寨上面。浅浅的褐色，是树叶的新芽。绿色是核桃树正在开花：一条条肥厚的柔荑花序，从枝头悬垂下来——那就是颜色浅绿的花。这个时节，村民们会把将导致核桃树结出过多果实的花序一条条摘下，轻轻一捋，那一长条肥嫩的雄花与雌花都被捋掉了。焯了水拌好的，其实是那些密集的小花附生的茎。什么味道？清新无比的洁净山野的味道！而在那些不被人过分打扰的安静村庄，蕨就生在核桃树下，又嫩又肥的茎，从暖和肥沃的泥土里伸展出来，一个晚上，或者一个白天，就长到一拃多高了。要赶紧采下来。不然，第二天它们就展开了茎尖的叶苞，漂亮的羽叶一展开，为了支撑那些叶子，茎立即就变得坚韧了。乡野的原则就是简单，取了这茎的多半段，择去顶上的叶苞，或干脆不择，也是在滚水中浅浅焯过，一点盐，一点蒜蓉，一点辣椒，什么味道？苏醒的大地的味道！

这样一顿风味午餐后，他们还要去看色尔古藏寨。

这些好味道我都很熟悉。而那古老的村寨——我自己就出生于与之相似到相同的村庄，至今仍在细细观察。我在一首叫作《群山，或者关于我自己的颂辞》的诗中写过，这些村庄，都跟我出生的那个村庄一模一样。我是说人、庄稼、房舍、牛栏、狗、水泉、欢喜、忧伤、老人和姑娘。

正因为这份稔熟，这些年，我从熟悉的乡野找到了新的观察对象：在青藏高原腹心或边缘地带走动时，会留心观察一下野生植物，拍摄那些漂亮或不太漂亮的开花植物。这正是我要单独行动的原因。

从成都去黑水县城，将近三百公里，一路都沿岷江峡谷而上。其中一半行程，成都到汶川是高速公路。相当部分是在深长的隧道中穿行，无景可看。出汶川县城，过茂县，公路傍着的都是岷江主流。出茂县，沿着岷江主流上行二十多公里，有一处地方叫飞虹桥。在这里，河流分汊，过桥右行，是岷江主流，去松潘。左行，是岷江支流猛河，沿河而上，到黑水。这段时间，是山里的融雪时节，所以江流有些混浊。水清时，比如秋天，站在飞虹桥上看在桥前汇聚的两路江水，岷江主流清澈见底，左边的猛河一样清澈见底，却水色深沉，因此猛河也被叫作黑水，连带着分布在这条河上下两岸的地方也叫作黑水了。这一带，海拔已经上升到两千多米，而且还是继续渐次抬升。山高谷深，山势陡峭。一路上，见有道路宽阔的地方，我就停下车来，爬上山坡去寻找开花植物。春天进到岷江峡谷已经有些时候了。公路两边人工栽植的洋槐正开着白色繁花。河谷台地上，那些石头寨子组成的村落，桃树已是丛丛翠绿。可是，河谷两岸干旱的山坡上的灌丛仍然一派枯黄。但我知道，这些枯瘦的灌丛里一定有早开的花朵。这一路，走走停停，上到山坡，又下到路上，果然遇见了好几种开花植物。

两种蓝色鸢尾。

一种叶片细窄，花朵也清瘦，长在土质瘠薄的干旱山坡上，那些多刺的灌丛中间，名字叫作薄叶鸢尾。

再一种，叶片宽大肥厚，在有肥沃腐殖土聚集的地方，一开一片，花朵硕大，成片开放，风起时，那一朵朵花摇动于随风起伏的绿叶之上，仿佛成群蝴蝶飞翔。它们正式的名字就叫鸢尾。以其美丽与广布成为鸢尾属植物的代表。

一种枝上开满细小黄花的带刺的灌丛，名字叫作堆花小檗。米粒大的小黄花一簇簇拥挤在一起，抢在绿色叶片展开前怒放。这植物的名字概括的正是其花开的繁密。小檗的根茎中可以提炼一种叫小檗碱的物质，也就是平常所称的黄连素。

还有耐旱耐瘠薄的带刺灌丛沙生槐也开出了密集的蓝色花。

折腾得累了，我坐在山坡上，翻看相机里的花朵，却突然弄不明白，大自然为什么要让植物开出这么多的花朵？这些花朵，和这神秘的不明白，也许就是我这一天的收获。

是的，人们都在世界上力图明白，但我宁愿常常感受到自己很多的不明白。

拍完最后一组照片，坐在山坡上喝几口水，一根根拔去扎在衣袖裤腿上的灌木刺时，已经是山谷中夕阳西下的时刻了。

再行车二十多公里，就是黑水了。

故乡春天记

黑水县城分成两个部分。先到的老县城。即便地处深山，这些年被城镇化的潮流所波及，要到城镇上来讨生活的人越来越多，地处狭窄谷地的老县城容不下这许多人了。五年前的汶川地震后，又在老县城上方一公里多，建起了新县城。新建了一些机关和商业网点，更多的是往城里聚居而来的四乡村民。这次住在新县城。县城是新的，酒店也是新的。四层楼房，居然有一座运行有点缓慢的电梯。

　　县长和管理局长请大家吃饭。当地猪肉，这种猪半野放，肉香扑鼻，是名藏香猪。野菜多种。最受欢迎者有三。一种，土名刺龙包。其实是五加科楤木的肥实叶芽。蕨菜和核桃花已经说过。这些野味入口就是清新的山野气息，加上所有人都会想到无污染绿色这样的概念，就更觉得不能不大快朵颐了。只是酒不好，当地产烧酒，有点遗憾。但也理解主人，而今，禁止公款胡吃海喝，不但理解，而且赞同。

　　我对坐我右边的县长说：好喝，好喝！

　　又悄声对坐我左边的李栓科说，明晚我请你喝好酒！

　　栓科是我过去做杂志时就认识的，跟我一样，高兴了酒量就好。他做《中国国家地理》杂志前是地质学家，到有地质奇观的地方来，自然没有不兴奋的道理。

◇ 达古冰川

19 号，坐景区的观光车跟大家一起游览达古景区。

车穿过峡谷，穿过峡谷中三个藏族村落。这三个寨落都叫达古。因地势高低分别叫作上、中、下达古。车上有同行问我，达古在藏语里是什么意思？我有点说不上来。从词根上说，达，是马的意思。古，是深远的意思。不是汉语中年代的深远，而是指地理的深远。但这两个意思如何串联起来？我不知道，当地人不知道，问过一些学者，也不太知道。去年的初春时节，我走访过这三个村寨。中达古村长是个有文化的人。上过初中，因"文革"而辍学。我来访问前，他已经把村子的历史和达古雪山群中那座叫洛格斯的神山故事写成了两页汉文材料。要不是有位央视的纪录片编导随行，善于访问，我都不知道该再问他什么问题了。上达古村的老百姓，以前多居住在半山上，如今，当年斜挂在山坡上那些土地已经不再耕种，响应国家保护长江上游水源的政策退耕还林了。那些曾经的庄稼地，正在被荒草和灌丛重新掩没。村子里的人家相继迁移到山下的公路边，重新寻找新的营生，构建新的生活。

那天，村长给我们讲上、中、下三个达古村的历史。

讲他们每年祭祀山神的意义与程式。

讲森林中的动物和已经成为历史的狩猎故事。

中达古村还有一座小佛寺，但没有常住的僧人。只是在佛历上一些重要的日子，那些半职业的僧人才回到庙里，和村里百姓做些法事。平常的日子，寺庙门上落着锁，并不干扰百姓的生活。僧人们自己也在各自的俗家中帮助生产。我个人喜欢宗教的这种存在方式。

在上达古村前，猛河已变成了一道溪流。溪上一座带顶的藏式木桥，廊柱上有红军桥的字样。这里确实是当年红军长征经过的地方。到达此地之前，红军已经翻越了宝兴县和小金县之间的夹金山，又翻越了小金县和我老家马尔康县之间的梦笔山，接下来，又经过我们马塘村继续跋涉，翻越亚克夏山进入黑水县，这就是现在达古景区所在的地区。这里，雪山更加密集地紧靠在一起。刚从亚克夏雪山下来，当年的红军马上又遇见一座昌德雪山，下昌德雪山，就是上、中、下三个达古村所在的这个峡谷。当年的红军，那些并不确切知道自己该去哪里的人，在此地盘桓一阵，补充些粮食，就从现在叫了红军桥的木桥上过了溪流，又顺着蜿蜒的山道直上达古雪山。过了这座雪山，便是毛尔盖，接下来就是宽阔的川西草原了。中央红军主力和四方面军一部，在阿坝州境内一共翻越了五座雪山，其中三座都在黑水县境内，而且，就围绕在达古景区主峰的周边。

这一天，我们要去的是这雪山群中两座从未被人逾越的雪山——有冰川群的达古雪山主峰和洛格斯神山。

这已是我第三次来达古冰川。

前年，我来这里时秋林在高原艳阳下五色斑斓。那是落叶松、红桦、白桦、栎、花楸、栌、高山杨、槭这些树木群落浩然盛大的色彩大交响。

去年，比此行早二十天，我来时，晚上一夜飞雪。早上风停云开。驱车到达古村时，湖水映着碧蓝天空，阳光下融雪时的滋润气息带着松杉的芳香。保护站小屋中，炉子里烧着旺火，壶里茶滚烫。屋顶上的雪融化了，从窗前淅沥而下，像断了线却落不尽的珠串。听保护站的工作人员谈林子里金丝猴、羚牛的故事。茶喝到出汗，路上的雪化开了。半山上为游客布置的木头栈道上的雪也化开了，洇湿的厚木板上有漂亮的纹理。走上这条木板栈道，正对的洛格斯神山冰清玉洁，莹光逼眼。在一些藏语文本的诗性表达里，喜欢把巍峨纯净的雪山形容为一个戴着水晶冠冕的人或神。如果你在一个空气清新、阳光明亮的上午，看见这样直插幽深蓝空的雪山，就知道，这样的形容有多么精妙，且带着神圣之感。顺着栈道一路向前，那并肩而立的三座晶莹雪山就在峡谷尽头越升越高，诱导你一直走到跟前，把平视变成仰望。在山下的达古村，村长告诉过我，这座雪山的神是古代为了保卫村落与美丽山水而献出生命的三个达古青年勇士的灵魂所化。因此是三个达古村共同的保护神。

那天真的走到栈道尽头，倒在松软洁净的雪中仰望雪山。山峰和蓝空间漾起片片薄云。那是山上起风了，把山体上的雪花飞扬到半空里。薄云很快又消散了。那是风停了，雪花又落回山上。四野寂静无声，某片杉树林中，传来一声两声鸟鸣。婉转悠长的是画眉。有些突兀的是粗嗓门的噪鹛。

可是，今次来，大家走上栈道时，洛格斯神山却在自己扯起的一片云雾后面隐匿不现。大家继续朝前，希望突然会云开雾散。但云非但不开，天上还不时一小会儿一小会儿地洒下些雨点。山神今日休息，山神今天不与凡人相见。我闲着无事，便动手拍去年来时已经开放的报春花。顺便把三千多米高度上的一些常见植物落叶松、野樱桃、小檗、蔷薇、伏地柏指认给大家。而李栓科则指着山谷、岩石和山峰给大家上地质课。就这样，在古代冰川所创造出来的巨大的 U 形山谷中盘桓一阵，神山仍然没有露脸的意思，大家只好到游客中心午餐。

午餐算是一个冷餐会吧。藏式的手抓肉、包子和一些野生蔬菜。最好吃的一种，学名叫作紫花碎米荠。吃的是它们刚刚破土而出的嫩茎。要到 7 月间，它们才会开出团团漂亮的紫色花。饭后，一半天空阴着，一半天空中却有阳光破云而出。右手峡谷尽头的洛格斯神山依然隐匿不现。而正面峡谷尽头壁立而起的达古冰川上方的雪山主峰却熠熠闪光，大家赶紧上山。

上山很容易。海拔三千多米的峡谷尽头，有如烟新绿笼着的落叶松林前就是索道站。十多分钟，缆车就将游人运到海拔四千八百米的高度上。据称这是世界上海拔高度最高的缆车索道。管理局的人说，该索道由奥地利一家公司设计建造，一共费了四年时间。也就是说，对游客来说，这是目前世界上不需自己辛苦登攀而能到达的最大海拔高度。

我既是第三次上到这里，便不急于和同行的人们马上冲向外面的雪山。我为自己在雪山小屋中要了一杯咖啡，慢慢饮下。情景有些不可思议，有些奇异。人在宽大的观景窗内落座，手捧一杯香喷喷的热咖啡，窗外，海拔五千二百多米的达古雪峰覆盖着厚厚的雪被就横卧在眼前，像一只睡着了的巨大动物。山体上是深雪，雪下，才是冰川。这道冰川每年只有 7、8 两个月积雪融化时才可以看见。但那冰川显示的力量却可以清晰看见。下冲的冰川在雪峰下几百米处刨出一个巨大的深坑，夏天和初秋，那是一湖碧水。湖水的上方，劲风猎猎，被阳光照耀，亮得晃眼的云团翻滚在天空，也翻涌在湖中。

喝完咖啡，走到室外的雪野中。瞭望台上，雪深盈尺。瞭望台外，雪深就在三四米了。我发现，好几位同行者因为缺氧因为过分兴奋有些喘不上气来了。在这个高度上，群山变成波浪，在眼前奔涌。只有身边几座山峰超出我们所在的高度——最高峰海拔五千二百米。在这里，唯有搞地质出身的李栓科面不改色，为大家指点冰川在这雪山之巅造就的地貌杰作：相互错落在云幕下金字塔一般的锥形峰顶、锋利峭薄的山脊——地理学名词叫脊线、被冰川从对面山体上剥离又搬运到面前来的巨大的岩石——冰漂砾，而在我们脚底的深雪下，就是冰川挖掘出的巨大的冰斗，夏天时，是一汪湖水，现在冻成了一块坚硬的冰。

李栓科对景区管理局的唐华祥书记说，冰漂亮，雪漂亮，雪山漂亮，游客一眼就已看见。但是，冰川造就的特殊地形，这样近距离呈现在游客眼前的地方，如果不是唯一，全世界也不多见，需要大声告诉他们。李栓科还说，不要老说这座山像什么动物，那座峰又像什么动物，要说科学。眼前这些，都是活生生的地质样本！

我赞同！

达古景区主诉的是两个卖点：一个，雪山和冰川；一个，秋天的彩林。

而我一直说，森林的漂亮，秋天变红变黄自然是一个高潮，但从初春起，不同植物，晕染在山野间的不同色调的新绿也足以让人目眩神迷。只不过，中国游客似乎已经习惯由导游来指点——不经别人指点，就不能自己看见与发现，那么，景区更有理由作这方面的挖掘。高原上春天来得晚，初春过后，直接就进入生命竞放的夏天。十数种杜鹃，十数种报春，十数种龙胆，十数种马先蒿，几种绿绒蒿，金莲花银莲花，金露梅银露梅，那么多的高原植物渐次开放，把整个高原的夏天开成一片幽深无尽的花海。这些也都是可以用某些方法指点给游客的。都是可以让他们喜欢与热爱的。我总觉得，达古景区这样的地方，可以成为中国人学习体味自然之美的一个课堂。地理之美，植物之美，共同构成自然之美。虽然时兴的国学热中，常有人说中国人如何具有源远流长的天人合一观，如何取法自然，但在实际情形中，却是整个国家自然界大面积的萎退与毁败，是中国人与大自然日甚一日的隔膜与疏远。

达古景区如果多做这方面的工作，在中国所有自然景区中，肯定在观念与方法上都走在了前面。

达古景区的自然之美真是无处不在啊！从海拔三千多米处，积雪刚刚融化，落叶松柔软的枝条上就绽放出了簇簇嫩绿的针叶。而刚刚从冰冻中苏醒的高山柳、报春已经忙着开花了。再往下，开花植物更多。路边草地上，成片的小白花是野草莓，星星点点的蓝花是某种龙胆，那是比蓝天更漂亮的蓝！到了达古村附近，湖边野樱桃开花了，有风轻摇树梢时，薄雪般的花瓣便纷纷扬扬飘飞起来。再往下，路边一丛丛黄花照眼，那是野生的棣棠。还有藤本的铁线莲，遇到灌丛和乔木就顺势向上攀爬，用这样的方式，把一串串鲜明的花朵举向高处。那些花朵也真正漂亮。四片纯白的花瓣纤尘不染，花瓣中央，数量众多的雄蕊举着一点点明黄的花药，雌蕊通身碧绿，大方地被雄蕊们簇拥在中央。我不知道，这是一种快意的听天由命，任哪一阵风起，或哪一只昆虫飞来，把任一枝雄蕊上的花药撒到那娇嫩敏感的柱头上，在阳光下昏眩一阵，便受精怀子；还是一切都要经由她不动声色的精心选择，拒绝，接纳，或在拒绝与接纳间犹豫再三，才终于将几颗雄花的精子纳入子房？

达古景区把旅游的高潮定在秋天，如果能打开游人寻美的心思与眼睛，其实初春的山野，处处生命力勃发，已是美不胜收了。

当天晚上，我们吃藏餐，藏香猪和各种做法的牦牛肉自不必说，刚刚采摘来的山野菜更让人食指大动。藏式桌子低，座椅也低，其实说是榻才合适，每榻可三个人并坐，有温软的褥子，有靠背，适合喝酒闲聊。我央人从车上取了自带的好酒来请大家。先由李栓科、我和女作家葛水平三个爱酒人组成一个核心小组，率先一大杯接一大杯，以此带动着全桌都喝起来，不久，就央人从楼下车上取第二瓶酒来。这时，大家的话就多起来，话而不足，有谁就带头唱起歌来。一个多小时后吧，又取了第三瓶酒来，并吸引得邻桌的人也自己带了酒来加入。不知道什么时候又喝完了第三瓶酒，大家就尽兴而归了。

故乡春天记

◇ 突如其来的地震

4月20号。

这一天，说好九点早餐。大家自然要多睡一会儿。我舍不得，早早起来，走到外面去呼吸新鲜的空气。真是好空气！饱含着那么多新萌发的植物的新鲜气息。黑水的新老县城之间一公里多的地段上，还有几户农家，我就站在土豆地边看一阵垄上的新苗，然后散步往老县城去。经过地震后新建的中学，教室中早读的书声琅琅。

走到了老县城街上，突然街边铺面的铁门开始哗哗作响。

地震。我想。

然后，继续散步。

一个小时后，回到酒店早餐。我发现地震正在成为一个比较严重的事件。餐桌上的人除了我都没有动筷子，有人在往家里打平安电话，有人在接问询平安的电话。还有短信和微信。弄完这一切，打开电视，CCTV新闻频道。芦山地震。芦山县城在夹金山下。夹金山是一座积雪越来越少的雪山。我原来计划，几天后回程，从那里到成都。为的也只是更大幅面地感受故乡大山里的春天。电视里只说芦山县7.0级地震。除此没有更多消息。我开玩笑说，好吧，过几天，我替你们到那里看看。

九点半，大家又说一会儿地震，才上车离开。我驾车跑在采风团的中巴车前面。我们要一起过亚克夏山，在山的那一边，是红原大草原。他们有一个目标，去看一个分水岭。分水岭下发源了一条河，那是往东南方流去纵贯了我家乡马尔康县的梭磨河。分水岭另一面，沼泽中发育了另一条河，藏语叫嘎曲，意思是白河。白河西北流向，在川甘边境汇入黄河。梭磨河流入大渡河，大渡河汇入长江，所以，这道分水岭也可视作是长江水系和黄河水系的分水岭。作家朋友们要去那海拔四千米的岭上看宽广的雪野，看河的源头。

我和他们约好中午一起在刷经寺镇上午餐。他们去看雪，我要在沿途峡谷找寻早到的春天。车行不久，我就在一座叫沙石多的藏寨前停下来，拍寨子前开了繁花的野樱桃。刚支好三脚架，寨子里有人出来和我说话。他们见我穿得像游客，却不是游客。笑说，原来你就是山那边马塘村的人啊！解放前，我们马塘村是驿道上有一条小街道的大市集。后来，有公路了，这个市集便消失了，我们的爷爷辈还经商开店赶马帮，父亲辈便变成种青稞和土豆为生的农民了。我拍完那几树樱桃花，坐在栅栏前开满野草莓白色花的草地上，和他们一起抽了一支烟。我们一起看着对面的高大幽深的山，他们说，都是听爷爷辈的人说过他们翻山去马塘街上卖麝香买快枪的故事，如今，村里爷爷辈的人都没有了。我说，我还听爷爷辈的人说，你们这些黑水人拿着快枪，曾经把我们马塘包围过好多天，一把火，就把街上的店铺、骡马店烧毁了一多半。他们笑说，那一次，可能我们寨子没有参加。

告别他们，我继续上山。开车时，又想起一个故事。20世纪50年代初，解放军来了。山里的人们被告知，这是当年的红军回来了，而且，这一回，来了就不走了。解放军一支部队翻越亚克夏山进军黑水，发现在山顶附近，十几具尸骨整整齐齐躺在浅草地上。干干净净的尸骨边，一些金属遗留物，说明他们是当年的红军。人数恰好是一个战斗班。在这缺氧的高山上，坐下休息后，就没有一个人再站起来。山那边有一个解放后才兴起的镇子，叫刷经寺。镇子边有一个烈士陵园。小时候，老师领着我们这些红领巾去参观过那个墓园。墓园中，就有睡在亚克夏山顶没有再起来的那个红军班。

去年，这座山半腰新开的隧道通车了。原来上去下来要两个小时的盘山道，现在只用不到十分钟就穿过去了。

这个隧道让我又想到地震。

五年前的汶川地震，黑水也是受灾县，由吉林省对口进行灾后重建。这回所住的新县城，就是灾后重建的大项目。这个隧道也是。某一次，我还从电视新闻里看到这个隧道的剪彩仪式上，有一个熟悉的面孔。那是吉林省某厅的副厅长，我们在北京一起学习过。看到他出现在亚克夏山上，使我感到他比在北京一起喝酒时更亲切。我发了短信去问，是不是他。他马上打了电话回来，说，就是我！

五年前的地震发生时，达古冰川景区建设刚刚完成，登高的缆车建好了，游客盘桓山中看奇花异草和冰川地貌的栈道建好了，进山的公路建好了，甚至一座五星级酒店也建好了。马上就要开门迎客了，凶恶的地震来了。那一次，死亡载道，沿岷江峡谷的公路尽毁，交通阻绝。达古冰川景区无从开放。直到灾区重伤初愈，政府宣布重建提前完成，才得以重新开放。

我从前年开始，到今次，一共三回到这个景区，去发现地理与植物之美，并把这些美告诉世人，多少也有点帮助灾后恢复的意思在里面。

这时，电话来了，记者的电话。问我芦山地震了，准备做点什么？

我没怎么在意，说不知道。

如是，几十公里的下山道上，就接了好几个电话。

地震这个问题，在别人的提醒下，似乎越发严重起来。

我在电话中问记者，那边地震真的很严重吗？是很严重。什么程度？说具体情况不清楚，但房倒屋塌，伤亡惨重。

我也无心再在原野中踵迹春天了，赶紧到刷经寺镇上，那里有电视。十一点钟，我进了镇上一家饭馆，电视机前已经坐着好几个人了。有过汶川地震的经验，看电视上的画面，房屋倒塌的程度，公路毁损的程度，我松了一口气，大地之神不能总是那么残酷。自然，对受难者，这也足够残酷，但相对五年前的惨烈的天翻地覆，死亡枕藉，总是轻了许多。但是，时时刷新的伤亡数字，还是叫人心疼难过。去年，我带着一本前辈学者任乃强先生于1942年写成的《天芦宝札记》在那一带地方行走过。那本书写的正是这次重灾的三个县天全、芦山和宝兴。

这么美好的春天，地震又来了。

我看电视的时候，一个记者的电话又进来了。他说，发了若干条短信为什么不回？我说我没有收到短信。他不信，他以为我不愿接受他的采访。我没有告诉他我收不到短信的原因。亚克夏山这一边，包括我身处的刷经寺镇，属于红原县，这里，手机短信功能不能使用。这位记者有点生气，他干脆问我，什么时候去灾区？我说，我在老灾区，暂时没有想去不去新灾区这个问题。他说，那么你作为四川省作家协会的主席，准备组织四川作家为灾区做点什么？我说，我无权调度四川作家，你找作协的书记吧。记者简直要生气了，你不是作协主席吗？这个问题也类似于短信问题，有一个答案，但我不便回答。我说，如果你一定要知道答案，作家协会不是保密单位，你是记者，你就到我工作的单位作个调查。我没有说我在距新灾区六七百公里外的高原上，这位记者的口吻，好像一个四川作家，应该随时收拾好了装备和心情，只等地震爆发，就立马奔赴灾区。如果真是这样，那我心理也太不健康了。采访没有期望的结果，记者不高兴，我也不高兴。不是不高兴，简直是心情恶劣。

这时，开饭馆的老板过来打招呼，问我是不是马塘村的某某，我说是。他说，我是邻村的某某家的啊！某某家的长辈我认识，但这个比我年轻的人我不认识。他说，你弟弟我们就很认识啊！

看过分水岭的同行们到了。我们就在这个饭馆里午餐。老板说，店里的特色菜就是当地的各种蘑菇，只不过，都是去年初秋备下的干货。干蘑菇配上猪肉牛肉烧了，也是很下饭的东西。饭后，采风团回成都。我站在饭馆前向车上的他们招手道别。

上车前，团里一位年已七十多岁的台湾作家对我说，不想马上回台湾，想去芦山地震灾区，不晓得你们作家协会能不能提供点方便。我的心情又沉重起来。我说，如果我在成都，我愿意开着自己的车送你去。但作家协会……你还是回成都到作协问问吧。

老作家没有再说什么，我想她肯定认为我在推托。

但我又懒得再作解释，只是说抱歉。心里却想，是不是全中国都必须跑到灾区去呢？

同行们走了，我从超市往车上塞了些过日子的东西。沿着梭磨河下行十多公里，就到老家马塘村了。

母亲不在，在城里妹妹家。父亲在家。弟弟和弟媳在家。

四周又安静下来。在家里的寨楼中，我和弟弟说话。说在若尔盖县城帮着我另一个妹妹打理一家小宾馆的侄儿，说刚考到另一个县做了护士的侄女，说地里今年准备种什么庄稼。父亲老了，不理家事了，只是静静坐在我对面，微笑着听我们说话。我想，这就叫生活安好吧！不一会儿，弟媳从厨房里端了一碗手擀的面片汤来，面片之外，汤里有酸菜和小块的腊肉。我说刚在刷经寺吃过了，还是把那碗面片汤吃了个一干二净。现在，家里生活好些了，常常做些小饭馆里一样的饭食，但他们都知道，我一回家，首选就是这口酸菜面片汤。

吃过了，到屋外的地头上走走，解冻不久的土地在脚下是那样松软，在阳光的暖意中散发出无以名状的气息。那是苏醒的土地的气息。这也是春天。

我看看山坡，父亲明白我在看什么，他说，你喜欢的那些花开放还要些日子呢。

那我就不用上山去了。

父亲又说，今天早上有人从乡上来，说你明天要去参加开犁仪式呢。

乡里距我们村有二十多公里远。

父亲和弟弟送我离开。父子三个从家中的地里穿过去，我想起三十多年前，和父亲一起在地里耕作的情形。那时，父亲比我现在还年轻，我还只是一个懵懂少年。这么想着，过了桥，到公路边上，我发动车子，父亲在窗外摇手，我离开。从后视镜里看越来越小的两个人影。汽车转一个弯，镜中的景物切换成了泛出隐约绿色的山野。

故乡春天记

19

又五十多公里，梭磨河的深峡里，绿色越来越鲜明，开枝展叶的绿树越来越多，越来越漂亮。我停下车来，拍开黄花的高山黄华。再停下车来，那是一树树盛开的粉红色的杜鹃了。

我把让人难过的地震忘记了。

进县城，还有我过去在此工作时留下的四十多平米的老房子。里面有几架没搬走的书。我回去了一趟，从书架上找了两本带到酒店。其中一本，就是任乃强先生的《天芦宝札记》。这本是我自己买的。成都那一本，是任先生的儿子送的。晚餐时和县里父母官见过，听他们说些旅游规划方面的事情，我当然说，家乡事，有能出力之处，任凭驱使。

然后，又看一阵电视中的地震，便在灯下读写如今地震了的那三县的旧文字。

说那里的地理有一篇叫《芦灵道中》：

"自芦山出北门，10里仁嘉场，悉河源坦道，稻田芊芊，村落相衔，为县境富庶之区。"

"仁嘉场至天全属之双河场15里，皆峡道，峡分两部，东段长七八里，势较缓，称为峡口，属芦山县。西段长七八里，为砾岩层之深邃裂隙，劈地三十余丈，以泄双河场之水。两壁相距，自踵至顶，俱仅二三丈，一线天光，非亭午不能达地，行人缘壁，如入洞府。瞿塘、巫山未足喻也。土人不呼为峡，曰大岩腔。"

"沿河多水臼制香人户。"

说到了地震区中心的灵关镇：

"扬雄《蜀纪》，谓蜀王杜宇，以褒斜为前门，灵关为后户，灵关之名始著于此。""盖此地外控羌氐，内屏邛雅。四周则山道险隘，河谷则田畴腴美，诚边疆屯戍要地也。""唐武德初，始置灵关县。""有市民400余户。"

"自灵关北行，过舒家岩为中坝，更逾一狭岸为上坝。上坝尽处曰小关子，往时设卡稽查汉番出入处也，自此入长20里之前山路，无人户。往时沿江岸为路，多设偏桥栈道，人畜多失路坠水，夏涨时每每阻绝。""民国十八年，灵关上坝善士苟树堂，倡议改修为山道，遂成此路，当时称为马路，实则肩舆亦难通行，唯背夫极感其便。其间经费之什九，由苟氏一人担任，亦可称也。"

说到了宝兴县：

"宝兴县民国十七年就故穆坪土司地改流置，县境包硗碛、陇东两河谷。"

"县治在两河合流处稍南。旧土署所在也。旧有市街，有江西、湖广、陕西商店，市况与灵关相当。民国二十五年被毁，现存200余户，市房尚未修复。土司时曾建城垣，倚山面河。"

"（城外）有定西碑，亦为平定金川后纪念定西将军阿桂立，有红军改镌革命口号。官军收复宝兴后，以其古物未忍仆毁，以石灰涂之。""碑阴为藏文，未毁。"

"县境古为氐羌住地，唐时氐人同化于吐蕃，宋代有董卜韩胡等七姓首领分王其地……金川之役，穆坪为进军五大干道之一，随军商贾云集，始建街市。其后汉人移居者渐多，土著亦多汉化，现唯硗碛一区，土人保持番俗。"

金川之役，是18世纪中叶的乾隆年间，那时宝兴县全境还属于穆坪土司领地，是纯粹的藏文化区域。后来，汉族移民渐多，当地人生活也日益汉化，藏族土司也改了汉姓，到任先生去的20世纪中叶，就只有硗碛一角还保持着嘉绒藏人的风习了。

两年前的春天，我去宝兴，并在硗碛镇上小住两天。就是想感受文化变迁。

我常说，自己是一个肉体与文化双重的混血儿，一个杂种。但至少因为身上占了一半的嘉绒藏人的血缘，更因为在嘉绒文化区内出生成长，所以，我认为自己是个嘉绒人。我在这些地方走动，也是因为宝兴县，过去是嘉绒十八土司之一穆坪土司的领地。近两三百年中，嘉绒地区的藏区受到异质文化冲击最多，也是改变最多的地区。宝兴县，嘉绒文化的意味，已经非常依稀了。所以，我想看任先生写下那些记录文字七十年后，宝兴全县，嘉绒文化意味最浓重的硗碛又是怎样的状况。我去时的硗碛已经不是过去的硗碛了。原来的硗碛小镇被新修的水电站淹没了。新硗碛镇迁到半山上的更高处。新镇子是按一个旅游小镇打造的。我住宿的这个家庭旅馆的主人，失去老房子同时也失去了河谷中的耕地，便开了这个家庭旅馆作为新的生计。主人做好了饭，叫我下楼，我取了自带的酒，和男女主人共饮。我用自己也日渐生疏的嘉绒话和他们聊天。男主人不懂。女主人能听懂，也不会说了。这是汉藏交界地带常见的景况。那天，我们聊他们以前的生活，被水电站淹没的村庄和庄稼。饭后，我在这新造的山间小镇散步，看四处设置了一些藏族文化符号化的东西。我知道，这是政府出于旅游方面的考量，但这些符号下所包含的内容和意义，与当地人的生活却很少干系了。

那一回，是晚春。硗碛四周山林里的杜鹃花已经开过了。我对这家主人说，我要来看一回这里的杜鹃开放。其实，哪里是只看杜鹃树开花，还是想体味这种新兴的旅游小镇显现了什么样的发展可能，以及是否会产生一种新的文化走向。本来打算，这一次，我就从马尔康翻梦笔山到小金，再翻夹金山到硗碛，在原来那个家庭旅馆住上一天两天。地震一来，这个计划又要推迟了。

又开了电视，想起雅安的一个作家朋友赵良冶，给他打电话，通了，没接。

赵良冶回电话时，我出去散步，没有听见。路上，遇见一个朋友，也说地震。我说电视上说，宝兴县还进不去。他说，那是从成都。阿坝的武警和消防队已经到达灾区了。从马尔康到宝兴县，先翻梦笔山到小金县，再翻夹金山，下去就是宝兴。路程不到四百公里。五年前汶川地震，沿岷江到汶川的公路长时间不通，很多到汶川的救援队伍与物资，就是从成都到雅安，经芦山、宝兴、小金、马尔康，行程八百多公里，才到汶川。本来，成都到汶川只有一百五十公里。地震时，我也经那条路去汶川，沿途都是新竖立的指路牌，牌子上墨迹未干的字，都是汶川。不要说在山下，在夹金山三千多米的山口上，也有人供应免费的饭食。公家派出的人供应盒饭。当地百姓从山下背上来新蒸的包子和煮鸡蛋。我对那位熟人说，本来想回去时再走这条路的，看来不行了。他说，真要去可以帮助安排，但你去干什么？他开玩笑说，别把自己变成看稀奇的人了。这位朋友是州里领导。汶川地震时，徒步在震中走过许多地方，组织当地百姓自救，努力向外传递消息，那真是出生入死。震后十多天，他从映秀来成都，我为捐建学

故乡春天记

23

校的事，和他见面。见面时，他就流泪，说，我们几十年的建设成果，全部毁于一旦！

那一刻，我决定不去灾区了，至少救灾最紧要的时候不去。

回去，见赵良冶来了两个电话。

再打回去，问他好不好，好。问熊猫好不好，好。

问他熊猫，是因为，他有一部作品，写熊猫的发现与保护的历程。还是我作的序。这回地震的宝兴县，就是大熊猫的发现地。那是1867年。宝兴县一个叫邓生沟的地方，有一个法国人建的天主教堂。当时的神父让·皮埃尔·阿曼德·大卫可以算得是一个业余生物学家，传教之余，在当地进行广泛的生物资源考察，最大的发现，就是熊猫。我说，过了这一阵，去雅安看你和熊猫吧。

宝兴还有一种漂亮的野生植物宝兴百合。据说欧洲现在最漂亮名贵的百合花，就是由宝兴百合（另一说，是汶川一带岷江河谷中的岷江百合）培育而成。我几次上下夹金山，都未遇见过百合开花。因此还给赵良冶一个任务，叫他百合开花时通知我。去年通知了，人在国外，没有去成。这回，他在电话里说，今年还要来看百合花吗？

我说，花开时一定告诉我。

这时，电视里已经在劝告志愿者不要急着涌向灾区了。

我发了一条微博，是夹金山下美丽的宝兴百合。我说，等灾后大家多去那里吧，旅游也是对这些地方的支援。我喜欢汶川地震后的一条宣传语：四川依然美丽！四川的山水，其实就是雄伟的地质运动所造就的。

临睡前，我想地震让这一天变得好长啊！

西高地行记

◇ 古老的开犁礼

4 月 21 号。

走二十多公里的回头路，沿梭磨河峡谷上行，到我老家的梭磨乡。

这二十多公里，正是梭磨河峡谷最漂亮的地段之一。深切的河道，陡峭多姿的山壁。更为难得的是，即便是悬崖上，也密生着松、杉、楸、桦和杜鹃。那些树从悬崖上斜欹向河上的虚空里，有种种奇异的姿态。如果山坡稍缓一点，就站满了红桦、白桦、栎树和高山杨。林下，是摇荡不停的箭竹海。这个季节，松杉一味深绿着，栎树林也深绿着。高山杨和白桦蔓生开一片片色调不同的新绿，而红桦林还挺拔着树身沉默着。我一早就出发了，一个人去看这峡谷风光。太阳从山脊后升起来，这一片林子和那一片林子之间，这一面山崖和那一面山崖之间，就有阳光倾泻下来，峡谷中的色彩因此有了更多变化，峡谷中的空间，因此有了更多的深浅远近。在这一片片光瀑中行走，河上清新气息四处弥漫。

一个朋友曾在我家乡任过县长，他告诉过我，当初有开发商而不是游客发现了这段峡谷。开发商看上的是水电资源，而不是壮美风景，想要在峡中建水电站。最后，那一届县政府决定要保护这段峡谷风光，而拒绝了开发。我得说，他们功德无量。我愿意在故乡有一条自然的河流，未被人工建筑一次次拦腰截断。美，自然之美，是今天我们生活中越来越稀缺而珍贵的资源。

我不希望，再过十年二十年，我拿出今天拍下的照片时，需要告诉人们，这样的美已经不复存在了。

我这样想，说明我仍然心存危殆之感。

早上九点钟，我赶到举行开犁仪式的木尔溪村。这个村，就在乡政府对岸的台地上。桥头上几株老山荆子树，等到庄稼出苗的时节，会开出满树洁白繁花。现在，这些树主干黝黑，盘虬的老枝苍劲有力。树后是几家寨子。寨子前是要举行开犁仪式的庄稼地。地的尽头是山坡，坡上是茂密的树林。树林后的蓝空中白云舒卷。

早几天，县里和我联系时就说，21号一定要到，我们是看了日子的。

我问，找喇嘛打卦了？

说，气象局看的天气！我们要一个晴天！

果然是天朗气清。

走到地头，村子里的人已经聚集起来，摄像机的镜头对着两个老人。两个老人弯腰都很吃力了，一个用柳枝在地上画出线条，一个人沿着线条撒下麦面。于是，隐约的线条显现为鲜明的图案。第一个图案出现了，是一个法轮。第二个图案又是一个圆圈，像是法轮，又不是法轮。法轮中的辐线是直的，这个圆中的辐线是波状的。所有人都在问，这是什么？老者之一直起身来，对我说：格央。我把这个词翻译成汉语：太阳。他们又画一个圆，里面却没有那么多的辐条。只是缝中一条弯曲的横线。老者又直起腰来，对我说：泽那。我又把这个嘉绒语词翻成汉语：月亮。

两个老者，又在并列的日月图案间画了一个供瓶。那自然是献给日月的供养。

然后，一个老者把一枝枝针叶青翠的杉树枝堆在那个法轮图案之上。另一个老者拉着我的手说话。说，你是马塘村谁谁的儿子吧？我说是。他说，你爸爸我们年轻时在一起的啊！今天是个高兴的日子啊！我说，是啊，春天来了！他说，啊呀，春天说来就来了。电视记者来采访他，老者紧抓着我，说你就当我的翻译吧。老者用古老颂词里那些雅致的修辞比喻春天，用虔敬的语言感谢日月和大地，记者嫌这样的话太迂回曲折，启发他要说更直白的话。老者对我说，我腰疼，背着手走开了。

然后，象征性地往地里抛撒青稞种子。

然后，两架犁到了地里。每一架犁由两头并驾的牛牵引，两头牛前，还有一个牵牛的人。少年时，我就做过那牵牛人。忽紧忽松地把两条牛的穿鼻绳攥在手上，就是为了让这两头牛并了肩笔直行走。现在，牵牛人却是两个健壮的姑娘。掌犁的是村里的壮年男人，嘴里的耕地歌唱起来，牛前行，牵动了犁，犁上锋利的铁铧揳进土地，黑黑的泥土从犁头两边翻卷开来，苏醒的泥土的气息也在空气中弥漫开来。也许是地头上太多摄像机和照相机的缘故吧，聚集在地头的村民也没有记忆中那样自然的庄重，脸上的表情也像是看客。两架犁依然在深翻土地，往东犁过来，对着地头的村寨，掉头往西，对着山峦。来来去去，不久就翻耕出好大一块黑土地了。我放了相机，从后面那一架接过犁，想试试还能不能像三十多年前一样稳扶犁把。地有些坚硬，但铁铧的尖还是破开了泥土，往下深入了。只是我忘了那又像吆喝又像歌唱的耕地歌了。不是忘了，是顾了下犁，就忘了歌唱了。让了位置给我的犁手就在我身后唱起来，前面的两头牛和牵牛的姑娘就往前走了。黑土就在我脚前翻卷起来。新鲜的黑土的味道、那些黑土中被铧头斩断的植物根茎的味道，立时就充满了我的鼻腔。两三趟下来，那些味道就已经充满我的身体了。那是三十多年前，一个十三岁少年最熟悉的春天气息。

可我已经不是那个少年了，两三趟下来，背上就浸出了汗水，手心也被犁把磨得生疼。我把犁头还给了犁手。本来，我还想温习一下已经生疏的耕地歌的。

这么想着的时候，象征性的开犁也结束了。

已是中午时分了，村人分男女两排坐在地头，午饭，象征性的午饭，感谢大地和日月之神的午饭。这时，每一个席地而坐的人表情都变得庄重了。每人面前摆上了一块面饼，饼上一块肉，然后，每人面前又上了一碗加了肉的酸菜汤。人们浅尝辄止，喇嘛开始祝祷。堆在法轮图案上的杉树枝被点燃了。青烟腾地而起，芬芳的烟雾带着人们感恩的心情直达上天！这些乡亲，除了感恩的心情，并不会对上天有更多的祈求。此时，我离开，我知道接下来是欢歌，是舞蹈。

我已经看到家乡的乡亲们如何迎接春天的君临了。是啊，故乡美丽的春天到了。

我开车向下游而去，去看另一片乡野。

沿河而下，梭磨河不断纳入一条又一条溪流，越发壮大。平静处，越发深沉；激越处，越发汹涌。越往下游，海拔越低，春意就越深浓。是的，梭磨河峡谷里的春天是从低到高渐次来到的啊！

西高地行记

沿河下行五六十公里后，我已经在春天深处了。一路上，一丛丛橙黄瑞香盛开，一片片蓝色的鸢尾花盛开。那些蓝色的仿佛在风中要成群起飞的鸟群一样的鸢尾开在一座座村寨四周，开满了进入村庄道路的两边。那些河边的台地宽阔肥沃，加上气候温暖，很久远的时代，就有人类居住。这一带的河谷里，发现过一万多年前的人类化石，也发掘出过五千年前的整座村庄。那时，距吐蕃帝国向东扩张，征服这些农耕河谷，最终把这些广阔幽深之地纳入藏文化圈还有整整四千年！

　　一座巨大的水电站，已经在梭磨河汇入大渡河的河口处的花岗岩峡谷中开始筹建。要不了多少年，深峡上将有钢筋水泥大坝截断河流，巍然耸立。那时，水位提高，河水倒灌，河流经过好多万年的深切，在山间造出的那些肥沃台地将被淹没。那些存在了上千年的古老村庄也将沉入水下，村民将要迁徙。

　　傍晚时分了，我坐在一段高高的河岸上，看峡谷中即将消失的村庄与田地与果园。一朵云飘过来，一团阴凉便笼罩了一片地面。地面上是一片树林，一个村寨，一片新出苗的庄稼，或者一个果园。核桃树的果园，苹果树的果园……然后，云飘走了，阴凉中的一切又被阳光照亮。这是一种古老的文明，不断闪现出她某一个美丽的局部，让我去想象她的整体，让我试图把握她的来路与去路。我是这个农耕文明哺育的一个生命。我为她那自然纯正的美而深感自豪。同时，在这个任何美都变得脆弱的时代，我已经看到时代的潮水上涨上涨，但这些美丽的存在，都是一副听天由命的模样，没有惊叫，没有愤怒，甚至没有哀叹。

故乡春天记

我想起，在上午的开犁仪式上，那个老者对我说，我知道，这样的方式要消失了。他们说，不过，我们老了，不用再看了，但你是会看到的呀！

　　峡谷里起风了。下午的太阳降低了热力，河面上的凉气就升起来。这就是风了。我的四周，一丛丛野蔷薇和沙生槐沙沙作响，更远的地方，是那些树干虬曲的杨树和柳树叶片翻飞，旋动着如水的绿光。再背后是沉静的大山，斜阳的光幕下，森林更显得幽深遥远。

　　我要离开了。

　　再次回首，我得说，这是多么美丽的春到人间的动人景象。

　　但是，时代在以我们并不清楚的方式加快它的步伐，总有一个声音在催促，快，快！却又不告诉我们哪里是终点，是一个什么样的终点。这个时代，水泥在生长，在高歌猛进，自然在退缩，自然之美在退缩。退缩时不但不敢抗议，不敢诘问，而且是带着深深的愧疚之感。

　　再次回望这即将消逝的田园风光，我想，这一辈子我都将以且喜且忧的、将信将疑的、越来越复杂的心情来探望故乡的春天。

◇

嘉绒记

大金川上看梨花

去看梨花。

去大金川上看梨花。

路远，四百公里。午饭后一算，出成都西北行已两百多公里。海拔不断升高，春花烂漫的成都平原已在身后，面前的雪山不断升起，先是看到隐约的顶尖，不多久，雪山就耸立在面前了。这哪里是去看梨花，而是把春天留在身后，去重新体味正在逝去的冬天。

那条盘旋而上翻越雪山的公路已经废弃十多年了。我们从隧道里穿山而过，这么四五公里的路途，就已离开了岷江水系，进入了大渡河上游支流的梭磨河。道路转向，折向东南，沿河下行。眼前是海拔三千米的峡谷景色。河岸两边是陡峭的峡壁。向阳的峡壁是草坡，是密闭的栎树林。背阴的峡壁上满坡的杉树、松树与桦树。阳光是一个美术大师，利用峡谷的岩壁、森林、河流和纵横交织的山棱线勾勒出明亮与阴影的复杂分界，把一面面山壁和整条峡谷都变成了一幅取景深远的风景画。也许是怕这样的画面会过于单调，风与云彩都会来帮忙。风摇晃那些树，其实就是摇晃那些光，使之动荡，使之流淌。一朵两朵的云飘来，遮住一些光，失去光照的部分便显得沉郁，未被遮没的部分便在阳光照耀下更加高亢更加明亮。视觉可以转换为听觉。真的似乎可以在这光影摇荡间听到声音。阴影部分是一支木管乐队，低回，沉郁，却也充满细节。春天了，林下的苔藓已一片潮润，正在返青，树木正展开根须，从解冻的土地中拼命吮吸水分，向上输送，到每一个细枝末节。森林虽未呈现绿色，却也能让人感到一派生机。而那些被阳光透耀的部分简直就是高亢明亮的铜管乐队在尽情歌唱。我耳边响起一些熟悉的旋律，比如柴可夫斯基《意大利随想曲》开始部分小号那召唤性的歌唱。

就这样沉湎于脑海中的乐音时，突然，峡谷敞开。山，变得平缓了，退向远处。河，不再是被悬崖逼向山根，而是回到谷地的中央，缓缓流淌。这些山谷就是河流日积月累的功夫造成的，河两岸的人家也是河流哺育的。河流应该在大地的中央，河岸的台地上应该有村庄，村庄周围应该有农田。那些村庄和田野的四周应该出现那些鲜明的花树。那是一树树野桃花开在村后的山坡，开在村前的溪边。那又仿佛弦乐队舒展开阔的吟唱。

停下车，走进一个村庄，我要去看那些野桃花。远看，野桃花一树树站在山下村前。近看，野桃花密密簇簇，缀满枝头。粉红色的花瓣被阳光透耀，有精致的绢帛质感。也许这种比方太精致了，与眼前的雄荒大野并不匹配。想起日本人永井荷风描写庭院中的桃花就用过这样的比喻："桃花的红色，是来自平纹薄绢的昔日某种绝品纹样的染织色。"永井荷风说，他写桃花所在的庭院狭小局促，甚至"不是一座为漫步而设的庭院，而是为在亭榭中缩着身子端坐下来四处打量

嘉绒记

而设的庭院"。而我现在却是在高天丽日下挺身行走，长风吹拂，田野包围着村庄，群山包围着田野。进入那个村庄。又走出那个村庄。风起处，吹落的野桃花瓣纷纷扬扬。走出那个村庄，村后的山坡上又是一个台地，坡地上仍然是开满繁花的野桃树。山坡上又是一个村庄。这是午后时分，沿着曲折的村道攀一个高台，走到上面的村庄。村子很安静，家家门上都落了锁，不知人都上哪儿去了。只有村前村后的野桃花安静而热烈地开着。这阔大、静谧又热烈的花事，保持着如此原初的风貌，没有什么现成的修辞可以援引。从这里，又可以张望到花开更热烈、更宁静的村庄。但这些桃花不是此行的重点。所以，张望一阵，也就回头下山，奔遥远的金川梨花而去。

这个地方叫松岗。一个藏语地名，对音成汉语，也倒有着自己的意思。岗上也未见松树，而是那些花树兀自开放。"松"，本是藏语，一个数量词，三的意思。三个什么呢？没有人，也无处去动问了。

这一天上午，溯岷江而上，越走海拔越高，景色越来越萧瑟，完全是在离开春天。然后，在大渡河流域顺河而下，又一步步靠近了春天，进入了春天，与早晨刚刚离开的成都平原上的春天截然不同的春天。

又是一次山势的变化，又进入一个峡谷。

花岗岩的山壁更加陡峭，岩石缝隙中是一株株挺拔的柏树。这些柏树已被列为国家二级保护植物，名叫岷江柏。我在一本叫《河上柏影》的书中写过它们。这些墨绿色的树还在沉睡，树梢上还未绽出新叶。与之伴生的树却按捺不住了。山杨已经一树新绿，野桃花也一树树开得更加灿烂。这里，一条更大的河和梭磨河相汇，站在一面壁立的悬崖前，可以听到河水相激的隐隐回声。

这个悬崖壁立，悬崖上站着许多柏树的地方叫热觉。

峡谷再次敞开，谷中出现更多的村落，更多的开满花的树和正在绽放新绿的树。绿树是先长叶再开花的树，花树是先放花再长叶的树。

然后，二十公里左右吧，在一个叫可尔因的镇子上，开阔的谷地再次猛然收束。高高的花岗石山使得这个镇子一半在阳光下，一半在山影里。又一条从北而来的河流汇入。从此，这条水势丰沛的河就叫作大渡河了。

我们伴着大河又在浓重的山影里穿行。

峡谷更深，春天更深。悬崖间有了更多的绿树与花树。而且，间或出现的一个小村庄前，开放的已经不是野桃花，而是洁白的李花与梨花了。

这道峡谷我是熟悉的，四十年前，曾经开着拖拉机每天往返。现在，道路加宽了，路面也铺上了柏油，但山还是那些山，河还是那条河，公路依然顺着河，贴着山脚向前蜿蜒。何况，前年，也是这个时节，我已经再次到访过这里。所以，我可以向同行的人预告，我们就快要冲出这景色雄伟的峡谷了。果然，就眼见得前方的山渐渐矮下去，峡口处显现出越来越广阔的天空，可以看到越来越多的亮光闪闪的云团悬停在前面。

然后，车子从一面悬崖下的弯道上冲出去，河流猝然变宽变缓，刚才还滔滔翻滚，一冲出峡口便落下飞珠溅玉的浪头，变成了一匹安静的绿绸。大渡河是地图上的名字，在当地人口中，此河的这一段唤作金川。考究起来，河的得名，与过去沿河盛产黄金有关。但今天，淘金时代早已过去。倒是这一江水，在这宽阔的川西北高原的谷地中，润育出一个"阿坝江南"。一县之名，也改为金川。几百年前，土司统治的时代，这里的藏语名字是曲浸，意思就是大河。到清末，改土归流，寓兵于民，叫过绥靖屯。民国间设县，叫作靖化。中华人民共和国成立后，改名金川县。这一县地名的演变，也可窥见治乱的兴替，时代的进步，文化的变迁。

已经夕阳西下时分。悬浮的白云镶上了金边。星罗棋布的村庄掩映在漫山遍野的梨花中间，炊烟四散。黄昏降临大地，梨花的色彩渐行渐淡，终于掩入夜色，变成一团团隐约的微光了。

晚饭后，和县上的主人出来散步，但见河面辉映着满城灯火，晚风轻拂，带来了四野围城的梨花暗香。回到酒店，我特意打开房间的窗户，虽然春天的夜晚有新鲜的轻寒，但我不想把那些浮动的暗香隔在外面。躺在床上，突然想起川端康成一篇散文的名字《花未眠》。他写的是插在旅馆房中的海棠花："半夜四点醒来，发现海棠花未眠。"他是以惊喜的口吻来写这个发现的。的确，花，好些品种都会在夜里闭合打开的花瓣，当然，也有花是昼夜都开放的。我就曾经在原野静坐一个黄昏，看一群垂头菊，如何随着太阳光线的暗淡，慢慢闭合了花瓣。我也去观察过，一大片的蒲公英怎样在太阳初升的清晨，在十多分钟的时间里打开它们闭合的花瓣。但夜里的梨花是什么情形，却未曾留心过，想必依然是在星光下盛开着的吧。

金川一县，大部分村落与人口都沿着大渡河两岸分布，从清朝乾隆年间开始便广植梨树。看前些年有些过时的统计资料，说四野中栽种的梨树达百万株。金川全县人口七万余。城里人和高山地带的农牧业人口除外，摊到每个农业人口头上，那是人均好几十株了。所以，这里的梨花不是一处两处，此一园，彼一园，而是在在处处。除了成规模的梨园，村前屋后，地头渠边，甚至那些荒废的老屋基上，都是满树梨花。

一处处地想看完看尽，怕是没有那么多时间。便挑两处去看。一处沙尔，一处噶尔。两处地方，如今都是藏汉民杂居，你中有我，我中有你。地名也是藏语汉写。沙尔在金川河谷最宽处，两岸田畴绵延，村庄密集，填满了好几公里宽的谷地。田畴、道路、村落间所有的空隙，都站满梨树。梨花开满，如雾如烟。那些雾，那些烟，都似乎在将散未散之间。远山逶迤的山梁上昨夜又积上了新雪。春天，梨花开放时，这个地方，往往低处下的是雨，高处降的就是雪。现在天放晴了，高处是晶莹的新雪，低处谷地里是雨后的梨花。一样的白，又是不一样的白。如雾如烟的白。不太知道是要马上散开，还是正在聚拢的白。在沙尔，我们去到山半腰，背后是积雪的山头，正好把这壮阔的美景尽收眼底。早餐时，餐厅墙上挂着一张就从现在这个位置拍摄的照片。县委书记说，有客人看了这张照片，不以为是真实景色，而是一张 P 图，因为他们不是在梨花盛开的时节来的，不相信积雪的山头和谷中的梨花可以同框，可以这样交相映照。可是现在，我们就站在这美景中间了。太阳正在升起来，阳光照耀之处，那些梨花变幻出了更加迷离的光芒。

我们下山，要到那些村中去。要到那些如云如雾的梨花林中去。

那是一个很大的梨园。十几级依山而起的梯田。雪山还在远处的蓝空下面，我们已经在这里身陷于盛开的鲜花阵中了。梨树都很高大，没有过多的修剪，都在自由舒展地生长。树干粗粝、苍老，分枝遒劲、生机勃勃，每一个枝头，都满是一簇簇繁密的花朵。少的十朵二十朵，我数了最繁密的一枝，竟有八十多朵！再移步近观，那些花朵的细部就呈现在眼前。像蔷薇科的所有亲戚一样，梨花也是五出的瓣。此时，它们被阳光照耀着，格外地明亮耀眼，同时，也散发着格外浓烈的香气。香气那么浓烈，让人觉得有一层雾气萦绕在身边。又似乎是梨花的白光从密集的花团中飘逸而出，形成了隐约的光雾——花团上的白实在是太浓重了，现在，阳光来帮忙，让它们逸出一些，飘荡在空中，形成了迷离的香雾。我架好照相机，在镜头中再细细打量那些花朵。比起野桃花那薄如绢帛的花瓣来，梨花的瓣就丰腴多了，也滋润多了，是绸缎的质感。就那样，五个花瓣捧出了丝丝青碧的花蕊。每一枝蕊的顶端都是一团花粉。花刚开时，花粉是红色的，两天三天后，就渐渐变成了沉着的黑色。它们在等蜂来，把它们带到另外的一朵花上，落在每一朵花最中央羞怯地低着身子的花房上。于是，奇妙的遇合发生，生命的奇迹发生。那是花的美妙性事。从此，我们可以期待秋天的果实。当然，传播花粉更有效的是风。这大山谷地中，风是可以期待的，谷中的空气受热上升，雪山上的冷空气就下沉来填补。空气对流，这就是风。风把花粉从这一群花带到那一群花，从这几树带到另外的那几树。风不大，那些高大的树皮粗粝苍老的树干纹丝不动，虬曲黝黑的树枝却开始摇晃，枝头的花团在这花粉雾中快乐地震颤。那是生命之美。我的眼睛在相机的取景器上，手却忘记了按下快门。而我的脚下梨园的土地上，满是乡民们栽种的牡丹，此时正在抽茎，肉红色的叶芽像婴儿的小手般拳在一起，再有几场太阳，再有几场风，再有几场夜雨，那些叶子就要像手掌一样张开了。

我就这样在梨花深处，几乎忘记了身在何处。

我在这里阅读自然之书。美国自然文学家约翰·巴斯勒说："伟大的自然之书就摊放在他面前，他需要做的只是翻动书页而已。"而在此时，梨园顺着一级级黄土台地依山而起，梨花怒放，风摇动了一切，我只是站在那里，那些书页也是由午间的谷中风一页页翻动的。

这时，风止息，一阵高潮已然过去了。

我们离开沙尔，去往另一个目的地噶尔。这也是一个藏语的地名，这个名字曾在清朝乾隆年间的史料中频繁出现。不过是对音译为噶喇依而已。那里曾是当年金川土司的一个坚固堡垒。乾隆皇帝派重兵进剿，费去十数年时间，数万条生命，才将大金川地区征服。此地面对大渡河有一块平整的土地，是肥沃的良田，如今，麦田清秀，油菜花金黄，挺拔的梨树高擎着一树树繁花点缀其间，一派平和景象。当年这片土地却浸透了争战双方数万生命的鲜血。

我不止一次来过这里，我想我应该逢着一个人。一个村子里的贤人。这个村庄中一个老人。果然，他已经在那里等着我们一行人了。差不多三年不见，老头子依然腰板挺直，精气旺盛。我问他带着酒没有。他笑笑，从身上掏出一个扁平的金属壶，像美国西部片中那些马上英雄必带的那种，他拧开盖递到我手上。我喝了一大口，酒辣乎乎下到胃里，又热烘烘地上攻到头上。太阳也热烘烘明晃晃地照着，立马我就感觉到了在花间嘤嘤歌唱的蜜蜂都钻到脑袋里来了。他问我酒够不够劲。我说你更有劲。他说，我看了你最新的书。这个老农民闲来无事，研究当年发生在这里的战史，并不惮烦数年如一日为游客作义务讲解。一到这里，导游们都自动躲在一边，任他引领游客了。

我们从河边的平地沿着陡峭的台阶拾级而上，台阶两边，全是过去堡垒的残墙。残墙间站满了梨树。苍老的梨树。好些树的树冠已经干枯了，在蓝空下依然展开苍劲黝黑的枝杈。而树的下半部，那些枝杈依然生气勃勃，盛放着耀眼的梨花，一路护持我们登上了那条象鼻一样伸向河岸的山梁。如今，那些厚墙高雉的堡垒都倾圮了。废墟之上，盖了一座御碑亭。其中立着乾隆皇帝撰文题写的《御制平定金川勒铭噶喇依之碑》。义务导游带着我的同行们进了碑亭，我没有进去。我熟读过那通碑文。乾隆当然要写碑了，平定金川之役是他十大武功之一。我就是四处走走看看。我去看一种早放的野花。这丛顽强的灌木从水泥阶梯的护墙缝隙中伸展出细枝，开出了成串的花朵。这是醉鱼草科的迷蒙花。它的香气强烈，嗅闻久了，让人有迷离的感觉。我听见那位村中贤人洪亮的声音在亭子中回荡。他在讲述一场远去的战争。那些熟悉的人名地名断断续续飘到我耳中。我还是坐在那里，头顶着烈日看那丛迷蒙花。后来，他们从亭子里出来了。我听到有人在问他的身份。不是问他是什么职业，而是民族身份。这其实是问他，到底是被征服者的后代还是征服者的后代？他们去看梨花了，我遇见了几个熟人，与他们说话，所以没有听见他如何回答。他本人的具体情形我不了解，但在大金川河谷中生活的大多数人，他们既是征服者的后代，也是被征服者的后代。当年惨烈的战事结束以后，当地人中男丁死伤殆尽，清廷为了长治久安，活下来的士兵留下来就地屯垦，外来的士兵配娶当地妇女，共同劳作，繁育后代，使这片渡尽劫波的大地重新恢复了生机。

西高地行记

我查过金川一地很多资料，看这漫山满谷的梨树是什么时候有的。果然就在不同的书中发现一鳞半爪的线索。一本当时人的笔记讲到战前当地的物产，就说当地有叫查梨的梨树。又在后来的史料中发现，说有留下屯垦的山东籍士兵从老家带来了梨树种子，与当地的梨树嫁接后，新的梨树结出了鸡腿形的，甜美多汁而几乎无渣的果实。因为这种新的梨树生长在雪山之下，就名为雪梨，名为金川雪梨了。从此，这个世界上就多了一种树，一种梨树。不知是什么时候，这些新的梨树，就站满了大金川河谷，改变了这个河谷的景观。而多民族的融合也改变了这里的人文风貌。新民植育梨万树，生涯不复旧桑田。后一句引自晁补之《流民》。前一句是我编的。如此，大致能概括乾隆年间的惨烈战争后，大金川一带地方的变化吧。

当地政府有一个强烈的意图，就是把种植农业往观光方向转化。这样满山满谷的梨花，的确是一个很好的观光资源。杜甫诗："高秋总馈贫人食，来岁还舒满眼花。"虽是写桃树，但移至梨花上，也很确切。物以致用，先是用的，这个功能实现后，其审美性的观赏功能或许更有价值。我们这一行，就是受邀来看梨花，写梨花的。可怎么写这些开放在雄荒大野，野性而生机勃勃的梨花，的确是个问题。这几天，老听人在耳边念岑参的诗："忽如一夜春风来，千树万树梨花开。"我心里却不满足。虽然他写得跟眼前景色一样的壮阔，但那诗到底是写雪，写唐时轮台的雪，只是用梨花作比喻的。真正到古诗词中找写梨花的诗句，都是写那小山小水小园中的，到底显得过于纤巧，与我们眼见的金川梨花并不相宜：

嘉绒记

"梨花雪压枝，莺啭柳如丝。"（温庭筠）

"梨花千树雪，柳叶万条烟。"（李白）

"梨花如静女，寂寞出春暮。"（元好问）

再有些感怀伤时，一腔春愁，更与眼前这轰轰烈烈的花开盛景不能相配：

"梨花近寒食，近节只愁余。"（杨万里）

"梨花有思缘和叶，一树江头恼杀君。"（白居易）

我在这盛开着梨花的高山深谷中行走，只感到勃勃生机的感染，即便有些真愁或闲愁，此时，都烟消云散了。

梨树都是梨树，但有不同姿态；梨花都是梨花，却开出不同格调。何况树由人植，人群更是各个不同，金川的人民，历史将其造成了特别的族群。树生别境，这里的雄阔的雪山大川，化育了这种接近原生状态的梨树。中国文学书写草木，尤其是散文书写，常常套用传统文化中那些托物寄情，感时伤春的熟稔路数，情景相近时，虽也确切，却了无新意。中国的地理和文化多样性都很丰富，同一种植物在不同的生境中，自然就发生不同的情态与意涵。所以，不看主客观的环境如何，只用主要植根于中原情境的传统审美中那些言说方式，就等于自我取消了书写的意义。日本作家永井荷风在写梅花时就注意到了这个问题。他说："我一望见梅花，心绪就一味沉浸于测试有关日本古典文学的知识当中。梅花再妍美动人，再清香四溢，我们个性的冲动却在根深蒂固的过去的权威欺压下顿然消萎。汉诗和歌跟俳句，已经一览无余地吸干了那些花的花香。"美国文化批评家苏珊·桑塔格也说过艺术创新的根底，就是培养新感受力。也就是说对于不同的对象，要有新的体察与认知。在这一点上，永井荷风也说过意思相近的话："我们首先须清心静虑，以天真烂漫的崭新感动，去远眺这种全新的花朵。"

的确，如果对此种写作方式缺乏应有的警惕，那就滑入那些了无新意的套路。我看梨花，就成了"我看"梨花，而真正重要的是我看"梨花"。前一种仅仅是一种姿态。后一种，才能真正呈现出书写的对象。今天，游记体散文面临一个危机，那就是只看见姿态，却不见对象的呈现。如此这般，写与没写，其实是一样的。法国有一个批评家曾经指出，无新意的文本，造成的只是一种"意义的空转"。空转是什么意思，就是汽车引擎发动了，却不往前行进。对于文学来说，文字铺展开来，却没有发现新的东西，那就是意义的空转。

所以，我看金川的梨花既考虑结合当地山川与独特人文，同时，也注意学习植物学上那细微准确的观察。写物，首先得让物得以呈现，然后涉笔其他，才有可信的依托。

还想到一点，旅游、观赏，是一个过程，一个逐渐抵达、逼近和深入的过程。这既是在内省中升华，也是地理上的逐渐接近。所以，我也愿意把如何到达的过程写出来，这才是完整的旅游。看见之前是前往，是接近，发现之前是寻求。我愿意用这样的方式去发现一片土地，去看见大金川上那些众多而普遍的梨花。

嘉绒记

一起去看山

——嘉绒记之二

有好些年没有去四姑娘山了。汶川地震前两年去过，地震后就没有去过。加起来，超过十个年头了。

但这座雪山，以及周围地方却常在念想之中。

这座藏语里叫作斯古拉的山，汉语对音成四姑娘。这对得实在巧妙。因为那终年积雪美丽的山确实是有着四座逸世出尘的山峰，在逶迤的山脊上并肩而立，依次而起，互相瞩望。后来又有了关于四个姑娘如何化身为晶莹雪峰的传说，以至于人们会认为这座山自有名字那天，就叫作四姑娘了。却少有人会去想想，一座生在嘉绒藏人语言里的山，怎么可能生来就是个汉语的名字呢？在这里，我不想就山名作语言学考证，而是想到一个问题，当我们来到一座如四姑娘山这般的美丽雪山面前时，我们仅仅是只打算到此一游——因为别人来过，我也要来上一趟，这确实是当下很多人出门旅游的一个重要原因——还是希望从长长短短的游历中增加些见识，丰富些体验？

有一句话在爱去看山登山的人中间流传广泛。那句话是："因为山就在那里。"

这句话是 20 世纪 20 年代一位名叫马洛里的英国人说的。这个人是个登山家，登上过世界好几座著名的高峰，然后决定向世界最高山峰珠穆朗玛挑战。如果成功了，他就是全世界第一个登上珠峰的人。那时，随队采访的记者老问他一个问题，为什么要登山？就像今天旅游的人要反问，我去一个地方为什么就该懂得一个地方？马洛里面对记者的问题总是觉得无从回答。一个人面对一座雄伟的山峰，面对奥秘无穷的大自然，感受是多么复杂，怎么可能只有一个简单的答案？一个内心里对着某种事物怀着强烈迷恋冲动的人怎么只有一个简单的答案？唯目的论者才有这种简单的答案。终于有一天，面对记者的问题，他不耐烦了，就用不耐烦的口吻回答："因为山就在那里。"

确实，山就在那里。那样美丽，沉默不言，总是吸引人去到它跟前。看它，读它，体味它，如果能力允许，甚至希望登上山顶去看看那里是什么样子，从那样的高度眺望一下世界。杜甫诗说："荡胸生层云，决眦入归鸟。"追求的就是这样一种雄阔的体验。四姑娘山最高峰海拔六千多米。我没有那么好的身体去追求这种极致的体验。但从低处凝视，想象，也是一种美妙的体验。想象自己如果化成一座山，或者如一座山一样沉稳、宠辱不惊，那是什么境界！

山有自己的历史。山的地质史。山化身为神的历史。如果要为这后一种历史勉强命名，不妨叫作地方精神史。山神的存在，在藏区是一个普遍现象。为什么每座山都是一个神？这当然是一部地方史的精神部分。没有精神参与，一座山就不会变成一个神。四姑娘山就是这样。本是一座山，在历史空间中，生活在周围的人因为它庄严、毫不动摇的姿态，软弱的人因此为它附丽了与其姿态相似的人格，并为这样的人格编织了故事。某个人为了保卫美丽的自然，保卫家园，自愿化身成一个地方性的保护神，担负起神圣的职责。四姑娘山的故事也是这样，但突破了故事模式的是，这座山是四个美丽姑娘所化。创造这个故事的人当然是受了自然的启发，因为四个山峰就在那里。那四个姑娘当然美丽，因为雪山本身就那么美丽。那四个姑娘当然也善良。美就是善，这是哲学家说过的话。

多山的四川有两座特别有名的山。一座是贡嘎山，一座是四姑娘山。一座是男性的，一座是女性的。一座是蜀山之王，一座就是蜀山王后。这两座山我都去过多次。我在年轻时代的诗里就写过："传说那座山有神喻的山崖，我背着两本心爱的诗集前去瞻仰。"亲近瞻仰贡嘎的历程略过不谈。

这里只想谈谈四姑娘山。

80年代，二十多岁的时候，一次从小金县城去成都。一大早起来，长途客车摇晃到日隆镇上吃早饭。冬天滴水成冰，石灰墙都冻得更加惨白。一车人围着饭馆里一只火炉跺脚搓手，再吃些东西，身体总算慢慢暖和过来。这才有了闲心四处打量。留给我深刻印象的是墙上好多面旗子，都是日本旅行团留下的。上面好多字。"四姑娘山花之旅"，"白色圣山之旅"等等，等等。下面还有全体团员的签名。那时的想法是日本人跟我们也太不一样了。我们还在为坐汽车怎么不受冻而焦虑，他们却跑这么远，就为看一眼我们山里的花。那也是中国经济高速发展刚刚启动的年代。如今，我们也一天天过上了未曾梦想的生活。从生下来那一天起，我生活经验里的出门远行的理由很少，机会更少。我一直到了二十岁，还没有去过离家一百公里以外的地方。1985年，我出公差，先从马尔康到小金县城，然后再经省城去苏东坡的老家眉山开会，已经是很远很丰富的一次旅行了。算算四姑娘山离我的老家距离不到两百公里，但我在小金县城出差这回，才第一次听说这座山的名字。记得是在县文化馆看一位画家写生的风景画，说画中的山是四姑娘山。那些雪峰、山谷、溪流、树，对我这双看惯了山野景色的眼睛也有很强的冲击力。那时，当地专门要到某地去看看特别美景的，也就是画画或摄影的人。所以，过两天经过四姑娘山下的日隆镇，在唯一那家国营饭馆里看见满墙日本旅行团的旗帜以及那些赞美雪山与花的留言时，心里想的还是，这些日本人出这么远的门，就为来看几朵花，也实在是太过奢侈了。虽然那些花肯定是非常漂亮，也是值得一看的。也是在那一时期，才知道有一种出门方式叫旅游。我们这一代人就是这么过的。很多东西，刚听说时还是一个抽象的概念，不久也就成为我们的生活方式了。

很快，中国人也开始了初级旅游，大巴车拉着，导游旗子摇着，把一群群人送到那些正在开发中的景点。四姑娘山也成了一个边建设边开放的景区。过几年再去，日隆镇上那个人民食堂已经消失不见，有了些为接待游客而起的新建筑。我自己就在一座临着溪涧的木楼里住了几宿，听了几夜溪流的喧哗。坐车去双桥沟，骑马去长坪沟。那是晚秋时节了。蓝天下参差雪峰美轮美奂。但四姑娘山的美其实远比这丰富多了：森林环抱的草地，蜿蜒清澈的溪流，临溪而立的老树，尤其是点缀在岩壁与树林间的一树树落叶松，那么纯净的金色光芒，都使人流连忘返。

去长坪沟的那天早晨，太阳从背后升起，把我骑在马上的身影，长长地投射在收割后的青稞地里。鸟儿们在马头前飞起来，又在马身后落下去。云雀的姿态最有意思。它们不像是飞起来的，而是从地面上弹射起来，到了半空中，就悬浮在头顶，等马和马上的人过去了，又几乎垂直地落下来，落到那些麦茬参差的地里，继续觅食了。麦茬中间，好多饱满的青稞粒和秋天里肥美的昆虫，鸟儿们正在为此而奔忙。附近的村庄，连枷声声。这是长坪沟之行一个美好的序篇。山路转一个弯，道路进入森林，背后的一切就都消失不见了。落尽了叶子的阔叶林如此疏朗，阳光落下来，光影斑驳，四周一片寂静。而森林的寂静是充满声音的。那是很多很多细密的声音。岩石上树上的冷霜融化的时候，会发出声音。一缕一簇的苔藓在阳光下舒张时也会发出声音。起一丝风，枯草和落叶会立即回应。还有林梢的云与鸟，沟里的水，甚至一两粒滑下光滑岩壁的沙粒都会发出声音。寂静的世界其实是一个充满了更多声音的世界，都是平时我们不曾听过的声音，是让我们在尘世中迟钝的感官重新变得敏锐的声音。早晨太阳初升的那一刻，只要峡谷里的风还没有起来，那些声音就全都能听见。太阳再升高一些，风就要起来了，那时充满峡谷的就是另外的声音了。

这一天风起得晚，中午，我们在一块林中草地上吃干粮时，风才从林梢上掠过，用潮水般的喧哗掩去了四野的寂静。

那是我第一次去到四姑娘山下。

一个朋友带一个摄制组，来为刚辟为景区不久的四姑娘山拍一部风光片子，我与他们同行。山谷看起来开阔平缓，但海拔一直上升。阔叶林带渐渐落在了身后。下午，我们就是在那些挺拔的云杉与落叶松间行走了。还是有阔叶树四散在林间。那是高山杜鹃灌丛，绿叶表面的蜡质层被漏到林下的阳光照得发亮。

夕阳西下时分，一个现成的营地出现了。那是一间低矮的牧人小屋。石垒的墙，木板的顶。在小屋里生起火，低矮的屋子很快就变得很温暖了。天气晴朗，烟气很快上升，从屋顶那些木板的缝隙中飘散在空中。若是阴天，情形就两样了。气压低，烟难以上升，会弥漫在屋子中，熏得人涕泪交流。但今天是一个好天气。同伴们做饭的时候，我就在木屋四周行走，去看小溪，溪流上漂浮着一片片漂亮的落叶。红色的是槭，是花楸。黄色的是桦，是柳，还有丝丝缕缕的落叶松的针叶。太阳落到山背后去了，冷热空气的对流加剧，表现形态就是在森林上部吹拂的风。此时在林中行走，就像是在波涛动荡的海面下行走。森林的上层是一个动荡喧哗的世界。而在森林下面，一切都那么平静。云杉通直高大的树干纹丝不动，桦树的树干纹丝不动。吃过晚饭，天黑下来。大家都是爱在山中漫游的人，自然就谈起山中的各种趣闻与经历。爱在山中行走的人，在山中更是要谈山。就像恋爱中的人总要谈爱。于是，夜色中的山便越发广阔深沉起来。爬了一天山，袭来的疲倦使得大家意兴阑珊时，就都在火堆边睡去了。我横竖睡不着，也许是因为过于兴奋，也许是因为太高的海拔。这时风停了，月亮起来了，用另一种色调的光把曾短暂陷落于黑暗的群山照亮。我喜欢山中静寂无声的光色洁净的月亮，就悄然起身，把褥子和睡袋搬到了屋外的草地上。我躺在被窝里，看月亮，看月光流泻在悬崖与杜鹃林和落叶松的地带。我花了更多的时间凝视一条冰川。那道冰川顺着悬崖从雪峰前向下流淌——纹丝不动，却保持着流动的姿态，然后，在正对我的那面几乎垂直的悬崖上猛然断裂。我躺在几丛鲜卑花灌木之间，正好面对着那冰川的断裂处。那幽蓝的闪烁的光芒真的如真似幻。我们骑乘上山的马，帮我们驮载行李上山的马，就站在我的附近，垂头吃草或者咯吱咯吱地错动着牙床。我却只是静静地望着那几乎就悬在头顶的冰川十几米高的断裂面，在月光下泛着幽蓝的光芒。视觉感受到的光芒在脑海中似乎转换成了一种语言，我听见了吗？我听见了。听见了什么？我不知道，那是一种幽微深沉的语言。一匹马走过来，掀动着鼻翼嗅我。我伸出手，马伸出舌头。它舔我的手。粗粝的舌头，温暖的舌头。那是与冰川无声的语言相类的语言。

然后，我就睡着了。

越睡越沉，越睡越温暖。

早上醒来，头一伸出睡袋，就感到脖子间新鲜冰凉的刺激。睁开眼，看见的是一个银装素裹的白雪世界！我碰落了灌丛上的雪，雪落在了颈间，那便是清凉刺激的来源。岩石、树、溪流、道路，所有的一切，都被蓬松洁净的雪所覆盖。一夜酣睡，竟然连下了一场铺天盖地的大雪都不知道！

那天早晨，兴奋不已的几个人也没吃东西，就起身在雪野里疾走，向着这条峡谷的更深处进发，直到无路可走。最漂亮的景色是一个小湖。世界那么安静，曲折湖岸上是新雪堆出的各种奇异的形状。那些形状是积雪覆盖着的物体所造成的。一块岩石，一堆岩石，雪层杜鹃花的灌丛，柏树正在朽腐的树桩，一两枝水生植物的残茎，都造成了不同的积雪形状。纹丝不动的湖水有些黝黑。湖水中央是洁白雪峰的倒影。这是我离四姑娘山雪峰最近的一次。它就在我的面前，断裂的岩层，锋利的棱线，冰与雪的堆积，都历历在目，清晰可见。

回来写过一篇散文《马》。不是写进山所见，是写那些跟我们进山的动物伙伴。还做了一件文字方面的事情，就是为这次拍的纪录短片配了解说词，在当时中央电视台一档叫《神州风采》的栏目中播出，也算是为四姑娘山的早期宣传做过一点工作。

后来，还在不同的季节到过四姑娘山。

春天和秋天，不同的植物群落，会呈现出丰富多彩的色调。

春天，万物萌发。那些落叶的灌丛与乔木新萌发的叶子会如轻雾一般给山野笼罩上深浅不一的绿色，如雾如烟。落叶松氤氲的新绿，白桦树的绿闪烁着蜡质的光芒。那些不同的色调对应着人内心深处那些难以名状的情感。从那些时刻应了光线的变化而变幻不定的春天的色彩，人看到的不止是美丽的大自然，而且看到了自己深藏不露的内心世界。美国诗人惠特曼的诗句："拂开大草原上的草，吸着它那特殊的香味，我向它索要精神上相应的讯息。"说的就是这样的意思。

秋天，那简直就是灿烂色彩的大交响。那么多种的红，那么多种的黄，被灿烂的高原阳光照亮。高原上特别容易产生大大小小的空气对流，那就是大大小小的风，风和光联合起来，吹动那些不同色彩的树——椴、枫、桦、杨、楸……那是盛大华美的色彩交响。高音部是最靠近雪线的落叶松那最明亮的金黄。高潮过后，落叶纷飞，落在蜿蜒的山路上，落在林间，落在溪涧之上，路循着溪流，溪流载满落叶，下山，我们回到人间。其间，我们有可能遇到有些惊惶的野生动物，有可能遇见一群血雉，羽翼鲜亮。我们打量它们，它们也想打量我们，但到底还是害怕，便慌慌张张地遁入林间。

当然不能忽略夏天。

所有草木都枝叶繁茂，所有草木都长成了一样的绿色。浩荡，幽深，宽广。阳光落在万物之上，风再来助推，绿与光相互辉映，绿浪翻拂，那是光与色的舞蹈。那时，所有的开花植物都开出了花。那些开花植物群落都是庞大家族。杜鹃花家族，报春花家族，龙胆花家族，马先蒿家族，把所有的林间草地，所有的森林边缘，变成了野花的海洋。还有绿绒蒿家族，金莲花家族，红景天家族都竞相开放，来赴这夏日的生命盛典。

　　而这一切的背后，总有晶莹的雪峰在那里，总有蓝天丽日在那里。让人在这美丽的世界中想到高远，想到无限。记起来一个情景，当我趴在草地上把镜头对准一株开花的棱子芹时，一个日本人轻轻碰触我，不要因为拍摄一朵花而在身下压倒了看上去更普通的众多的毛茛花。我也曾阻止过准备把杜鹃花编成花环装点自己美丽的年轻女士。这就是美的作用。美教导我们珍重美。美教导我们通向善。

　　冬天，雪线压低了。雪地上印满了动物们的脚迹。落尽了叶子的森林呈现一种萧疏之美。

　　写到这里，就想到我们很多主打自然景观的景区工作中比较疏失的一环，那就是对自然之美挖掘不够深入细致。旅游是观赏，观赏对象之美需要传达，需要呈现。自然之美的丰富与细微，必先有旅游业者的充分认知，然后才能向游客作更充分的传达。对游客来说，自然景区的观光也是一种学习。学习一些动植物学的、地质学的知识。更不要说当地丰富的人文资源了。游历也是学习，是游学。所谓深度游，专题游，我想就是在这种向学的愿望与兴趣的基础上产生的。自然景区旅游是欣赏自然之美的过程，是一种审美活动，需要景区进行这个方向上的引导。

　　前些日子，四姑娘山的朋友来成都看望我，多年不见的黄继舟也得以谋面。还记得当年他曾陪我游初夏的四姑娘山，一起去拍摄那些美丽的高山开花植物。黄继舟长期在四姑娘山景区工作，他是一个有心人，长期深入挖掘景区的自然人文内涵，有很多自己的发现。这次，他带来一本摄影集，都是他在景区多年深耕积累下来的作品，题材也关涉到景区的各个方面。寻觅美，捕捉美，呈现美，可以作为游客于不同季节在景区旅游的一个指引。我也相信，沿着这样的思路做下去，四姑娘山所蕴蓄的美的资源会得到更精准、更系统的呈现，游客依此指引，可以在景区作更深度的探寻与发现。大美不言，可涤心养气；大美难言，仰赖审美力的提升，而自然界是最好最直观的自然课堂。如果站在这样的角度上思考景区的功能，四姑娘山自然就有需要不断前往，如今交通情况大幅改善，这个大都会旁的自然胜景，自然前途无量。

　　下次，我们可以带着这本书，去看四姑娘山。

◇

贡嘎山记

不是第一次去贡嘎山区。

这样跃跃欲试，就为去一座雪山下的深谷？对一个久在山中行走的人来说，该是没有什么来由的。因为贡嘎雪山的美丽？我见过青藏高原上差不多所有有名的雪山。因为那些从春到秋绽放着美丽花朵的高原植物？三四年了，从初春到深秋，我都会不时到高原上去寻觅去记录，迷醉于造物的精巧神奇。就在一个月前，我还在贡嘎山和雅拉雪山间的旷野上追踪拍摄秋天龙胆科植物的美丽花事。

但打从接吕植教授邀请，参加山水自然保护中心的环贡嘎山保护项目的考察活动起，我就处于这种跃跃欲试的状态中了。是因为此行将和一些真正的生物学家同行吗？这三四年来，我的青藏高原植物观察活动都是独自进行的。如果说，我的观察和对观察对象的图像与文字的双重呈现，只是出于一种本能的热爱，是一种审美——形式上的，文化上的，那么，这一次，我与这些长期从事自然保护工作的人在一起，感受和了解他们的工作，或许会为我的业余爱好找到新的意义、新的着力点。

已经不好意思说自己有多么强烈的求知欲，但保留着些许好奇心还是应该的吧。总之，我已经等不及在成都会合后，再深入那些高山峡谷了。我提前到了计划中的第二站，贡嘎雪山下有着冰川胜景的海螺沟。他们在成都集结出发的时候，我已独自上山。但是，天气不好，大雾弥漫，冰川和雪山都深藏不现。我去看过了开花季节的杜鹃、丁香和川滇海棠。尤其是川滇海棠，我想看看它秋天的果实。我看到了。看到那些被冷霜冻过的果子，想起歌德在《自然》中说过的话，对自然来说，"生命是她最美好的发明，而死亡则是她的手腕，好使生命多次重现"。何况，这些树木并没有死亡，只是经过一次四季轮回，展叶，抽枝，开花，结果，休眠——一次貌似的死亡，却也成熟了这么多的种子，"使生命多次重现"。我想去看更多的结果的植物——松、杉、花楸、山荆子……但是，冷空气从雪山顶上顺坡沉降，更加浓重的雾气四合而来，就在面前的树木也开始身影绰约。

我下山。在磨西镇上的旅馆，接到电话，说路上交通不畅，他们会晚到。我上网搜寻山水自然保护中心的资料。我得知道即将与之同行的人在干些什么，山水自然保护中心又是怎么定义自己的。

此前，我仅是通过朋友介绍和吕植教授及她的几个同事有过一面之缘。饭后，他们赠送我两张碟片。碟片记录了青海藏区的两位青年喇嘛如何在当地进行本土生物的科学观察与记录。一位观察红花绿绒蒿，一位跟踪一种叫藏鸦的小鸟。他们的观察与记录就是受了"山水"的帮助与辅导。

现在我从网上复制来吕植关于山水自然保护中心的介绍：

> 2007年，"山水自然保护中心"，一个中国民间环保组织，在北京成立。其创办得到了保护国际的支持。"山水"的志向是成为中国最优秀的本土自然保护组织，在社会的高速发展中，融合政府、市场、传统文化和当地社区以及国内国际的资源，在基

贡嘎山记

层实践生态公平，在生态价值最高的中国西南和青藏高原示范一个个"生态特区"，以中国智慧为世界贡献人与自然持续共存的希望。

生态特区，一个新鲜的提法。生态公平，一个新鲜的概念。

信箱里还有他们发来的此次活动的背景资料，但我没看。我不想因为一些文字先入为主。我要从一个过程的自然展开中一窥"生态特区"如何确立与运行，又如何作用于社会。

天黑时，下起小雨，他们到了。

我在镇上一个小饭馆里与他们相见。吕植说，见了我预告此行的微博，但我把她任教的学校弄错了。她停下牦牛肉炖萝卜汤不喝，正经说，她是北京大学教授，而不是我以为的另一所大学。我并没有感到尴尬。我想，就这么开始挺好，除了礼貌的寒暄。他们交谈，我倾听。这时，雨仍然下着，饭馆门口马路上一片湿淋淋的光芒。吃完饭，我们连夜上山。大家都希望明天是个晴天。在海螺沟二号营地住下，半夜醒来，我听见谷中的溪流在大声喧哗。记起小时候，那些山村的夜晚，如果溪水发出比平常响亮的喧哗，母亲就会说，天要晴起来了。我不知道这样的乡土经验中蕴含着怎样的科学道理，这时却记起了母亲在我儿时枕边说过的话。

第二天早上，天真的放晴了。雾气慢慢散开，云缝间露出了一汪汪湖水般的湛蓝。林间空气清洌。我们上山，不久就从一片冷杉的林线后看到贡嘎雪山金字塔般的山体缓缓升起。雪峰下是一泻而下的冰川。冰川深切入森林地带，深沟的两侧，斜射的阳光给错落在山梁上的杉树林勾勒出一道道迷人的轮廓线。数码时代了，摄影成本空前低廉，快门声响成一片。脚下的冰川虽然一年年消融退缩，依然无比壮观。我在冰川旁的山壁上拍到两种结果的新植物。一种叶子像是匍地柳，结出一嘟噜一嘟噜紫色的浆果。另一种植物也长着相仿佛的叶子，却结着一簇簇晶莹的白果。跟专家出行的好处很快体现。都没打开相机让人家看图片，根据我简单的半专业的描述，擅长植物分类学的顾垒博士告诉我两种久闻其名的植物名字。紫果的是越橘。而白的那种就叫白珠——而且，是花，不是果。再打开相机，检视照片。果然，那貌似玉珠的果上有小小的开口，一律五裂，露出了里面作为一朵花该有的基本构成。那开口实在太小，在相机上把放大按钮按了又按才显露出白珠作为一朵花的秘密。这也怨不得它。海拔四千多米的高度上，不见阳光的时候，早已滴水成冰了。进化之功用了多少年，才让它这个时候还能开花，还能孕育籽实。

这就是贡嘎山中的梦幻行程，两三个小时里，我们不断上升，直到将近海拔五千米的高度，植物生长的极限。

然后，我们又顺着山坡下降，下降，来到了海拔两千多米的高度，这里已经是亚热带森林的景象。一行人停下来，在一株十多米高的阔叶乔木跟前。一个熟悉的名字：康定木兰，和眼前这株陌生的树联系在一起。这株树便是一株熟悉的树了。有了名字的树，就和人有了某种神秘的关联。

昨天，在旅馆里上网了解"山水"时，还看到一篇检讨民间环保组织缺点的檄文，其中一条说一些民间环保组织干不出什么实事，就说自己在宣传环保理念。就我个人经验来说，如果不是逢到什么什么节什么什么日来了，在街头支个摊子的象征性宣传，就是仅仅把身边植物的名字告诉给公众，这种宣传也是有功德的。虽然古人就号召"多识于鸟兽草木之名"，但几千年下来，中国人识得身边事物的人着实不多。而人是奇怪的生物，认识就有关联，不认识就没有关联。这个社会叫"熟人社会"。现在，这株康定木兰就站立在眼前，树干通直，挺拔向上，这一点不大像木兰科的植物，但叶片和叶脉却显示了木兰科植物的共同特征。这是一株年轻的生长健旺的木兰。它是我们此行要特别关注的第一个对象。

据说，几十年前，康定木兰在当地生存还较为普遍。是森林采伐毁了它们。其他的"有用之材"——参天大树被伐倒时，它们被倒下的大树压倒在身下。而且，当年的采伐并不是把大树砍倒那么简单。一株被伐倒的大树，一片被伐倒的森林，有用的部分还要从四五十度五六十度的陡坡上滚到山下，这一路的横冲直撞，猛烈的重力冲击下，不只是树，山坡上连贴地的草也难以幸存。二十多年前，采伐停止了，许多植物重现蓬勃生机，康定木兰却因为生长缓慢，在生存竞争中处于弱势。于是，这种初春时节会绽放出一树树美丽的红色花朵的树变成了珍稀植物。眼下，这株挺拔的康定木兰就站立在景区公路的路肩之下。修公路时造成的空地上，还有保护区尝试性地栽下的十多株木兰苗。这些树苗都有两三米高，但树干却是那么细瘦，比那些饿死了自己的模特儿还瘦得让人忧心。这样体格的树，要来参与这活力十足的森林中近乎野蛮的生存竞争，壮大种群，没有人为的干预，实在是没有太大指望。就在那株树下，大家讨论如何保证木兰苗移栽的成活率。后来，我们车行下山，来到当地林业部门的育苗基地。在这里，我们看到几百株茂盛生长的木兰苗。基地的工作人员介绍，这些都是采集野生木兰种子培育而成的。看起来，只需要把这些健康的树苗移栽到野外就可以了。而就在这个环节上，问题出现了。牵涉到一个问题，钱。培植这些树苗要钱，移栽要钱，移栽后管护并使之继续成长也需要钱。国家也有相关的经费，也就是有政策。但政策是普遍性的，针对一般状况的。这点针对一般状况的育林经费用于康定木兰这种自然生长困难的树种，自然远远不够。我不是检讨相关的林业政策，只是说，如此情形之下，"山水"这样民间环保组织的工作空间就出现了。在我看来，这个空间是存在的，但边界却模糊。中国，是大政府社会，这个社会还没有学会如何运用民间组织的力量，来从事一些政府会办，但不一定能办好的工作。一般而言，民间组织有巨大的热情，可以提供一定的资金，还有专业人才，可以办好一些事情。但是，怎么更有效地使康定木兰式的环保问题被更多的公众知晓，并参与进来，以此传播和实现"山水"关于生态公平的概念，大家就站在那个苗木茂盛的苗圃中热烈讨论。时间是下午四点。此前，两点半，我们在一家饭馆等待稍晚的午餐的那半小时，还就此议题分组讨论过一次。我是新人，无从置喙，但又要说话，便说，我写文章，把听来的话告诉给更多的人。大家还给了我鼓励的掌声。

我想，自己的作用也就是让更多人知道这样的环保组织、它们的成绩和面临的困难。在我看来，困难不在于某个项目的推进本身，而在于，它们活动空间的边界模糊。这边界关涉政府职能，也关涉公众的认同。而这是中国最模糊不清的地带。

贡嘎山记

离开苗圃，来到新兴乡的一个村庄。我们继续康定木兰的故事。"故事"？是的，这伙人比我这个靠写故事为生的人还喜欢说这个词。他们说，"要讲好我们的故事"。故事把我们带到一株四百多岁的"康定木兰王"大树跟前。

这株康定木兰原先有两株，尽管木兰不是雌雄异株，但在这个将老木兰树认作神树的村庄里，村人说，原先的两株老木兰一公一母，多年前修公路，挡在路线图上的一株被伐掉了。剩了眼下这一株，在秋日阴沉的天空下，像所有空旷处的大树一样如伞如盖。以后，来到这里，不仅可以认出一株树，还可以据此认出一个寻常的村庄。这株树真的是有些"故事"了。他们的"故事"，按我的揣摩，就是一件事的可以讲说之处。这株树长到这么老，而且，在我们这个曾经相当地与树为敌的时代里，真有可说之处。

故事之一，当年另外一株老木兰被伐倒消失的地方，"山水"动员来歌星刘若英，和专心看护木兰王的村民陶婆婆一起，栽下了一棵新的木兰——就在陶婆婆家的菜园里。这棵木兰纤细瘦长，却已经栽下好些年了。它长到三四米高，树径应该还没有十厘米。陶婆婆说，这树要十年左右才能开花。难怪它会变得珍稀，难怪它难以自然恢复。

故事之二，这棵这么老的树，每年农历三月，都会生气蓬勃地放出红花万朵，早被村里人视为神树，享受香火，且真的有求必应云云。传说，"文革"前，树下还有一座庙。到了毁庙的年代，村人把菩萨像嵌藏在巨大的树身中间。不几年，树身竟把这菩萨像包裹起来。如今村民们拜树也就拜了菩萨，自然就免了重新建庙的辛苦。

这几日，树病了。我们去之前，当时林业部门的技术人员刚给树看过病。据说无大碍。木兰王生病，会诊，开方也作为一个故事上了成都的报纸。

在这儿，还听到一句让人感动的话，是和陶婆婆新栽了康定木兰的歌星刘若英说的。再上路的时候，"山水"的项目负责人李先生一边开车，一边给我讲这个故事。他说，本是他给她讲生态与环保的重要性。这些都是大道理。讲的人自嘲，自己讲的时候也觉得有些大而无当。但这位歌星如此总结："如果说这世界是一点一点在变坏，那我们做的这些事情，就是让世界一点一点变好！"我想这是一种会心而熨帖的说法。

离开木兰王，我们在渐渐浓重的暮色与浓雾中翻越雅加埂。这条线路，我以前走过，看着车窗外熟悉的景色，我认出了自己曾经拍过杜鹃，拍过瑞香，拍过点地梅和金脉鸢尾的那些地方。

康定。他们和当地林业部门交流。

我离开这个团队，和当地文学朋友聚会到深夜。

第二天，又跟大家一道出发。

翻越折多山时，风裹挟着细细的雪霰。这是我们这天翻越的第一座雪山。然后，我们下到了深谷。那些深谷中，青稞地里的庄稼已经收割了。阳光出来时，有成群的红嘴鸦和野鸽在留着金黄麦茬的地里起起落落。就这样，我们穿过一个又一个房屋间耸立着巨大核桃树的村庄。山坡上，成林的白桦树一片金黄，而那些树形优美的杨树纷披着黄叶站立在公路与河岸之间。那是一个个讲藏语木雅方言的村庄。贡嘎山就为这些操木雅方言的村庄所环绕，因此这座雪山的全名叫作

贡嘎山记

63

木雅贡嘎。我们从贡嘎雪山的东面进入，现在我们来到它的西面，翻过折多山后，被河流引领的道路又转而向南。这条线路的一半曾经走过。继续往南的一段，我也是第一次来到。在一户熟悉的农家午饭。不是我熟悉，而是"山水"的朋友们熟悉这户人家。饭后，他们交谈，我拿着相机拍村边清澈的小河，拍路边盛开的黄花亚菊，拍村子对面漫坡的白桦林。那片白桦林间，还站立着许多枯死的云杉与冷杉。我猜，多年前，这片森林曾经猛烈燃烧。问村里人，说那场大火是二十多年前了。但现在，茂密的白桦从河边一直蔓延到山梁上，一派金黄，仿佛一曲交响乐中最绚烂的华彩。这片白桦林也说明，大自然其实具有非常强的自我修复能力，真正可怕的是人类一而再再而三的干扰与破坏。如果人类关注方法不对，大自然宁肯我们将其遗忘。

一个英国人在他的书中写过这样一段话，他说，人类对自然的错误在于，我们"确信植物界每一部分的设计都是为了服务于人类的利益"。这个人还说："对自然界的一切观察都需要利用智力分类，借助于它，我们这些观察者对周围众多的现象进行归类、排序，否则就难以理解。"但就是这种归类与排序，曾经强化了人类的优越感，科学至上主义有些时候也曾经鼓励了一种超级的实用主义。我想，"山水"所做的工作，他们的"生态公平"，就是科学对自身的警惕与反思。生态公平，我想，首先就是众生的平等。这个众生，不该单指不同的人，不同的族群，而是地球上的所有生命。也曾和一些僧人讨论过，佛家所说"一切有情"是否包括植物，大多数说，包括动物，不包括植物。也有这样的表达，"应该包括，但好像没有"。今天，人类或者说一部分人类已经开始觉悟，"一切有情"是指地球上所有的生命形式。

午饭后，我们开始攀爬第二座雪山——子梅垭。

谷地里阳光灿烂。高山草甸一派金黄。其间片片蔓延的灌丛叶子都变红了。那是以多刺的小檗和鲜卑花为主体的植物群落。海拔上升。浓雾与冷空气开始从雪峰顶上一泻而下。公路进入小叶杜鹃密布的地带时，四周就只有积雪与浓重的雾气了。我们打算翻越的山口海拔高度四千五百米。计划中，我们将从那里下降到山的那一边。山那边的峡谷里有一个叫子梅的村子，十户人家六十多口人，占地却有一千多平方公里。这些年，每年都有数以千计的背包客去到那里，经历，穿越，自然，也扰动了那里亘古的宁静。如果植物面对人类还雍容地保持着平静，但野生动物却是容易被扰动的。"山水"在那里设有一个观察点，同行的一个小伙子，就在那个村子里待了一年时间，观察被扰动的动物与那个村庄，帮助村民学会如何接纳那些造访者，如何收拾他们带进来后并不打算带走的东西——垃圾。用"山水"的专业表述，叫作"创新社区保护地可持续保护管理模式"。知道我们一行将去造访，子梅村的村长翻过雪山，到这边的乡政府来等待。当我们到达海拔四千五百米的子梅垭口时，雪停了。雾气渐渐散开。这时，隔着一条宽阔的峡谷，贡嘎山又冲出雾气矗立在我们面前。这是我第一次，从这个方向打量这座伟大的雪山，木雅贡嘎。很快，雾气再次席卷而来，雪山，和周围的一切再次隐入云雾。

在这样恶劣的气候条件下，不是所有车都能下到山下，又重新返回山上。最后，只有一个小组去到山下，去检查他们这个项目点的运

贡嘎山记

行情况。我们大多数人回头。穿过刚刚经过的峡谷，我们又来到了下午的阳光下，然后从另一座雪山脚下开始新的攀爬。

这是一天里开始攀爬的第三座雪山——鸡丑山。不喜欢这个名字。问同行的当地人，曾在"山水"工作过的尼玛，这名字是什么意思。回答是不知道是什么意思。我是说，藏语里的意思。因为只从字面看，汉语里的名字已经自然显现。是的，我喜欢这座山，但不喜欢这不美好的名字。这座山真是漂亮。杉树林沉郁，桦树林明亮。然后，在夕阳的光瀑中，森林消失，草甸和灌丛出现。然后，阳光消失，雾气再次四合而来。风嘶吼，雪飞舞。我们上升，到达某一个高点，然后，疾速下降，奔向另一道峡谷。另一个故事。

另一个故事的主角也是一种珍稀植物。

植物的名字叫五小叶槭。

这个故事中有一个植物猎人熟悉的身影——洛克。如今他的故事广泛传播。就是这个人，20世纪初，他在横断山中发现了这个树种，采集了标本，再后来，一个德国科学家命名了它。那时，这个物种就稀少，到今天，这个物种就更加稀少了。于是，将近一百年后，一个中国植物学家开始寻找。最后，在这个峡谷的低处，海拔两千多米的狭窄山谷中间与这种植物相遇了。在大山里，这个海拔高度上，两边的山坡会突然陡峭，原来开敞的峡谷突然变得很逼仄。连带着，道路也会跟着变窄，而且，时常被塌方阻断。植物学家在山里转悠很久了，但那种植物一直没有现身。当他到达此地时，五小叶槭们就在湍急河流对岸的山坡上。那是一面相当陡峭的山坡，这样的山坡上，肥沃的表土总是流失殆尽，露出风化的岩石。山坡下面，是几块斜挂在坡上的庄稼地。这样美丽珍稀的植物似乎不会出现在这样的地方。可是，当植物学家被阻在路上时，一位农妇经过，植物学家从这位农妇的背篓里发现了一段青枝绿叶。他眼前一亮，因为它那一簇狭长的五枚叶片。于是，植物学家发现了它——五小叶槭！路上，我一直在想象细节。因为农妇不会只在背篓里装一段树枝，她一定是用它遮盖什么。是刚采摘的樱桃，还是新鲜蔬菜？那段树枝折下来，只是给她辛勤得来的收获物提供阴凉，保持新鲜。但这样的细节已经不重要了。故事不会重现所有细节。故事的主题是关于发现。植物学家就此发现了珍稀植物。然后，一个水电站在此开工。电站的出水口被设计在这片有着成十上百棵五小叶槭的山坡上方。植物学家奔走呼吁，并得到当地政府支持，也得到施工方的理解。水电站的设计得以修改，出水口挪动了一两百米，工程造价因此增加了上百万元。然后，那些稀有的树才没有被工程产生的砾石与土方淹没。五小叶槭得以继续在那片陡峭贫瘠的山坡上继续生长。

我们在越来越浓重的暮色中上山，可以看到五小叶槭朦胧的轮廓。打开相机的闪光灯，也只能拍下树的一些细部。它扭结虬曲的树干。一枝叶柄上伸张的五片狭长叶片。它轻盈的翅果。

天黑透了。加上是阴天，没有天上星光辉耀，树就在面前，却什么也看不见了。

一行人摸索着下山。村民把我们带到一户人家的菜园。这其实就是从陡峭山坡上硬辟出的一条几米长一两米宽的小台地。仅此一点，也说明人在这狭窄山谷里生存的艰难。但是，这块小小的菜地让给了树。这块菜地的主人自己收集种子，播撒在自己的狭窄的菜地中，看着它们出苗，抽茎，伸枝，展叶。从就在近处的电站厂房弥散过来的灯光中，可以看到那些树苗已经长到一米多高了。它们是那么密集地挤在一起，仿佛密集的箭竹。我们这一行人出现在偏僻的山村，引来了许多村民，挤在这户在菜园里成功繁育了五小叶槭树苗的人家并不宽敞的院坝里。他们在感叹，这种树命好，将来肯定像大熊猫一样。主人是个三十多岁的憨直汉子。我想，他就是"山水"着力培养与支持的"乡村绿色领袖"。我问他为什么栽这些树苗。他说，听说这是很珍贵的东西，就采些种子，没地方种，就种到自家菜园里了。他的邻居替我推测，将来这些树苗会值多少钱。但这个汉子笑说，当年哪个知道是那么宝贵的东西啊。这树长不大，生不出可以盖房架桥的有用之材。而且，砍来烧火都不行，因为木质坚硬，纹理纠结，斧劈不开。因为无用，所以幸存。村民们说，就是叶子红了的时候，十分好看。他们替我们遗憾，早来了十几天，不然就能看到它最漂亮的样子了。

将近十点，我们在九龙县城的小饭馆里吃晚饭。

晚餐也是热烈的讨论会：能为这样的珍稀树种做些什么？怎么做？

简单归结一下，一派是原生态派。就是这些树生于荒野，人工育苗已经成功，剩下来的是，让它们回归荒野。也有另一派，可以叫作开发中保护派。就是发掘这种树的价值，因为这种价值而使其广布四方。有什么价值呢？这个大家不约而同，观赏价值。首先这种树形态优美，叶形漂亮，秋天变红后更加美丽。但这种培育需要相当的精力与时间。反对的声音同时出现。如果这种树的观赏价值被广泛传播，那不等可以推广的园艺种培育出来，原生地这一百多株说不定就被盗挖殆尽了。这样的事有过先例。一个珍稀物种被发现，然后被标出高价，接下来就是疯狂的盗采。今天的中国人，追求城市的繁华，却要以荒芜乡野为代价。原来站在村前的大树被移栽到城市的街头。一块长相奇伟的巨石，本来在荒野里披着一身地衣与苔藓。某一天，人们动用许多机械，耗用许多汽油，挖掘，起吊，搬运，来到城里某个公司或机构的门前，剥掉地衣，抛光，刻字，完全出于身后高楼中某个人拜物的疯狂。我自己就亲见过，当城里疯狂爱上兰草的时候，岷江峡谷中野生的兰花就被采挖殆尽。植物因为珍稀被发现，但保护措施却难以及时跟进。这种珍稀植物被发现后造成原生地原生种消亡殆尽的名单还可以继续拉长。

这两派人谁说服了谁？至少在当时，没有谁的意见成为压倒性的意见。

我倒是想起那位农民的话，这种树是因为其无用而幸存的。在山坡上，我看到那树枝上结满了种子。那些细小的种子包裹在翅形的荚果中间。那翅果真是漂亮。荚膜半透明，脱离枝头时可以乘风滑翔。是的，种子结成这样，可不只是为了漂亮，而是为了乘上气流，飞到尽量远的地方，去生根发芽，扩展种群。但是，偏偏是这种能结出众多种子，而且是把种子随风播撒的植物的种群却日渐凋零。这是一个秘密。或者，正在进行的保护性研究应该从此开始，而不是把种子弄到苗圃里一栽了之这么简单。但，这又不是"山水"这样的组织能做的事情了。其实，早在20世纪初，洛克们就把五小叶槭引种到美国，后来又引种到欧洲，成为著名的观赏树种。有资料记载，第一代引种的母树中的最后一棵，已经于 20 世纪 90 年代在美国死去，剩下的就是二代三代以后的园艺种了。

因为急事，我得离开，不能继续与他们同行。起个大早，驱车赶到康定机场。一路上，林梢和山坡上铺着薄雪。到康定机场，雪大起来，我待在候机厅里，打开书，昨夜从山上采的一枚翅果现出身来。吕植发短信来，他们一行正在翻越另一座雪山，去雅江，考察他们正在进行的另一个项目。那是另一个生态问题，被保护的野生动物和当地农民的冲突。我没有问她昨天的讨论是否有了结果。

我想，很多事情，一时不会有结果。因为这不是"山水"这样的民间环保组织的问题，而是整个中国的社会机制的问题，是公众的启蒙与觉悟。在这个高歌猛进的时代，这样的问题往往被遮蔽。

而"山水"们的工作，在我看来，真正的意义首先是使这样的问题得以呈现，并被一些人所关注，把一些关注这样问题的人们连接起来，然后，才是他们在一个个项目、一个个案例中积累的宝贵经验，成为这个社会普遍的认知与实践。

◇

平武记

◇　厄里寨的白马人家

　　六点半醒来。窗外有敦厚沉重的山影。有月光，使得山梁上的树影参差在灰色的天空下。

　　这景象提醒我不是在家里。

　　家里高楼的窗外是灰蒙蒙的城市虚空。

　　想起来，我现在是在四川省绵阳市平武县，一个叫作厄里的山寨。寨子附近的山林里，鸟在鸣叫。穿衣起床时，有寒气袭来。那鸟鸣也就冰晶一般，一粒粒落在耳边。昨夜这里燃了篝火，温了蜂蜜酒，烤了羊与鸡，寨子里青年男女们围着火堆踏歌舞蹈娱客。我开门来到院中，昨夜欢歌饮酒时留下的垃圾都打扫干净了。月亮在水泥地上泛着微光。出了院子，经过寨子的水泥公路也泛着相同的光亮。多半轮月亮挂在半天，靠东的天空中，有几颗寒星缀在天幕之上。这是 11 月的头一天。昨夜临睡前就决定要早些起来，我想看着这宁静的村寨慢慢醒来。但在这高海拔的地方，寒气不让人徐徐散步，我系紧鞋带，开始慢跑。

　　我的右手边，是依然沉睡的村庄。左手边，是过去耕作过、如今已经退耕还草还林的平整荒地。一株株一丛丛大火草布满荒地，裹着细小而繁多种子的白絮被月光照耀，如朦胧的雾气。荒地外面，是闪闪发光的溪流。溪流边星散着一个个明亮的水洼。越过溪流，是山，是沉默黝暗的山林。

我跑过村子。眼前出现一些塑料大棚。然后，栅栏出现。栅栏里边是收割后的庄稼地。两匹马立在寒气中，头倚着栅栏。村子已经在背后了。像山里好多村庄一样，河谷两面的山陡然收窄，河流开始喧哗。经过一道水泥拱桥时，我特意下到溪边，听到了冰层底下传出清脆的水流声。

昨晚，看过地图，知道这条河有本地语言的名字——夺补。

昨天白天，上行十几公里，去了这条河发源的雪山之下。现在，一切草木与土地的气息都被冻住了，只有溪流带下来的雪峰间的清冽寒气扑面而来。抬头远望，雪山隐在起伏的山峦后，遥不可见。枯萎的草地上有霜，在脚下发出脆响，闪动微光。回到桥上，回望河谷下方的村寨。那些青瓦覆盖的房顶在晨曦下自有一种动人的暗光。

我徘徊着要看着村寨慢慢醒来。

这是一个藏族人的村寨。一个白马藏族人的村寨。

但村寨醒来是什么样的方式呢？鸡鸣狗吠，炊烟升起？

星星隐去，月亮在越来越蓝的天幕上渐渐暗淡时，某户人家门前响起了发动汽车的声音。一辆小货车从院子里拐上公路，向着河流下游，平武县城疾驰而去。又一辆小面包车在某一家人院子里发动了。车灯明亮的光柱刺破黑暗，照亮路边的一些景物，又迅即移动，将光柱中的树、石头、水坑与顶着白絮的成片的大火草留给更深的短暂的黑暗。是的，短暂的黑暗。因为天很快就亮了。我经过新修的村委会的楼房时，两只狗叫起来。这有点曾经习惯的乡村清晨的感觉。但这两只狗很快就偃旗息鼓，把抬起的头盘回胸腹间，睡它们的回笼觉了。

如今的村庄，陌生人来来往往太多，它们已经不会太感到惊诧了。

天大亮了，村子醒来。好几家院子里都停着在此过夜的游客的车辆。有早起的游客在村子里照相。我顺着小路去到溪边。看见一株花楸载着满枝繁密的白色浆果站在溪边。这时，那两匹栅栏边的马打着响鼻，口喷着白烟向我走来。在几乎冻住的冷凛空气中，花楸上满树果子的香气也被冻住了。只有两匹马和一个人，三个活物，因为身体中的热气而散发着某种味道。我闻不见自己的味道，但闻得见马的味道。它们肯定也闻到了我的味道。不然，两匹马不会把不断掀动的鼻翼慢慢凑近我的身体。我伸出手，任它们用鼻尖轻轻触碰，那温热的气息，仿佛细弱的电流，走遍了身体。就在这时，村庄醒来。一家一户的屋顶上飘出了淡蓝的轻烟。那是一块块劈柴在炉膛中燃烧了。炉子上的壶中，水咕咕地开了。

村庄醒来，冻不住的生活的气息开始弥漫。那是松木燃烧的味道，是炉子上新煮的热茶的味道。

正是对一杯热茶的向往，让我回到村里，坐在了主人家的火炉边上。

还没坐稳呢，一杯热茶已递到手上。我打量这个房间。墙上没有藏区老百姓家庭中那些宗教意味的装饰。有一个健硕的女子与一个年轻男子的婚纱照。男子穿着样式新潮的夹克，女子是洁白的低胸婚纱。我认出来，那年轻女子是昨夜在院中穿了白马人服饰前来土风歌舞中的众多女子中的一个。我以为是主人家的女儿。主人说，是侄女。那张照片很有意思。两个人摆出流行的婚纱照的姿势，而且，还用了婚纱照常用的柔光。但那年轻女子的喜悦却毫不掩饰，笑容野性而奔放。更奇妙的是照片的野性背景。大片的掌叶囊吾，撑开大片大片的叶子，那个提着裙摆的女子，那个伸手环抱着自己女人的男子，就站在一穗穗盛开的亮眼的黄色花朵中间。刚才在河边，我还看见了大片囊吾残荷般的枯叶。我笑了，那女子的表情，还有那大片盛放的黄色花都还是深山里野性十足的风情呢。

主人说，老年人是想他们按老规矩办喜事，但年轻人越来越有自己的主意了。

我问，请喇嘛念经吗？主人摇头，说，我们这个地方没有喇嘛。喇嘛要到远处去请。这时，男主人插话，人家说藏族人都信喇嘛。我们这里没有喇嘛。男主人又说，老辈人说，以前我们不晓得自己是什么族。解放后，国家说我们是藏族。我们就是白马藏族了。也有人说，我们不是藏族，是氐族。

我查过当地史料，这个地方的白马人在没有被认定为藏族前叫作"番"——"白马番"。"番"不是一个科学的民族称谓，是清代到民国期间对川西北地区少数民族的一个笼统称谓。平武县城以西是白马番。再往西，是松潘。松潘以西是游牧的安多藏族，那时也不被称为或指认为藏族，而称为"西番"。道光年间所修《龙安府志》说，夺补河流域白马人分为六洞、交昔、关坪、仓鸾、擦脚、水牛、彭信、蛇入、独目顶、舍那六寨、多籍和额利等寨。昨夜，我们就住在额利寨中，不过以汉字译白马人的话音，如今却写作厄里了。当时，这里和四川其他藏区一样，也实行土司制，由长官司一员管辖。长官司，即所谓土司中品级较低之一种。称为阳地隘口长官司。

平武记

《龙安府志》"长官司专辖寨落、户口"条下，有关于额利寨的明确记载："番目一名，番牌二名，番民十七户，男妇大小七十丁口。"这是清朝道光年间，这个寨子的户数与人口，现在显然已有明显的增加。

在昨夜住宿的人家，等待早餐时，我围炉烤火，问正准备早餐的主人，那你以为自己是什么族？

不晓得，国家说是什么族就是什么族吧。

我想起昨天晚上，主持晚会并兼独唱的那个年轻女子。县里的干部都认识她，叫着她一个汉族名字，并说她出去参加过很多电视选秀节目，得过一些奖项。她如今是平武县的旅游形象大使。歌舞结束时，大家围炉向火。她往我电话里输了个本族的名字：嘎泥早。交谈中，她知道很多演艺圈中的事情。她不是厄里寨人，只是这里有了游客，便来帮助主持一番。她是水牛寨人。不过，水牛寨已消失在一个水电站的蓄水库中了。嘎泥早说，以前，水牛寨是夺补河沿岸最大的白马寨落，水库蓄水淹没了原来的村寨，水牛寨的村民迁徙后已经一分为三。我问她迁移后村民生活如何，这个欢快的女人忧虑起来，她的寨子有一个针对游客而成立的旅游公司，她自己就是那个公司的董事长。不过，这里的旅游还没有真正发展起来，所以公司经营并不景气。她问我，游客真的会越来越多吗？我当然给她肯定的回答。其实，这是一个我并不确切知道的问题。她还说，好些人家不会计划，拿到房屋与土地赔偿，还没有准备好新的生计，钱很快就花光了。

夜深了，她还很热情地和同行的作家们调笑饮酒。我告辞，回屋休息，准备今天的早起。昨天到得晚，从山上的风景区下来，村里已经家家掌灯，村边公路上，太阳能路灯也发出了光亮。我要趁早餐出发前仔细看看这个村庄。

平武当地志书详记过村寨的建筑："番民所居房屋，四围筑土墙，高三丈，上竖小柱，覆以松木板，中分二、三层，下层开一门圈牛羊，中上层住人，伏天则移居顶层。"但那是有清一代的记述了。今天的村寨模样已经完全改变。首先没有人再把牛羊圈在家里。房屋四壁也不再夯土为墙，全用木材构建。结构也由四方的堡垒式变得开敞，或为曲尺形，或为"凹"字形。这样的布局正好在大门前形成一个开敞的院子。院子都用水泥作了硬化处理。昨晚，大家就在这样的院子里踏歌舞蹈。白马人家庭不大。看平武县志中人口材料，自古以来，每户人家平均四五口人，至今变化不大。但现在的每户人家都房屋高大，自用之外，辟出若干接纳游人的客房。昨夜，我们一行四五十人，在一户人家中就安顿了。寨前路边，竖有一块厄里寨旅游接待图，我一一数过，上面标出可作旅游接待的人家就有二十来户。

离开厄里寨时，再次经过昨天夺补河上那个回水倒灌了十好几里地的水库，和我同座的本县作家阿贝尔指点那一峡碧水，说这下面曾经有一个白马村寨，那里水下，也曾有一个白马村寨。其中一个，就是嘎泥早的村子，水牛寨。听说这个电站已经发电，每年给平武贡献的地方税便达上亿元之多。但沿水库的公路还在修筑中，汽车摇摇晃晃，十多里地竟费时一个小时。驶出库区，路边不太开敞的地方有一个新村。一幢水泥楼房上写着大大的汉字：冈拉梅朵。这个名字是真正的藏语，不是白马方言的语汇。阿贝尔说，这就是嘎泥早现在的村庄。没看到新村的名字。我想，那该就是嘎泥早的演艺公司演出的地方。这也是一种文化现实。一方面，白马人对于自己的族属充满疑问，但既然被规定为藏族，他们也便在某些地方对典型的藏文化特征进行着复制与模仿。昨夜的歌舞也是，既有白马人自己的歌唱与舞蹈，更多的是对藏族其他地区如康巴，如安多，如嘉绒歌舞的复制与模仿。

车驶过水库，路也顺畅了，很快便来到了白马藏区的出口。

出口上，有一个新修的山门。山门背后，是一座突起的小山包。当地人说，这是白马藏族信奉的神山。我问山名，说叫白马老爷。而在平武地方志办公室曾维益编撰的《白马土司家谱》中，这山还有一个名字叶西纳摩，也是有着浓重藏文化意味的名字。叫白马老爷，依照民族学一般规律，是白马人对此山的尊奉，自然崇拜之外，恐怕还包含着隐秘不显的祖先崇拜。叫作叶西纳摩，又显露出藏文化明显的影响。纳摩在藏语中，是女性神名。那么，这山神又从父性的老爷而变为母性的神佑了。有几个女人在山门口摆摊，卖些常见的旅游产品，我问看上去年纪最大的女人，叶西纳摩是什么意思？她摇摇头，表情茫然。今天的神山，长满低矮灌木。但据当地史料，20世纪50年代，这里还有参天古木，被白马人奉为神木。后来，开进白马地区的国营伐木公司中的劳改犯砍伐时失火，原始林被烧毁，今天布满这个山岗的，只是禁伐林木后长起的次生灌丛。问当地年轻人，他们还记得听老人说过当年焚毁神山的林火。

◇ 木瓜番与虎牙关

两个小时后，我们从夺补河与涪江正流相汇处，来到涪江正流。经过一个叫作阔达的地方。

阔达，如今的建制是一个乡。

翻看成书于 1840 年、新印于 1996 年的《龙安府志》，未见与阔达一地相关的记载。倒是书后附有今人曾维益编写的《平武县建置沿革志》一篇，有阔达乡条。文中称："阔达乡位于县境中西部。在明清时期是白马番人的聚居地。白马语称该地为'格达'，明史称圪答坝，民国时期松潘人文为富嫌其名不雅，著文称该地因居高阜，地势平旷，上通松潘，下达龙安，阔而达之，称阔达坝。"

其实，此地已全无藏文化的任何气息。但历史上，这地方也的确是藏区东北部面临汉文化区的前沿地带。至少从明清以至民国，一方面有大量汉民迁入，一方面，当地"番民"一面不堪歧视，一面也生出"向化之心"，无论房舍建筑，语言服饰都不愿以"蛮子"面目示人，渐渐隐去了所有藏民族特征。这也是中国这个国家在不同文化交接地带常常呈现的现实状况。不是今天才如此，而是自古而然。这个文化进程，甚至不以国家政权的强大与否来决定，而是当不同文化分出了文明的快慢时自然而然的一种现象。没人解读时，就默默发生；有人解读了，便化学反应一般引起些情感的激荡。

出乎意料的是，同行的当地朋友说，这乡近年来，又挂上了藏族乡的牌子。我没有问这是什么时间发生的事，此地恢复了藏族乡的建制，也不复再现藏文化的面目。我感兴趣的是，既然挂了藏族乡的牌子，如今的居民如何再作族属的甄别？听到的消息是自愿。也就是不论过去是什么族别，凡此地的土著居民，愿意改汉为藏的，一听其便。也问改了族别的人，他们似乎也没有认祖归宗的情绪，只说为孩子上学可以享受照顾分数云云。其实这种情形，改革开放以来，在四川盆地边缘，汉文化与其他民族文化交接地带，这样的事实并不是一个孤例。

过阔达乡西去，溯涪江而上，过去的驿道与今天的公路都直通松潘。涪江源头便出在界于松潘与平武两县间的岷山主峰雪宝鼎下。我们的目的地是虎牙藏族乡。这一带居住的是藏语安多语系的农耕的藏族人。他们语言习俗均与白马人不同，他们是没有争议的藏族人，与雪宝鼎西面的松潘安多语系的藏人为同一族属。用当地古代史籍中的话说，都是"唐时吐蕃遗种"。

平武县西北，以涪江为界，解放后都认定为藏族的人，其实分为两支。一支是在涪江西南的虎牙和泗耳两乡为中心的地带，为安多语系的藏族。另一支在涪江东北，夺补河流域的白马、木座、木皮三乡，外加黄羊一乡，是白马人世居之地。查平武县志，其中附有1956年《中共平武县委关于在藏区进行土地改革工作方案》文件一份，对于当时平武县藏区情况有这样的归纳：当时平武藏区共6个乡（部落），全部户数为1253户5440人，其中藏族366户1637人。"其中，白马是藏族聚居区；虎牙、木座、泗耳是汉藏杂居区；白熊、黄羊虽有少数藏民，但生活习惯均与汉族同，民族特征已不显著"。古代史料中，这两种民族称谓也各有分别。白马人叫"白马番"，其余安多语系的藏人被叫作"木瓜番"。

来到虎牙，已见不到夺补河流域白马藏区那样显明的民族风情了。

倒是越来越陡峭深削的峡谷风光颇为幽深壮美，值得一观。湍急溪流深切谷底，陡峭处喧哗着翻涌雪浪，回旋处，一潭幽碧，令人望之心生寒气。虎牙今天是乡名，过去是山名，也是一个古驿道上的关名。民国年间所修《松潘县志》："虎牙山……岩石凿凿，如虎张牙，与象鼻山并峙，下置关门。"今天的公路劈悬崖而成，当地人说，旧关口在公路的上方，仰头张望，除了看见更高的悬崖，看见悬崖上盘根斜欹而出的树，和树后的一线天空，旧关隘无从望见。走在这样的深峡里，公路狭窄，每每为了相向行驶的车辆不能错肩而过，耗去不少观光的时间。也正是因为道路不畅，车终于未能到达我期望中的目的地——我想象可以眺望见岷山主峰雪宝鼎巍峨雪岭的地方。

在平武，夜来无事，小酒之后，读当地史料，更添丰富细致的现场感。

这就是我喜欢在历史发生的所在地读当地史的一个重要原因。这不，曲折险要的驿道之上，那些后缀着堡、关、口、营等表示守御之意的字样又一一在史料中显现。夜已深沉，但并不安静，什么地方还传来今世之人的K歌嬉戏之声。

明代的文字："国朝制驭羌番，其法甚周，以维、茂为松潘南路，调右参将主之，以龙、绵为松潘东路，设左参将主之，协调松潘总兵，守远道，遏远人。"这里的"龙"，就是平武的旧称龙州。而我白天行经之处，正是古代松潘东路的中段。

当地史料中有《夏毓秀辖夷口修路碑》碑文，描述古道难行之状甚为详备。

　　"辖夷口者，旧传为古人御夷要地，悬崖叠嶂，上阻溪流，山麓尤险，然东达龙郡，西达松州，实行旅之必由道也。夏秋山水暴涨，横截冲刷，每令行人踯躅。向来架木为桥，雨淋日炙，旋修旋败，俯而窥之，深邃幽暗，渺不见底，偶然失足，人畜皆无幸。"可以作为佐证的是，县志上说，民国年间，省教育厅一名任视学的官员到平武视察，坐轿过狭窄山路，轿子与山崖相触，结果人与轿皆跌下悬崖，淹死江中。当时的县长，还为其在平武县城召开了追悼大会。当然，这位视学老爷翻了轿子的地方并不在虎牙关这一段，但那时进出平武，山路之险可见一斑。

　　这位夏毓秀，当时做着什么官，碑文无载，但这个辖夷口紧挨虎牙关却是事实。碑文上说，"己丑春间，余往小河营，查修城工、堤工，取道于此，踏勘山势，以期化险为夷"。决定修整道路，但百姓愿意"输力"，却缺少资金，于是，这个夏姓官员捐俸银七十五两，并带动一位军官（游击）陈时霖捐银二十两，有了这两位官员带头，"以后捐资接济不绝。自春徂秋，遂竣其事"。放在今天，比起那些上任管了交通就前仆后继腐败的厅局长们，这位夏先生，可以放心地任其做交通部长。

◇ 中国最古老的土司制

翻检当地史籍，只有一个目的——在像平武这样不同民族不同文化交融的地带，除了现时段的抵近观察，更要掌握尽量多的材料，具体而微地观察文化的流变。

这一切似乎可以在有关当地的土司史料中找到答案，但这是文化变迁的真正答案吗？面对历史无声的运行，谁又敢说得到了真正的答案？但至少，平武旧时的土司制度相较于其他流行过土司制的藏区，其独具的特点真是值得一说。

过去，川西、川西北的土司，都是由当地少数民族的豪酋担任。但平武此地，旧称龙州府的地区，土司却是由外来的汉官担任的。这是当地土司制的一个特别之处。再一个特别之处，就是这里的土司制历史最为悠久。一般而言，土司制起始于明，在清代形成完备体制，并在中国西南部各少数民族地区广泛施行。但平武的土司制却起始于南宋。

我来平武，是因为这些年来我考察的题目之一——藏文化内部的文化多样性。也就是来实地感受白马藏人的实际情形，不意间，却得遇平武这种创始更早，并以汉官转任土职的特别的土司制。

这个土司制的创立之早，早到南宋理宗时期宝庆二年——公元1226年，南宋朝廷便在此地设置龙州三寨长官司。首任土司王行俭。

平武记

据《白马土司家谱》，王行俭本是扬州府兴化县人，进士及第后，朝廷派遣其远赴四川出任龙州判官。因"在任开疆拓土，兴学化夷，创建城垣有功"，被朝廷册封为新置的龙州三寨长官司长官，辖制境内少数族人，并准许其子孙后代世袭。王行俭由任期有限的流官，转任可以祖孙世袭其职、永久宰治当地少数族群的土官。

进士王行俭原任龙州判官，是监察性质的职官，改任土官后，职权扩大许多——"管辖关、寨，及番民种类、户口、生业、服色、嫁娶、死丧、风俗俱全"，俨然是一个土皇帝了。

其实，"开疆拓土，兴学化夷"有功，这是表面的理由。真正的理由是那时蒙古铁骑统一北方后，正大举迁回南下，四川全境已然成为南宋抗击蒙元大军的最前线。地处川边的龙州更是前线中的前线。当时的龙州筑有坚城，而城外四野，高山深谷构成自然天险，蒙古军久攻不下。周围很多地方失陷后，龙州的战略地位更为突出。当时，面对蒙古大军的猛烈攻击，肩负龙州守御重责的军事主官献城投降。判官王行俭本是负有监察之职的文官，却拒不投降，率众别筑城垣抵御元军。南宋朝廷授予他这个流官以世袭的土职，一来当然是因为其拼死抗元，二来也是意识到，朝廷已经没有给他更多实际援助的可能，便以赏地赐民的方式来予以鼓励。这一时期，南宋朝抗元，越来越力不从心，便意图以此举措，动员更多的民间力量参与抗元。当时，就有官员上疏皇帝，建议在那些已然沦陷或将必沦陷的地方，"择其土人可任一郡者，俾守一郡，官得自辟，财得自用。如能捍御外寇，显立隽功，当议特许世袭。"这篇上疏叫作《论一时权宜之计疏》。

看来这样的权宜之计，至少在龙州当地，是收到良好效果的，不然南宋朝廷不会在三十九年后，即南宋度宗咸淳元年——公元 1265 年，又在龙州当地，赐流官龙州知州薛严为龙州世袭土知州。这一次的理由就很直接了："守城有功，遂赐世袭。"

薛严，祖籍山西。其家族后迁移山东历城，又迁移到四川临邛。薛严本人 1226 年中进士后，到龙州任知州。因拒战蒙军，坚守城池有功而得世袭土知州之职。

不想一时的权宜之计却固化为一种制度传之久远。

王、薛两家流官变成世袭土司后，真的坚持抗元，直至周围地区均陷落，龙州一地成为孤岛，仍然坚持抵抗。公元 1276 年，蒙古大军兵临南宋首都临安城下，南宋皇帝赵㬎派大臣求和不成，被蒙军俘获，南宋王朝事实上灭亡。王、薛两姓土司这才停止抵抗，归附元朝。

元朝沿宋旧制，仍准其世袭土职，继续其对封境之内土地人民的宰治。

以薛姓土司为例，薛严归附元朝后，"仍知龙州"。

元成宗大德四年——公元 1301 年，薛严于七十多岁高龄病故，"薛子薛子和，大德四年袭任"。

元顺帝元统元年——公元 1333 年，薛子和之子薛惠成，"袭父前职"。顺帝至正元年——公元 1341 年，"征服松潘番夷，功升宣慰司"。

到了明洪武二年——公元 1369 年，又是改朝换代的时候了。"颍川傅友德帅师平蜀。由阴平入蜀"。当时薛家世袭土司位的叫薛文胜，遇明军"首先率众归附，供给军储，指引道路，总兵官录其功，仍令在职镇守边防"。又是明朝委任的土官了。

这时的王姓土司已传位到一个叫王祥的人，他"首率番夷归附，助运粮储，开设龙州，仍授原职，从祀名宦"。

再到满人入关，明王朝崩溃，此时的薛家在位土司叫薛兆选，即于清军到达龙州之时，"净发，带出番寨难民"投诚。"蒙赐红花奖励，管理番寨"。时在清顺治六年——公元1649年。

也在同年，王姓土司"率番夷投诚，仍袭长官司之职，防御阳地隘、黄羊关等关，管辖白马路十八寨番夷"。

这时，王、薛两姓土司在今天的平武一地已世袭统治部分"番地"三百余年。

此一时期，川边一带藏族地区的土司制才开始普遍施行。

这时王、薛两个曾在中国南北东西数度迁移的家族固守在平武这个汉文化的边缘地带已然好几百年，日益土著化了。

总体上，他们还是努力维护和加强与中央朝廷的联系。

明朝宣德年间，土司王玺与薛姓家族的薛忠义奉四川巡抚令，同率土兵进松潘"平羌乱立功"，诏升龙州宣抚司。同年冬，和薛忠义同入京城献马谢恩，皇帝赐观灯山。王玺因征松潘有功，朝廷奖给白银四万两。王土司便以此银建平武报恩寺。王玺在位时，此寺未能建完，其后代接着修建，前后凡二十年。此寺至今天，在我看来还是平武最有价值的景观。历经动荡年代，居然未被兵灾火焚，处于龙门山断裂带上，经历几次大地震，也未受大的损坏。

此行前去参观，这座明代建筑正在进行汶川地震后的大规模整修。

寺院的建筑，佛菩萨造像，以及至今还可以自如转动的收藏了整部《华严经藏》的藏经阁，其显现的高超的营造水准，深具美感的艺术匠心，既显示于整体建筑的布局，更体现在每一个构建的细节上，令人叹为观止。大殿上的三世佛，与千手千眼观音，那种深具悲悯与同情的美，细细观瞻，比之那些怀了具体的祈求，并希望这些世俗祈求尽快实现而大燃香火的信徒们，自然更会让人心生善念。所谓"佛即是心，心动则觉"是也。是的，那些烧着粗大香烛的人们并不让我喜欢。我相信，那多是现世利益的猛烈祈求，而不是为了世界与生命的平静向善向美的举意。而且，我得说，导游的解说也太多推测与附会，同样不令人喜欢。参诸史料，王氏土司几百年间的事功，以及有关报恩寺建寺与维修的碑记，我以为所谓王玺欲比附北京皇城而建宫殿，后来又欲脱僭越之罪的说辞，就有些戏说的成分了。

三代后，王玺孙女嫁给在明代与后世皆有大名的杨升庵。今天，报恩寺门前所悬"敕修大报恩寺"几个遒劲严正大字就是杨升庵手书。

今天，这个寺院其实就是一个完整精美的古建筑遗存，一段历史见证，其宗教意义，已经荡然无存了。

向附中央是主流，但也有叛逆的时候。

明代嘉靖四十四年——公元1565年，土司薛兆乾聚众叛乱，王姓土司因不肯附逆，全家被杀，仅两个儿子"藏于番寨得免"。世袭土司一脉，得以流传。叛乱被平定后，薛姓土司全家二十余口无论男女老幼尽数被诛。以后的薛姓土司已是旁枝斜出了。

民国二十九年，试图改土归流，废土司，实行保甲制，派任外籍汉人充任乡保长。但民国期间，边政糜烂，政事虚浮，土司的实力及其对原辖地的控制并未受到大的影响。于是，被剥夺的权力又很快恢复如初。

平武王、薛两姓土司在解放后终于消亡的过程，值得一说。

1949 年，王姓土司组织二百余人枪组成"黄羊关自卫队"，宣布起义，平武宣告和平解放。曾维益先生在《白马土司消亡》一文中，录得当时白马土司王蜀屏与辖下白马人番官《给松潘各部落的信》一封，可以察见当时的形势与时人心理，照录如下：

> 土官阁下及藏胞兄弟姊妹们：

> 我已得到文县解放军的信和今天解放军来城，共产党已与廿四年（指民国二十四年长征过此的红军）不同了，尤其是对我们藏胞，说依然是照我们的旧土司番官制，信奉我们自己的教，不拉夫出款，所来的解放军都很和蔼，连我们平武的衙门都未驻扎。我们在这里已驻守廿几天了，现正准备去打胡宗南的败匪，缴得的枪支，说就交给我们，所以我们很喜欢。等到我们枪得到后，我们就回白马路部落了，希望你们不要害怕，出来大家帮忙，说这下共产党最为关顾我们，这几天看来是确实的。

王土司所属自卫队，曾被派协同解放军同胡宗南残部作战，这信应该写于参战途中。土司武装配合作战时缴获枪支亦归自己所有。

后来有一个重要的插曲，当年 5 月，平武县政府强行收缴土司土区枪支，土司王蜀屏被扣押。后经川北行署纠正，王蜀屏被释放，几月后，行署又指示，"所有白马藏区的枪支全部发还"。

此后，白马土司王蜀屏和辖下白马人上层代表出席四川省川北区第一次各界人民代表大会。参会的平武少数民族上层代表上书要求，恢复在民国年间形式上已废除的土司制。这一要求居然得到批准。当时川北行署批示同意："平武藏胞居住区可依原有惯例，恢复部落制度。"

这也是白马人在历史上首次以藏族称呼示人。关于白马人正式划入藏族的经过，《平武县志》有这样的记载：1950年中，平武县召开"平武县藏族自治委员会"成立大会。白马土司王蜀屏被任为主任委员，下辖白马人寨落番官数人出任委员。土司制以这样一种新形式短暂恢复。一月后，该委员会又向邻近今属阿坝州的松潘和南坪发送《致藏族兄弟姊妹的信》，油印之后，广泛散发。也照录于后：

藏胞兄弟姊妹们：

平武自解放以来，我们藏民就亲自参加解放事业，共产党认为我们藏民很有功劳的，最近召开的川北各界代表会议，约了我们去参加，这回我们硬是看到了共产党的好处，胡主任（等于以前的省主席）就亲自招待我们，刘部长（大客巴）亲自给我们点火吃烟，又派汽车到处叫我们去耍，从来没有见过的机器在厂都见过了，你们想，这是我们以前未见过的。回来时，又给我们缝绸衣服，送的花布和绸子，又叫我们自己人管自己，又借给我们30万斤包谷，叫我们养羊喂牛，还跟着给我们办学校，所有一切粮款都不向我们要。同胞们，从生下来就没见过这样的政府，希望你们往里边传说，西藏里头还有不晓得的，还在受胡宗南和洋人的压迫，这才是倒霉，这样多年来我们活人连牛马都不如，为啥我们还听他们的话呢？或者有几个人往几回整我们最惨，现在还要杀我们，为什么现在还要跟那些人走，我们说给你们，等那几个人去跟他们吧！我们很多的百姓和我们的活佛，我们都来迎接我们的人民解放军，共产党和我们现在的大皇帝毛主席，好和我们平武一样过好日子，因为我们相隔太远，不能亲自来说，长话短说，就写这几句话带进来。

这封信的落款时间是 1950 年 8 月 29 日。信中所说相当于省主席的胡主任是时任川北行署主任的胡耀邦。

1951 年，白马部落开办白马完全小学。

同年 6 月，平武县成立中苏友好协会，白马土司王蜀屏出任该协会办公室主任。

10 月，白马部落设立卫生所，现代医疗自此进入白马地区。

同年年底统计，平武藏区人均收入由上年的十七元，增至二十七元。

1952 年春，平武藏区全面开展"禁烟肃毒"运动。

5 月，川北伐木公司进入白马原始林区勘察森林资源，紧接着正式成立森林工业局，开始大规模森林砍伐。至今，平武人还骄傲地说，当年建筑宝成铁路，铁道所用枕木都由平武林区供应。

本年，白马番官杨汝参加西南少数民族国庆观礼代表团，并受到毛泽东周恩来等接见。

本年，白马部落试种玉米成功，平均亩产一百四十斤。

1953 年，"废除旧有土司制，改建乡村政权"的土地改革拉开序幕。"在条件未成熟前，暂行组织工农代表委员会，代行乡人民政府政权。"同年年底，平武县委研究确定需要长期保护的少数民族上层人士名单。

1954 年，中国人民银行在白马部落成立营业组，这是白马地区现代金融的开端。

1956 年，中共平武县委正式提交《关于在藏区进行土地改革工作方案》。这个方案迅即得到四川省委批准。当年 8 月，土地改革正式展开。主要工作任务是没收、征收与分配财产。一些民族上层人士被划为地主富农。最后的结果，平武藏区包括白马部落在内，共没收、征收土地两万余亩，征收房屋两百多间，耕牛一百余头，家具六百余件。没收与征收而来的东西重新分配给贫苦农民。继而进行民主建政工作。土司制正式废除，建立了乡人民政府。"根据中央关于少数民族地区实行民主改革后，不降低上层分子政治地位和生活水平的精神，对所有民族上层代表人物一律包下来的方针，根据其代表性的大小，各方面的表现和现实家庭经济情况，分别在政治上予以安排，生活上予以适当照顾"。但同一份文件又说，"不予安排照顾的 17 人，占整个上层（35 人）的 48.8%"。

1972 年，白马土长官司最后一任土司王蜀屏病故。

其实，王蜀屏之后，王家还产生过一任新成立的人民政府委任的土司。那是 50 年代初，新成立的人民政府新委任黄羊部落土司署土司为王文杰。他也是七百多年前的首任土司王行俭之后。不过，其在任时间短暂，自然也没有什么特别作为。倒是晚年，在平武当地史志研究者督促下，靠回忆重新整理了毁于"文革"的《白马土司年谱》及《末代王土司回忆录》。这次我去平武考察，正是这两本资料，给了我莫大帮助。两篇珍贵史料终篇后一年，即 2000 年，王文杰先生就因病故去。一部上演了七百余年的大戏也终于曲终人散。

◇ 一笔补记

去平武三年后，差不多是同一季节，我去与平武隔了一座山的九寨沟县。

县里的朋友问想看看什么，我说去看看白马人的村寨。

于是，朋友便陪我去离县城几十里地的英各村。

在这个白马山村，看到了白马人广泛的自然崇拜。

村中广场前一棵树荫广大、树干得数人环抱的老栎树被村人崇拜。树前的土丘上，连续不断的香火印迹就是证明。

村口一棵树，也被村人崇拜。这棵树并不太老，也算不得大。问村人崇拜的因由，说是老一辈人有个头热腰痛的病，就去采那树上的叶来做药，差不多无病不治。而且，春天时满树繁花，灼灼闪烁在进村路口，特别美丽。我识树不多，大致可以看出此树是木兰一科的。便问这花是不是像玉兰，说像，那么，就真是木兰一类的了。

村人说，他们崇拜的，还有保佑全村的山。村子就倚靠在山的半山腰上。村民说，那山峰像极了一只鹰，是这尊鹰形的山神护佑着这个村庄。但在这村里的时间，天一直阴着，云雾缠在山腰，那像鹰的山峰一直未露尊容。

出村庄过一个小山湾，有一小块平地，有稀疏的树林。说那是村里青年男女嬉游之地，林中高竖着一架秋千。

再往林中去，又有一个去处，低矮简陋的建筑中供着一个画在木牌上的神，画面有些模糊，却还是能看清楚，是描画在黑底上的虎。村长说，村人有事祈祷时，也有灵验之处。

英各村属勿角乡，是九寨沟县白马人聚居的乡。另一个白马人聚居地是草地乡。

看了村子，听人谈些掌故之外，又请人找了本地县志来读。又得到些白马人族源的零星线索。知道白马这个称谓从汉代起就见于汉文史书。先叫作白马羌，到了魏晋以后，又叫作白马氐。氐人一族，在魏晋南北朝时，曾在中国历史舞台上相当活跃。建立前秦，兵马众多可以投鞭断流的苻坚就出身于氐族。史书记载，正是此一时期，随着前秦在长安建立氐族人为主的政权，氐族移民关中者十数万户。

南北朝后，氐族便不再见于汉文史书的记载。我也不相信，所有氐族人，都在这一历史时期中尽数内迁而融于汉族了。

在以后漫长的历史时期中，今天川甘交界的这一地区，曾经兴盛一时的吐谷浑人来过，再后来，强大的吐蕃军队来过。那时，吐蕃的军队编制不是今天的概念。它们是整个部落的移动。这显示了当时吐蕃国王们的勃勃野心，兵锋所指，不是短暂的掠取，而是长期的征服。史载，这些整部落移动的军队，都有永久不得西归的命令。据说，今天白马人浅盔状帽子上装饰的两根白色羽毛就是吐蕃军人的标志。在我看来，今天主张白马人是氐族者，没有考虑白马人所居地区正处于当代学术界普遍认定的民族走廊北端，历史上不同民族频繁迁移与交融这一事实。同样，主张其为藏族者也没有考虑这一走廊地带多民族混血的事实。

平武记

历史学家陈寅恪就梳理过汉文史书中关于氐族的记载。

他说："白马氐（武都氐）在《后汉书》列传七六'南蛮西南夷传'中，被列为西南夷之一。"

陈寅恪又据《三国志·魏志》的材料分析："氐族自成为一个种族，既不与汉人同，亦不与羌人同。但深受羌汉影响，特别是汉人的影响。"

这些话见于一本叫《陈寅恪魏晋南北朝史讲演录》的书。陈的讲演于1947年至1948年间，作于北平清华大学历史研究所，由当时的听讲人万绳楠先生记录整理。但陈的讲演截至魏晋南北朝，自然没有论及后来白马氐人地方相继而来的吐谷浑人和吐蕃人的进入。

日本学者川本芳昭《中华的崩溃与扩大》一书，论述氐族国家前秦时就论及苻坚推行民族融合政策，把迁移到长安周围的氐族人又迁移到新征服的地区，而把羌、鲜卑等胡族人迁移到国都长安四周定居。这也说明，民族从来不是一个固化体，而总是处于流动不居的状态。正是这种流动不居，造成文化的复杂与多样。

过一天，再去九寨沟县草地乡。该乡三个村都是白马人聚居地。乡政府建有文化大院。文化大院三层楼，有乡村图书室和可以无线上网的电脑室，更主要的功能是白马文化传习所。传统的手工艺传习之外，还传习两种舞蹈。两种舞蹈都成功申报为非物质文化遗产。一种，是叫傩舞的面具舞。舞有十二面具。龙与凤两种中华神物外，都是具象的动物：虎、豹、牛、鸡、猪……表现的也是一种自然崇拜。听说面具里还有大鬼小鬼之类，这回却没有看到。观看由本乡小学生表演的舞蹈时，觉得藏传佛教寺院里的面具神舞与此舞蹈多少有些相像之处，所不同者，这种傩舞更朴素，更自然本朴，而寺院神舞，面具已多是神魔之像，更多宗教的直观教化意味了。

再一种是熊猫舞。

舞人穿上熊猫皮，戴上熊猫头，伴着鼓点在空地上摇晃、翻滚，都是对熊猫笨憨之态的天真模仿。一位年轻副乡长给我一张不干胶贴，上面是一张微信扫一扫二维码。在手机上打开，里面有熊猫舞介绍。说是熊猫舞也很古老。并有照片为证，是白马人家传的熊猫舞面具。那是两只真熊猫头，白色的皮毛已变为黄色。当地是熊猫生活的地区，但此种动物既不凶猛，而且稀少到不会与当地人生活发生特别密切的关系，怎么成为崇拜之物，这道理我没想明白，询问现场几个老者，也语焉不详。

那么，去过平武后，再到九寨沟县的勿角和草地两乡，白马人聚居之地我已去过多半。没有去过的白马人聚居区就是与九寨沟交界的甘肃省文县铁楼乡了。年前，我的这篇《平武记》初稿草成并小范围发表后，被甘肃省一位张姓先生看到，来电话要求收入他们主编的一本论白马文化的书中。我考虑一来这不是最后定稿，二来不太明白他们编这本书的动机，便要他给我这本书的目录。张先生果然发来目录，看过之后觉得大多数文章，从题目上看，直觉到还是浮光掠影之作甚多，便委婉拒绝了。所以拒绝，还有一个原因。那时我正在塞尔维亚这个前南斯拉夫联邦几经分裂后最后部分，听不同民族彼此相残的血腥故事，看贝尔格莱德和其他地方美军轰炸后的废墟，更觉得关于民族问题的发言，更有慎重的必要。

不想这回在草地乡又接到张先生电话，听说我到了草地乡，力邀到铁楼乡看看。我因第二天得回成都办理赴澳洲的签证，虽然心动，只能再次拒绝他。不想第二天早上，早餐后正准备出发，张先生带着两个人来到了酒店大堂。张先生介绍，一位是县文体局局长，一位是白马人聚居的铁楼乡乡长。可见他们是非常诚恳的邀请。但我因为怕误了飞机航班，只好再次拒绝，只和他们站着说了十来分钟的话；并且约定，明年什么时间，大致是春天或夏天，要去一次铁楼乡。

我想，我会抱着同情之理解去，但我只是观察者，而不是去支持或反对白马人是什么族不是什么族的观点；又或者，去肯定或否定哪一个地方才显得更像正宗白马人的种种说法。

历史流变不居，民族不断交融，每一次血缘与文化的混同，每个参与者，都在其中留下点什么，或者改变点什么。经验告诉我，每一种地方文化中包藏的这些显明或隐约的曾经的族群与文化印迹，是流变与融合的说明，而不是再起分别的证据。

玉树记

◇ 1

从西宁起飞往玉树。起得早，刚在座位上打了个盹，飞机着陆时猛一颠簸，我醒来，就听广播里说：玉树到了。

一出机舱门，就是晃得人睁不开眼的阳光。几朵洁白得无以复加的云团停在天边，形状奇异。云后的天空比最渊阔的海还幽深蔚蓝。几列浑圆青碧的山脉逶迤着走向辽远。这就是高旷辽远的青藏。走遍世界，都是我最感亲切与熟稔的乡野。辽阔青藏，一年之中，即便能一百次地往返我都永远会感到新鲜。无论踏上高原的任何一处，无论曾多少次涉足，还是从未到过，心中都会涌起一股暖流。如果放任自己，可能会有泪水湿润眼眶。我并不比任何人更多情，只缘这片大地于我就有这种神奇的力量。

一只鹰在天际线上盘旋。

也许并没有这只鹰，我就是会"看见"。我抬头，那只鹰真的悬浮在天边，随着气流上升或者下降，双翅阔大，姿态舒缓。

大多数时候，我在内地别一族群的人们中生活与写作。在他们中间，我是一个深肤色的人。从这种肤色，人们轻易地就能把我的出生地、我的族别指认出来。

现在，在机场出口，更多比我肤色还深的当地同胞手捧哈达迎了上来。我这个人，总是受不住过于直接而强烈的情感冲击，于是迅速闪身躲到一边，最终还是被推到迎客的酒碗面前。姑娘高亢的敬酒歌陡直而起。面前的三只小银碗中，青稞酒晶莹剔透，微微动荡，酒液下的银子，折射光线，如那歌声与情意，纯净、明亮。我深吸一口气，让自己平静，同时感到，身体内部，某处，电闸合上了，情感的电流缠绕，翻卷，急速流淌，我端起酒碗的手止不住轻轻颤抖。

就这样，我来到了玉树。

我来到了这个在藏语的意义里叫"遗址"的地方。

玉树，和玉树州府所在地结古镇，因为一场惨烈的地震让世界听闻了它的名字。我也是第一次到达。我在一篇叫作《远望玉树》的小文里写过，"记得某个夜晚，好大的月亮，可能在几十公里开外吧，我们乘夜赶路，从一个山口，在青藏，这通常就意味着公路所到的最高处，遥遥看见远处的谷地中，一个巨大的发光体，穹隆形的光往天空弥散，依我的经验，知道那是一座城，有很多的灯光。我被告知，那就是玉树州府结古镇了。但我终究没有到达那个地方。在青藏高原上，一座城镇，就意味着一张软和干净的床，热水澡，可口的热饭菜，但对于一个写作者，好多时候，这样的城镇恰恰是要时常规避的。因为这样的地方常常会有与正在进行的工作无关的应酬，要进入与正在进行的工作相抵牾的话语系统。对我来讲，这样的旅行，是深入到民间，领受民间的教益，接受口传文学丰富的滋养。但那时就想，终有一天，结束了手里的工作，我会到达它，进入它"。

是的，我不止一次从远处望见过这个镇子的灯光。

从附近的称多，从囊谦。

现在，在这个阳光强烈的早晨，我终于到达了。从机场到结古镇

玉树记

99

的路上，一个深肤色高鼻梁的康巴汉子坐在了我身边，我的手被有力地握住："老师有什么事情就告诉我们，要见什么朋友也请告诉我们。"

这是个我不认识的人，但分明又十分熟悉。我们这个民族中的绝大多数人，仅凭身上那一点点相同的气息，就能彼此相认相亲。我说谢谢，但我不是老师。我开玩笑说，托时代进步之福，靠卖文为生，我还能养活自己，我不用兼职做家教，所以，请不要叫我老师。其实，我想说的是，当我面对自己坚韧的族群自己的同胞，我从来都只感到自己是一个学生，雄浑广阔的青藏高原，就是给我一千年时间来学习，也并不以为能将其精神内核洞穿。

我只说了一个名字，一个民间说唱艺人的名字。那是一个给过我帮助与教益的人，我说，我要去看望他。

　　路上，车里，主人在介绍一些玉树的基本信息。提到结古镇在藏语中的意思是"货物集散地"。在一千多年的时光中，这个古镇处于从甘青入藏的繁忙驿道上。这条古道有一个如今成为一个流行词的名字——茶马古道。也有一条渐渐被忘记的名字——麝香之路。这也是一条文化流淌与交汇之路。所以，这个古镇，曾经集散的岂止是物质形态上的商品。经过这个镇子进入的，还有多少求法之人？经过这个镇子走出的，还有多少渴望扩张自己视野与世界的人？

　　前面有着稀疏白杨树夹峙着河岸的山谷中，一团尘雾升起来，我知道，结古镇就要到了。真的，那些尘雾就是从正在重建的结古镇，从整个变成了一个大工地的结古镇升起来的。

　　我们就进入了那团尘烟。高原的空气那么透明，身在尘烟之中而尘烟竟消失不见。工地总是这样，浮土深印满车辙。各种机械轰鸣着来来往往。节节升高中的，已显示出大致轮廓的半成的建筑上人影错动，旗帜飘扬。未来的学校，未来的医院，未来的行政区，未来的商厦，未来的住宅，我们穿行其间。没有地震废墟，只有渐渐成形的建筑在生长。这里是青海，我想起了成就于青海也终了于青海的诗人昌耀的诗句：

钢管。看到一个男子攀缘而上

将一根钢管衔接在榫头。看见一个女子

沿着钢管攀缘而上，将一根钢管衔接到另一根榫头。

他们坚定地将大地的触角一节一节引向高空。

高处是晴岚。是白炽的云朵。是飘摇的天。

　　那是诗人写于 20 世纪那令人鼓舞的 80 年代的诗。现在，却似乎正好描摹着眼前的情景。就是这样，被强烈地震夷为平地的古镇正在生长，飘摇的天让人微微晕眩。

　　那个挖掘机手，轻轻一按手里的操纵杆，巨大的挖斗就深掘地面。那个开混凝土罐车的司机，不耐路上车流的拥堵，按响了声量巨大的喇叭。喇叭声把路口那个疏导拥堵车流的年轻交警的呼喊声淹没了。

　　这样的情形令我感动。

　　工地的间隙里是板房中的小店、饭馆。四川汉族人的饭馆，青海藏族人的饭馆，撒拉人的清真饭馆。肉店、蔬菜店、电器店、旅馆。生活还在继续，热气腾腾。不像我去过的别的灾区，浩劫之后有一种哭诉的情调。驰名整个藏区的嘉那石经城在地震中倾圮了，但虔城的信众们并不以为那些刻在石头上的六字真言，那些祈祷文，那些整部整部经卷的功德与法力会因此而稍有减损，人们依然手持念珠绕着石经城转圈、祈祷，为自己，为他人，也为整个世界。

　　我也因这样的情形而感动。

　　当然也听到好多生命毁伤、家破人亡的故事。但人们只是平静地述说，就像在述说遥远的故事，就像这些故事不是亲历，而只是听闻，是转述。活脱脱就是流行在青藏高原上那些口传故事的风格。讲这些故事的，有失去了不止一位亲人的人，有失去了自己刚建成不久的颇具规模酒店的人，有震中受重伤，身上的一些关节被替换成合金构件，回到工作岗位就服务于众人的人。还有，一位一定要在震后的玉树办起一份文学杂志的朋友。我没有看见有人流下过半滴眼泪。反而，我看到很多的平静与微笑。我喜欢这种平静中的达观。

高原上难得的温暖季节依然如期而至，草地碧绿，百花盛开。我四处走动，看到人们依然按照习惯，在靠近漫溢流水的草地上搭起帐篷，外出野餐。当我在附近的小山上把镜头对准一丛丛点地梅细密的小花时，从河谷中的野餐地，有悠远的歌声传来。歌声在谷地中升上来，达到与我平齐的高度，稍作盘桓，又继续上升，上升，升到了比后身侧的岩石峰顶更高的天上。我趴在馨香的草丛中，用镜头对准细碎的花朵，取景框中，焦距始终模糊不清。扶摇而上的歌，调子与词句我都非常熟悉，但那一刻，我却因为心头涌起的热流而泪光闪烁。

一位年轻的活佛，定要请我到他家里做客。他让我坐在比他高的座位上，亲手为我沏茶，然后，打开电脑听他新写的歌。他说，他要写出一种歌，采用流行的方式，但不是一般的情爱表达，而是有宗教感的，要有对于生命和对宗教的本质感悟与思考。也许，他的歌与他的追求间尚有距离，但我想，催生他想法的这些因缘，同样也将是我从这块土地上领受的深厚教益。能有机会在这样一块土地上，沉潜于自己的族群和文化之中，做一个学生，并不断收获新知识新感受，是上天对我的厚爱。

玉树记

◇ 3

　　就在那天上午，穿过喧腾的工地，穿过那些劳作的人群，穿过被阳光照得闪闪发光的尘土，一幢三层楼房出现在眼前。汶川地震后，我去过许多被瞬间的灾变损毁的地方，因此熟悉建筑物上那些狰狞的裂纹，知道是怎样的力量使这座建筑在一楼和三楼保持住基本轮廓的情况下，之间的二层如何几乎消失不见。我们被告知，这是整个结古镇将唯一保留的地震遗迹。我还进一步知道，震前，这座建筑是一家以伟大的史诗主人公格萨尔命名的宾馆。格萨尔史诗是属于全体藏族人的伟大的精神遗产，更是康巴人的英雄——他出生在康巴，建功立业也多在康巴大地。在康巴人的心中，英雄受到加倍的崇仰。所以，我推测，这座以格萨尔命名的建筑作为纪念物得以保留，不仅仅是因为这座建筑所留下的地震毁坏力的骇人印迹。

　　几年前，我曾在这座城镇四周的草原上搜集英雄的故事。就在那时，我就听人们不止一次提起这个镇子上的格萨尔广场。不止一次，有人向我描述那个广场中央塑造的威武的格萨尔塑像。我也在想象中不止一次来到那尊塑像面前。我甚至把这个广场与塑像写进了我的也叫《格萨尔王》的长篇小说。我寻访英雄故事的时候，没有到达结古镇。但我小说中，那个追寻英雄足迹的说唱人晋美到达过这个广场。

在这里，说唱人晋美与要跟他学习民间音乐的年轻歌手分了手。

"他们又到达另一个号称是曾经的岭国的自治州了。

"他们从山坡上下来，贴地的风从背后推动着，使他们长途跋涉后依然脚步轻快。地上的风向北吹，天上的薄云却轻盈地向东飘动。这个城市的广场很宽阔，两个人坐在广场上英雄塑像基座前的喷泉边，看人来车往。年轻人说：老师，我们该分手了。他还要给他一些钱。晋美拒绝了。他的内心像广场一样空旷。身后，喷泉哗然一声升起来，又哗然一声落回去。他说：调子是为了配合故事的，为什么你只要调子，不要故事……

"年轻人弹着琴歌唱。他唱的是爱情，他看见年轻人眼中有了忧郁的色彩。开始他只是试着低声吟唱，后来，琴声激越起来，是他教给他的调子，又不是他教的调子。这使他内心比广场更加空旷。

"……晋美起身了，歌手一旦开始歌唱，就无法停止。歌手用眼光送着他，那眼光跟歌唱的爱情是一致的，无可如何，但又深情眷恋。当整个广场和人群都在晋美背后的时候，他流泪了。"

在相当大的程度上，我也是一个说唱人。我不自视高贵。这个世界从来就是权力与物质财富至上，在当今时代，这一切更是变本加厉。但我坚持相信，无论是一个国，还是一个族，并不是权力与财富的延续与继承，而是因为文化，那些真正作为人在生活的人，由他们所创造与文化所传承的文化。我以为自己的肉身中，一定也寄居着说唱人的灵魂。我不自认高贵，但我认为可以因此从权力与财富那里夺回一点骄傲。

现在，我来到了这个广场。我早已从地震刚刚发生时那些关于玉树的密集的电视新闻中，知道了所谓喷泉是出自我的想象。但那座英雄雕塑一如我的想象。这个形象在那些古老唐卡中我曾多次遇见。但在这里，这个形象变得如此立体，坚实的基座上，那黝黑的金属铸成的人与马，与兵器与盔甲如此浑然一体，威武庄严。那么猛烈的地震，没有对这座塑像有丝毫的动摇与损伤。我当然要为此献上一条哈达，和我内心一些沉默的祝祷。我当然很高兴和当地的同胞一起在塑像前合影留念。格萨尔的英姿高高地矗立在我们身后，背后，是深远的蓝空和洁白的流云。做过一个梦，在拜读一位喇嘛诗人的诗句，惊奇他突然摆脱了那些陈腐的修辞，把流云比作精神的遗韵与情感的馨香。

◇　4

　　我来到这里，不只是因为结古镇这个古老城镇正如何成为一个新生的样板，更因为我一直在因虔敬的固守而踟蹰难前的文化中寻找格萨尔史诗中那种舍我其谁的奋发精神与心忧黎首的情感馨香。

　　因为这种奋发，松赞干布的大臣去到了大唐。

　　因此，一个美丽女子走上了从大唐长安到吐蕃都城逻些的漫漫长途。因为这位唐朝公主的经过，结古这个今天还焕发着生机的名字从深沉的史海中得以浮现。一千多年！我们在板房中任手抓羊肉慢慢冷却，任杯中啤酒泡沫渐渐消散，嘴里感叹着：一千多年！即便这一千多年来，我们可能不断转生，但失忆的我们，只能记得此生这几十年的我们，并不真正知道一千多年是怎样的悄然流逝同时又贯通古今。聚集的财富消失了，权力的宝座倾圮了，流传至今，只是深潜的情感与悠久的文化。

　　又一天的太阳照亮了大地。

　　负责接待我们的主人把我们带到了浩浩荡荡的通天河边。他们好意，不让我们只去看一个又一个重建项目。他们相信，物质的重建会很快完成，但文化方面的重建会更加漫长与艰难。所以，他们还邀我们看看风景与文化遗存。我们来到通天河边的肋巴沟口。大河水深沉地鼓涌着向东南而去。河岸上，那些草地与绿树被太阳照得闪闪发光。

玉树记

主人带我们看一面摩崖石刻。一面向河的石壁上，浅浅的线条勾勒出一尊说法的佛。佛头上有一轮月晕般的浑圆光圈。佛像的风格与镌刻方式透露出久远年代的气息。更加显出年代特征的是，说法佛侧下方那个戴着吐蕃时代高筒帽的男子，和与阎立本画中一样留着唐代女人发髻的面孔浑如满月的女子，她的手中，还持着一枝开放的莲花。

文成公主从唐蕃古道入藏时，曾在玉树的结古一带作较长的休整。传说这壁说法图就是她留下的。那么，那个顶着唐式发髻者，是她为自己所做的造像吗？佛法从印度兴起，绕过青藏高原，东渐汉地，所谓"佛法西来"。这时，佛法又从东土向西而去，并在西去途中，在此留下了清晰的印迹。

瞻礼之时，当地的朋友争相为我解说，使我深感温暖。

然后，我们溯汇入通天河的飞珠溅玉的肋巴沟溪流而上。沿途，满溢着碧绿草木的馨香。一千多年前，文成公主踏上了这条道路。而这条道路显然比一千多年更古老。一千多年后，这条路还像新开掘出来一样，前些天的雨水在泥路上留下清晰的冲刷的痕迹，裸露的石头干干净净。路边开满了野花：鲜卑花、唐松草、锡金报春……一个偏僻辽远的所在，那些草木的命名中，也强烈暗示着遥远地理间的相互关联。然后，又是一处摩崖造像。那是另一位入藏和亲的唐朝公主留下的遗迹。瞻礼如仪后，我们继续往前。

地势渐渐升高。溪谷也越来越开阔。随着海拔升高，植被也迅速变化。一丛丛的硬枝灌木出现在高山草甸上：开粉色花的高山小叶杜鹃，开黄色花的金露梅。这些开花的灌丛，从眼前一直铺展到天际线上。更宽广的草甸上，是紫色的紫菀的天下，是白色圆穗蓼的天下。

我热爱青藏高原上的旅行：自然中包藏着文化，文化在自然中不经意地呈现。我问陪同的主人，有没有带上些干粮？回答是没有。我遗憾不能来一顿草地野餐。盘腿坐在草地上日光下，背后是雄浑的走向辽远的山脉，面前是叮咚有声的溪流。就这样，不过一个小时，我们就来到了海拔四千多米的山口。背后的峡谷向东南而去，而面前另一道峡谷向着西北方敞开。

顺着蜿蜒的公路下到峡口，是香火旺盛的文成公主庙。

我这个人，不太喜欢进种种庙宇。作为一个身上天生就有宗教感的人，却总对处于我们与宗教的终极关怀间，我们与神祇的昭示间的神职人员保持着某种警惕，也并不以为那些庙堂中享受香火的偶像真能代表那些缥缈深沉的神祇。但在此地，风震响着满山的经幡，还有好些人在庙后的小山顶上播撒风马。我脱鞋揭帽，进到庙里，但没有匍匐在崖龛中的佛像跟前，只在心中瞻礼如仪。然后，伸出双手，两个年轻喇嘛把取自龛后的清冽泉水倾倒在我掌上。

我小饮一口，一线清凉直贯胸臆。我以为，自己的身，越过了语，直会了意。

然后，我们去到巴塘乡的重建工地。

玉树记

◇　5

怀着感动与敬意，从巴塘乡重建工地出来，已是六点多钟，夕阳西下。高原的大地在这样的光线下更显得邈远深广。那些耸峙在宽广草原尽头的岩石峰峦都在闪闪发光。

忍受着强烈高原反应一起采访的朋友该回去休息了。我对主人提出了新的要求：去看看草原上的鲜花。

三四年了吧，我一直在追寻高原花草的芳踪，高原植物学成为我的一门业余功课。四年前某一天，川藏线上，站在一座雪山垭口，对着身边那些摇摆在风中的种种花朵，我突然发现自己对这些严酷自然环境中的美丽生灵一无所知，和绝大多数人一样，我甚至叫不上它们的名字。我突然因此感到惭愧。说自己如何热爱这块土地，却对这块土地上的许多事物一无所知。这个时代，爱成了一个任何人都可以轻易脱口而出的词语，同时，却对于倾吐热爱的对象茫然无知。

爱一个国，不了解其地理。

爱一个族，不了解其历史。

爱一块土地，却不了解大地集中所有精华奉献出的生命之花。

因此，一个伟大庄重的词终于泛滥成一个不包含任何承诺，也不用兑现的情感空洞。

我意识到了这种热爱因为缺乏对于对象的认知而变成了一种情感

空洞。我决定不再容忍自己身上的这种荒唐的情感。

从此，当我在青藏高原这片我视为自己的精神高地上漫游时，吸引我的不再只是其历史，其文化，以及由历史与文化所塑造的今天的族群的情感与精神秘密。我也要关注这土地上生长的每一种植物。从此，不只是一个一个的人，每一种生命也都成为我领受这片土地深刻教益的学习对象。

所以，我现在要去拜会那些在这个短暂的美好季节里竞相盛放的花朵。我很高兴，新结识的当地朋友乐意陪伴我。我们掉转车头，向草原深处驶去。我很高兴能把一种种自己认识的草木指示给这些比我年轻的朋友。

在这个高度上，已经没有了树木生长。于是，总是用藤蔓缠绕与攀爬的铁线莲失去了上到高处的依凭，在公路两边的砾石中四处铺展，同时奋力高擎起铃铛般的黄色花。

而一层层叶片堆叠而上，奇迹般长成一座座浅黄色宝塔的植物名叫苞叶筋骨草，一枚枚精巧的唇形花就悄然开放在层叠而上的苞叶下面。

当我们停下车来，草原上细密的白色小花从面前铺展开去，直到视线尽头山峰浓重的阴影中间。那是白花刺参。带刺的叶片间竖立起一根带棱的长茎，顶端举着数朵一簇的象牙白的唇形花。我趴在草地上，从镜头中注视这些花朵如何反射黄昏将临时那最变幻迷离的光线。我用微距镜头表现它们的细部特征，再换上一只广角镜头，表现这些美丽生灵的广布与纵深。

直到夕阳西下，最后的一片光线紫红的阳光消失时，仿佛听见六

玉树记

弦琴一声响亮的拨弦后余音悠远。

晚上，在没有桌子的板房中，趴在床边在电脑上整理这些照片，竟忘记约了那位为我演唱过《格萨尔王传》的民间艺人来谈话。他也不来打搅我，竟在院子中等到半夜三点！

在玉树，那么多美好的印象应接不暇。最令人难忘的，还是这些真诚朴质的老朋友与新朋友们带给内心的温暖。正是如此醇厚的温暖让这回短暂的走访显得更加短暂。

怀揣着那么多的感动，真的要离开了。

玉树，在此之前，我曾经拜访过它西北部的平旷荒野，也曾经游历过它偏南方向横断山区最北端的高山与深谷。现在，我又来到了它的心脏结古镇。来的时候，迎接我们的有酒，有歌。送别的时候，也是一样。可以说这是一场送别的盛宴吗？食物其实非常简单：现煮的牛肉和羊肉、油炸馓子、酸奶、青稞酒，但的确是一席盛宴。地点经过精心安排，开满了紫菀与毛茛的草滩上，一座美丽的白布帐篷，四壁挂着当地摄影爱好者们精美的作品。还有那么美妙的歌声与敬酒。这些是灾民也是重建者的人们，用他们的豁达与乐观，让我们领受一种文化的伟大力量。

这是最难分手的时候，我却再次要求几个朋友提前出发，再去看看机场路沿途那些前些天不及细看的花草。

我记得那一丛丛紫色的鼠尾草。

我的家乡距此将近两千公里。但那几位当地的朋友也和我一样，曾在童年时，把这些漂亮的管状花从花萼中拔出来，从尾部细细啜吸花朵中蕴藏的花蜜。现在，这些花一丛丛开放得那么茂盛，在强劲的高原风中不停摇晃。我拍下了它们美丽的身姿，在流云如浪花翻拂的高原的蓝空下面。我加大相机的景深，把丛丛蓝色花背后的河谷中通向深远的路，和一段高耸的曾经的陡峭河岸纳入背景。

几分钟后，我就将从这条路上去往机场。

我不想说再见。我对这些新朋友说，我还要再来。一个人来。我说出一个又一个的地名，都是玉树这片雄阔高原上，我从未到过的地方。还有一些，是去过了，但还想再去的地方。

我们正日渐廓清文化的来路，却还并不清楚文化去向未来的路径与方向。我相信，这个答案，只能从民间新生活中那些自然的萌芽中得到启发。能够找到吗？我不肯定。我唯一知道的只是，我们不能因此放弃了寻找。

◇

果洛记

果洛的山与河

——果洛记之一

◇　1

　　高原上一切的景物——丘岗、草滩、荒漠、湖泊、沼泽、溪流和大河，好像不是汇聚而来，而是在往低下去的周围四散奔逃。

　　从西宁往果洛，路，那么地漫长，更加深了我这样的印象。

　　就像在青藏高原的所有路途上一样，那些景物扑面而来，又迅速滑落到身后。风景从地平线上升起来，敞开，逼近，再敞开……然后，是我这个旅行者，以及载着我的旅行工具，从其间一掠而过。风景从身边一掠而过：缓缓起伏的丘岗，曲折萦回的溪流，星星点点的湖沼，四散开去的草滩，还有牧人，和他们的帐幕，和他们的牛羊……再然后，那些风景在身后渐渐远去，闭合，滑落到天际线下。

　　现代交通工具提供的速度，使人感觉到一切都在向我汇聚的同时，又迅速掠过，然后，四逸流散。

　　一切都飘浮不定，让人失去把握，并不是一种美好的感觉。苦修的信徒，为了克服这种不确定感，会去观想崇奉的本尊神。为了克服这种荒诞的感觉，我也观想，观想一座大山超拔天际的晶莹雪峰。

观想古老山神的祈祷文里叫作"总摄大地的雪山"的那种大山。

在青藏高原，这样的大山一定像个威严的武士头戴着晶莹的冰雪冠冕，在天际线上闪闪发光。

此次的果洛之行，穿过漫无边际的荒野、牛羊、帐幕、稀疏的人群，以及阴晴不定的天气，我带着朝圣的心情，要去拜望那座叫作阿尼玛卿的雪山。原野深远，几种标本一般不断重复的地理样貌出现又消失。只有天气在变化。刚刚穿过一片把车顶敲打得乒乓作响的雪霰，就见一道阳光的瀑布垂落在面前，穿过去，又见风驱赶着蓝空中的云团，疾速翻卷，如海涛竖立。阳光强烈，沙丘闪烁着金属的光芒。而在低处，碧绿的草滩沉入了云影中，仿佛一渊深潭。就这样，一条公路穿过地理与天气，风景汇聚而来，又飞快流逝，陷落在身后的天际线下。

我像信徒一样开始观想。观想那座雪山。如果说，信徒对本尊的观想是基于虔敬，而在我，却是基于一种忧虑——基于这个激变时代，这片高原拼命固守却又难于固守时的流散之感。以至于地理上的变化也在增强这样的主观。

我让那座雪山的形象蹼来身前：稳稳矗立，充满心房；轻盈上升，那金字塔般的水晶宫殿就悬浮在额前。

我就用这种方法，稳定住流散的风景与心绪。只要有那样一座山从心里升起，我就知道，在这漫长的旅途中，似乎正四散而去的风景以及附着其上的一切，就不是在流散，而是在汇聚——向着一个洁净的高点汇聚。那个地方，平凡的生命几乎难以抵达，神性因此得以上升，从高处，从天际发出响亮的召唤。

因为这召唤而汇聚的高旷大地，叫作果洛。

高原上，五六百公里的行程，是漫长的一天，黄昏时分，我抵达了果洛的行政中心——大武。

夕阳西下，街道那一头，淡蓝的山岚迷离了视线，但我已经感到了那座雪山。冷冽而洁净的风从那个方向吹来，我就此感到了那座雪山。

用一句旅游杂志上常见的话来说：山就在那里。是的，山就在那里，在风的背后，可以感到，只是还未看见。

◇　2

当地朋友好像知我心意，第二天早饭毕，就安排去遥祭阿尼玛卿雪山。

出大武镇，往祭拜点出发。大武镇海拔三千七百米，看着腕表上的海拔度数渐渐升高，我兴奋起来，知道只要达到某一个高点，就能看到雪山从地平线上缓缓升起。那个高处，定是当地百姓祖祖辈辈遥祭阿尼玛卿的地点之一。

经打听，知道真要去这样的一个地方，我的心情变得肃然庄严，整理好了手中的哈达。与此同时，一股香气弥漫开来，是车中暖烘烘的空气使备好煨桑用的柏树枝的香气提前溢出了。

在藏语中，"桑"既是指献祭，也有以洁净香气"沐浴"的意思，我想这是指人在献祭过程中预先或同时经历的身心净化。眼下，这些四溢萦回的芳香之气，使我在前去祭拜的途中，就早早启动了这个过程。

尤其是在夏季，青藏高原上的雪山们不是每次都会在眼前清晰地呈现。既然雪山不是每时每刻都会遂人心愿，对祭拜者显露真容，这个预先启动的自我净化的过程，才成为祭山过程中，最有意义的方面。

我的童年和少年时代，即便是表达自然情感的祭山仪式也被严厉禁止。某年前，在电视台接受访谈，要我谈谈青藏高原的传统文化，我谈到青年时代第一次参加刚恢复的祭山仪式，看见熟悉的雪山突然就泪流满面时，我在摄像机镜头前再次泪满眼眶。今天，对任何雪山的朝拜都不会让我如此情绪失控，但内心还是会被一种温暖的情愫充满。前些天，我在一座城市和我一本小说的日文翻译交谈，这位生长于异国大都会的学者有些歉疚，但还是直率地告诉我，他无法真正理解我对自然界神一般的崇奉之感。我告诉他，其实我也不太懂得。最后，是他给了一个什么都不说明但又什么都可以说明的答案。他说：也许是血液里的东西吧。

我想，也许是这样的吧。在我的童年时代，那个小村庄的东北方向，就有一座雪山。那时不准提及神灵，当然更无从知道神灵的谱系。但我却知道，就是这座雪山，主宰着山下小村的天气变化。早上出门往那个方向望上一眼，就可以大致知道这一天的阴晴，知道在路上会遇到灿烂阳光还是飘飞的雨雪。或者，看一眼天空，就会知道，那座雪山是被云雾掩去，还是会矗立在眼前闪闪发光。当天气晴好，男人们会脱下帽子，低唤一声山的名字。后来，我知道，那其实同时也是山神的名字。

而眼下，在果洛，我心中拥塞着的，无非是关于它的历史文化的零碎的知识，眼前正在展开的土地却还十分陌生。我尤其不知道在渐渐升高的山谷尽头遮断视线的云雾会不会被正在升起的太阳驱散，或者被强劲的高原风吹开，让阿尼玛卿雪山出现在面前。

驱车二十多公里后，我们来到了可以遥望雪山的地方。

这是一个平缓隆起的山口，海拔升高到四千二百米，风无遮无拦地吹着。我们沿着的那个从东边而来的峡谷，在升高的过程中不断收缩，终于在这里到了尽头。但是，地形又急转而下，另一道山谷向着西面敞开。在青藏高原上行走，随时都会经过这样的地理节点。尽头也是起点。脚下，正是两道从沼地中浅浅濡出的溪流的分界与起点。

云雾非但没有散开，反而挟着细雨向着山口祭台四合而来。成阵的经幡猎猎的振动声，使风显得更加凌厉。我把被风猛烈撕扯的哈达系到经幡阵中，手还没有完全松开，豁然一声，哈达就被劲道十足的风拉得笔直，像琴弦一样振动不已。而一同前来的人们，都面朝着同一个方向——山口的西南。我知道，那是雪山所在的方向。强劲的风正从那个方向横越而来，幅面宽广。我熟读过地图，知道我们所在的地方，在阿尼玛卿的东面稍稍偏南。我也把脸迎向风，朝向雪山的方向。

在众人诵念祈祷文的声音里，堆在祭台上的柏树枝点燃了。一柱青烟还未及升起，就被风吹散，融入了四周凄冷的云雾中。当我们绕着祭台念诵祷文，每转到下风处，充满香气的烟就扑到身上，让我接受圣洁香烟的强劲沐浴。我念诵的是一段刚刚学来不久的对于阿尼玛卿雪山的赞颂，非关祈请，只是赞颂它的圣洁与雄伟。风继续劲吹，把我们手中扬起的风马纸搅成一片稠密的雪花，在头顶上升，在四周旋转。然后，熏烟的柏枝被风吹得燃烧起来，变成了一团通红的火焰。火焰被风吹拂，旗帜般招展。

车到了下一个山口，我再次回望，灰色的云雾仍然严严实实地遮断天际。但我知道，在接下来的果洛之行中，我还会环绕它，还会再次靠近它。这不只是指地理上的接近与看见。接近一座雪山还有更重要的途径，那就是从居住在雪山四周的人群中获得关于雪山的一切知识与解释。从歌唱，从传说，从不同时代不同教派的僧侣们写下的关

果洛记

于这座雪山的祈请与赞颂的文字。

"信民们点燃桑烟，摆上丰富的五色供品，虔诚地念诵祈祷祭文，雪山渐变为洁白宫殿，祥云霭霭……以阿尼玛卿山神为主的神族，从彩虹装饰的庄严宫门列队而出……"

是的，阿尼玛卿是山，同时也是一个神。

在藏语安多方言中，"阿尼"的意思是祖父。据当地的民间传说，这位老祖父名叫沃戴贡杰。和很多民间传说一样，果洛地方原来妖魔横行。而拯救了这片大地，使人们脱离苦海的正是来自远方的英雄。在果洛，这位英雄就是有八个儿子的沃戴贡杰。他派出儿子去征服远方。等到妖氛肃清，他们一家也就定居于此，这个家族自然就成为当地的部落酋长。随着部族的代代繁衍，这位祖先（阿尼）成为部族的集体记忆，他的故事开始代代相传。并且在这种没有固定文本的口传故事中，时时刻刻地被改写，终于，祖先成了神，一位创世的神。当他的部族人口增长，在宽阔的草原上星罗棋布，分出一个又一个新的支系，这个部族便需要一个具有象征意义的具象的中心。在青藏高原上，这样的具象中心只能是一座雄伟的雪山。在果洛，便是玛卿雪山。于是，口传故事中越来越了不起的祖先，终于与雪山稳固超拔的形象合二而一。

山神的故事便这样产生了。

大地，因为雪山而汇聚。星散在大地上游牧或家耕的人群，因为山神的信仰而凝聚在一起。

这位祖先，不止开辟了部族最初的生息之地，成为神灵后，还继续以他超常的神武与愿力庇护着这片大地和后世子孙。于是，他又从一位创世之神变成了一个庇护之神。每年，人们都要在祭山过程中，向他供献利箭和骏马。这样的供献当然是象征性的。箭是经过装饰的木杆，在专门的仪式上插到高峻之处的箭垛，骏马则印在一块块方形纸片上，让风飘送到天上。人们相信，在每一个夜晚，山神还会跨上骏马，挽强弓，挎箭囊，乘风逡巡，肃清一切妖魔鬼怪。后来，印度佛教在西藏化的过程中，在民间庞大的山神系统也纳入本土神体系，山神又演化成为佛教的护法，这就超出我关心的范围了。

我个人还是喜欢未被佛教化的山神故事。其实，这么说并不准确，因为几乎所有山神故事都被佛教化了，成了佛教的众多护法。但是，从那些山神故事中，我们还是可以部分还原出从本土刚刚产生时那些原初的动机。

山神，就是神格化了的人，就是人格化了的山。

山，因为向背的不同，决定了众水的流向。所以，是神。

山，因为高度与纵深，决定了让大气流动还是延宕。所以，是神。

山，高度人格化后，因为人一般情绪的变化造成了天气的变化。所以，是神。

青藏高原的雪山，不只是阿尼玛卿，都关乎着这里的人群对于自然的深沉感受，也关乎着族群对于有建树的领袖的强烈情感。

◇ 3

离开大武镇，我往果洛大地的南方而去。

到甘德。

到达日。

天阴晴不定。

像在青藏所有的草原旅行，再陌生的地方都是熟悉的情景——牧人的帐幕、牛羊、河谷开敞、列列浑圆丘岗上不时出现成阵的经幡。某些地方，错动的岩层拱破地表，露出地心深处那些隐秘而强大的力量。也正是这力量让所有雪山挺拔而起，直接云霄。我离阿尼玛卿越来越远。道路往南，而山岿然不动，在北方的天空下面。

雨又下起来了。

我说，这个季节不该有这么多雨水。

当地人说，如果不人工催雨的话。

当地草场并不需要这么多的雨水，是焦渴的下游需要。下游的农田需要，发电站需要，工厂需要，城市需要。只要看一眼中国地图就知道，黄河发源后，就从西南方直奔阿尼玛卿山而来。全数接纳了这座占地几百平方公里的雪山南坡所有冰川和沼泽中发育的溪流。因为这些密布的溪流，黄河得以在上游就水流浩大。资料显示，黄河水量的百分之四十来自这一地区。

而且，黄河在这一地区只是补充，基本没有消耗，也没有污染。下游却只是消耗，再无补充，只是时常污染，时常断流。所以，源头地区因为催雨而忍受这么多阴雨天，只是为了缓解下游的焦渴。那些缺水的地方并不知道上游地区还在作着这样的贡献。虽说贡献或许会让人产生高尚的感觉，但坏天气总是令人不快。尤其是在青藏高原这短暂的温暖季节，大地，和大地上的万物都那么渴望阳光，渴望太阳给这片大地以热力，使大自然得以把这些热力通过广布的植物转化成能量，催熟花粉使草木与庄稼的子房受孕，让植物的来年有众多的种子，更多的种子与根茎成为人与动物的食粮。但现在，雨水淅淅沥沥地落下来，温度降到了十度以下。新开的公路一片泥泞。湿漉漉的草场了无生气，灰色的天空，黯然的河流，显出一种凄凉的被世界所遗忘的情调。特别是那些彼此间动辄相距几十上百公里，建成不过几十年的小镇，从浓雾中突然出现，又从车窗前一掠而过，再次陷落在身后的云雾中间，只给经过它们的人留下零乱、萧索的印象。一天之内，我连续几次拍下这些一掠而过的镇子，发到微博上，同时发出心中的疑问：这些几乎未经任何规划就匆忙建成的零乱小镇，显示的到底是这个时代对于河源地区的珍视还是轻慢？我想起小时候，生活在被世界遗忘的偏僻乡间，常常渴盼去到这样的镇子。但一年里至多有一两次机会。天不亮就起床，徒步上路，三四个小时后，走进镇子时已经疲惫不堪。然后，紧捂着口袋里一两块钱人民币，不知道该是在照相馆照一张相，还是去供销社买一双解放鞋。到今天为止，这样的小镇并没有太大的变化。

　　我注意到，其中一些小镇正在变大，有了新的建筑群。我被告知，

果洛记

125

这是执行国家退牧还草计划的结果。为了黄河源区很多生态恶化的草场都不再放牧，牧民变成城镇居民，集中安置到这些小镇上。问题是，这些荒僻草原上的小镇并不能为这么多牧民提供足够的生计。开个小店？已有的店铺已经足够满足当地所有的日常消费。旅游？这是政府官员与媒体常常说到的事情，但在这里的大多数地方，至多是在短暂的夏天有零星的背包客出现。想要做点别的事情？这些小镇离任何一个能够提供商业机会的地方都相距遥远。当然，政府对这些放弃了世世代代游牧生计的牧民有一定的补贴。我打听了一下，每户每年几千块钱。对于一个上有老人，下有儿女的五六口之家，平均到人头，每人所得远远低于内地任何一个地方的低保标准。十几天后，我在北京学习，听一位高官的国情报告。讲到生态问题时，他就举到果洛的玛多县做例子。玛多，是黄河源头第一县，80年代，这里水沛草丰，于是当地政府大力发展畜牧业，迅速成为中国举足轻重的牧业大县，80年代人均收入两千多元，曾经是中国人均收入最高的地方。但是，过量的放牧，加上全球气候恶化，草场迅速沙化，黄河上游水量日渐递减，以至于有如今退牧还草措施强力推进。于是，那些靠一顶帐幕游牧于草原与雪山之间的牧民们定居到了这样的小镇上。

当我们在雨中穿过那些湿淋淋的凄冷草原时，不再放牧的草场真的在恢复生机，一些消失的湖沼又蓄上了水，星星点点地辉映着灰色的天光。这情景让我想起史书中黄河上源的一个古老名字：星宿海。这情形确实令人鼓舞。但我还想到迁移到这些小镇上，改变了生活与生产方式的人如何生存？他们会不会在寻找新生计，面向新生活时，因不适而感到茫然？

在一个小镇停留，看到了牧人们开的小店，传承非遗手工艺的作坊：纺羊毛，织地毯。也是新开的小饭馆，在里面吃一只饼，就一碗热乎乎的牛杂汤时，听到新修的小学校钟声穿过雨雾，清澈响亮。

雨还在下，众多的水在草原上汇聚，汇聚成溪，成湖，最终，汇聚成河，黄河，昼夜不息，向着东方。就是这样，遥远的西部，不发达的西部，用这样的方式，为高速发展的中国，提供滋养。

果洛记

◇　4

　　到达黄河边。

　　汽车过一座桥。桥头写着黄河大桥。桥帮上挂满了经幡。经幡挂
得太多，层层堆叠在一起，加上被雨水淋湿，再也无力在风中飘飞，
使得印在幡上的祈祷文也无法上达天听。

　　就这样，我到达了达日县城。黄河边上的第二座县城。据说，
进县城的这座桥也是黄河上的第二座桥。在旅馆放下行李，看见窗外
的天空有放晴迹象，我赶紧出门。穿过一些升起炊烟的院落，和零零
落落的狗吠，我登上旅馆后面的一座小山。我的鼻孔中充满了青草的
味道。

　　这时，天空中的云层裂开一道道缝隙，漏出了天光。

　　在达日县城背靠的那道蜿蜒到黄河边便戛然而止的山梁的顶端，
我转过身去，一道开阔的河谷豁然呈现。从铅云西垂的天边，黄河静
静地涌流而来，被云隙中漏出的天光镀上了一层光亮。草原上，奔流
而来的黄河不是一条，而是很多条，它们在开阔的谷地中犁开草原与
沙滩，不断交织，又不断分开。地理学上有一个名词，把这种样貌的
河道叫作"辫状河流"。但我更喜欢我从书上看来的另一个说法。藏
语中，草原上清澈明净的河流叫玛曲，而不叫黄河。"曲"是河流，
而关于"玛"有多种解释。我爱的是这一种——孔雀河。这称呼，既

直指高原黄河水清澈华丽的质感，更形容出了黄河漫流在草原上时如孔雀开屏的美丽形状。至少，在这一时刻，这一段的黄河真的可以称为孔雀河。

我在黄昏的风中，看着黄河闪闪发光涌流而来，直到我脚下，又被突出的山梁逼出一个大弯，擦过达日县城的边缘，继续流向东南。这时，我离阿尼玛卿雪山已经相当遥远了。黄河流经阿尼玛卿南坡后，在这一段已经变得相当阔大。它在达日县城边稍作盘桓，便继续往东，去接纳更多的水流。青藏高原上的黄河，就这么萦回，这么涌流，就像这片高原上的人群，那样安详，听天由命，没有任何功利目的。就像我现在，站在四合的暮色中，看黄河映射的天光渐渐暗淡，只是将其当作一股源源不绝的情感，把我充满。而黄河在草原上这百转千回，唯一的目的，好像就是为了让自己的水流越发丰沛。

我再次穿过山脚下零落的狗吠声，穿过渐渐亮起来的灯火，穿过达日县城的街道，回到旅馆。

或者是刚才眺望黄河的心绪未尽，或者因为主人给我安排的房间过于宽敞，我只觉得心里空空荡荡。于是，灯下，我再次展开地图，看黄河出了达日县城后继续往东，出了果洛，流到了四川阿坝，眼看，就要突破青藏高原东北边缘那些浅山，却突然转弯北上，进入甘肃，再突然，又折而向西，再次流入了青海。回到了阿尼玛卿山之北，继续接纳这座雪山北坡上发育的河流。

黄河绕着阿尼玛卿形成了一个美丽的 U 字形。

难道巨龙回头，是要绕阿尼玛卿一圈吗？

但我知道，这已经不能够了。黄河回头西行不久，就一头向下。

果洛记

青藏高原东北边缘那些黄土与红土深厚的山地使它猛烈深切，陡然下陷。从此挟泥带沙，身躯日渐沉重，再也无法回到四千米左右的高度了。

离开达日，我又折而西向。我从阿尼玛卿的北坡面来，现在要去到这座雪山的南面。

仅仅过了一个短暂的晴天后，雨水又接踵而至了。我穿过那些已经无人游牧的曾经的牧场。雨无遮无拦地下着，落在草滩，落在河面，落在沼地当中那些正在重新恢复生命的湖泊上。平地而起的冷雾遮没了所有山岗。海拔计指向四千六百米的时候，面前的公路出现了一个分岔。车停下来，在雨刮器的吱嘎声中，司机问我，那条路通向另一个可以遥望阿尼玛卿的祭台，要不要去看看？我看着漫天迷雾，摇摇头：不去了吧。

就这样，我离开了果洛。

中午，在一个冷雨中的小镇，和几个卡车司机，在一个小饭馆里，围着一个铁皮火炉吃了一只烧饼、一碗羊肉粉汤，继续上路。那时，阿尼玛卿真的是越来越远了。我说，我还会来，一定要在一个天朗气清、艳阳高照的日子，看见阿尼玛卿，头顶冰雪冠冕，闪闪发光地矗立在蓝天下面。

下次，我来时，要把这次果洛之行的路线反转了过来，从南面进入，而从北面出去。这样，我就可以在青藏高原北缘的峡谷中，再次与黄河相遇，看见它如何拖着日渐沉重的身躯经过贵德，经过循化，看见它如何深切大地，开始灌溉峡谷中那些干渴的藏人的村庄和穆斯林的村庄。然后，再次离开它。

最后，我要站在兰州的黄河铁桥上，再次俯瞰它。这时，它已经灌溉过了许多村庄，也翻越了好多座水电站的大坝，滋润了许多座干渴的沉重，并接纳了很多污秽。这时，它已经完全改变了颜色，身躯沉重，穿越城市，成了名副其实的黄河。它或许已经记不起自己在草原上清澈的模样和藏语的名字。

　　而果洛与阿尼玛卿，已经像是个依稀的梦境了。

果洛记

果洛的格萨尔

——果洛记之二

　　在一顶帐篷里午餐。

　　手抓羊肉、血肠、手抓牛肉、肉肠、饼，在青藏的游牧草原，不论地点如何变换，食谱几乎是固定的。我食指大动，很快就饱了。

　　搭建帐篷的草地被一段溪水绕成一座半岛。我跨过溪流，到正在开花的草地上，拍些照片。每次高原归来，朋友们都说，你又去拍花了。其实，我每次上高原，都是忙着别的事情，偷得些空闲，便抓拍些奇花异草。这回的空隙，就靠少说猛吃得来。有关心我健康的好人教导，要细嚼，要慢咽，这样不会发胖。可是每到高原，我就会因为花草产生强迫症，胡吃海塞一通，趁主人不注意，钻出帐篷，用一双油手端着照相机在草地上四处逡巡。眼前，龙胆科的秦艽和菊科的火绒草早都拍过，我在搜寻另一种龙胆花。很快，就在小溪的一段曲折处看见了几星紫光。果然就看见了这些直径不到一厘米，红中泛蓝，蓝中透紫的小花。我趴在草地上，凝神屏息，通过一只微距镜头观察这些美丽精灵。它们复杂而又单纯的结构上那些色彩似乎要幻化。这些颜色就是青藏高原某种单纯的复杂呈现。似乎是害怕这些色彩化雾化烟，我轻轻按动快门，将它们一一收纳，成为我的珍藏。这一刻，我再次肯定自己工作的意义：要使青藏高原鲜为人知的、总是被有意无意忽略的方面得以呈现。高原强烈的日光暖烘烘地落在我背上，透过衣服，钻进身体内部，就成为一种可感的情绪，在胸腔中涌动。仿佛为了应和我这种情绪的波动，大滴大滴的雨水陡然而至，从半空中落下来。我看见雨滴如何落在草叶上，被明亮的阳光透耀着，在镜头前迸散开来。

此时，一位美女把一碗酸奶送到溪边我跟前来。

照例，酸奶出现，这餐饭就到尾声了。仿佛西餐时上了甜点。

我回到帐篷。客人陆续离开，回城里酒店去休息。我也是客人之一，应邀来参加一个探讨如何将当地文化遗产作产业开发的会议。在果洛，民间广泛传布的格萨尔史诗被视为这笔文化遗存的核心。所以，我作为曾写作了长篇小说《格萨尔王》的作者，也应邀前来。同来赴会的人回去休息，我留下来，品尝又一碗酸奶。几位当地朋友和我坐在一起。雨噼里啪啦地砸在帐篷上，我们开始交谈。

一个个强悍的黑脸孔的高原汉子，都面露谦逊的微笑，语气也极尽婉转。

我很庆幸没有离开，才因这一番交流而获得了新知。或者说，这一番午间谈话让我有了此行最重要的收获！

雨水落在帐篷上，同时我听到了这样委婉而小心的表达："老师的小说看过了，写得很好。可是，可是……"

我悚然一惊，立刻正襟危坐："请讲！请讲！"心里却十分忐忑。

"老师的小说虚构了很多……"

果洛记

133

我放下心来："小说嘛，当然要虚构。"虚构的能力也是想象力，是一个写作者的看家本领。

"你写了阿古顿巴跑到格萨尔的梦里去和格萨尔对话。"

我以为藏族民间口传文学有两个完整而庞大的系统。一个系统的主角是格萨尔。阿古顿巴则是另一个故事系统的主角。让这两个熠熠生辉但互不交集的人物在梦中相见，我自认这是自己小说的神来之笔。他们提到这点，简直就搔到了我的痒处，我一口就喝干了酸奶，想要侃侃而谈。但是，他们没有给我这个机会，而直接说出了他们的意见："虚构？可是这个故事是真实的啊！"

"哪个故事是真实的？"

"格萨尔王的故事是真实的，都是历史上真正发生过的啊！"

"老师你虚构这么多，我们这里的人有些担心……"

"担心？担心什么？"

"你的书有那么多虚构，又有那么多人看，以后人家听到格萨尔故事，再不会相信格萨尔王事迹是真实的，而要以为全是虚构的故事了。"

"呃！"

那么多美味的食物没把我噎住，这个问题把我噎住了！

迅即而至的雨也在瞬间停止了。有只牛虻在帐篷里嗡嗡飞翔。轮到我小心翼翼了："那么，你们以为……格萨尔故事是真实的？"

"我们就是害怕老师虚构之后，外面的人会认为原来的格萨尔故事也是虚构的了。"

我明白了。

是的，历史上本来有格萨尔这样一个真实的英雄人物。那是强盛一时的吐蕃王朝崩溃后，青藏高原上群雄并起，或割据一方，或相互吞并的混乱时代里，一位雄踞一方的部落首领，一位兼并群雄的强国之王。但是，这个英雄并没有在某个历史写本中被固化。他的事迹的传播是以韵文的形式传唱千年。这部传唱史也是所有歌者与听者参与艺术创造的历史。这个不固定的文本，在每一次传唱中被夸张，被戏剧化。在这个不断变动的口传文本中，那些并起的群雄中另外一些人的事迹渐渐汇聚到一个人身上。这个故事文本刚刚产生的时候，佛教对青藏文化的覆盖还不如后世那么深入与全面，但是，当这株故事树日渐枝繁叶茂，佛教的观念也不断渗入，以至于很多版本成为宗教义理的通俗宣喻本。一千多年过去了，这个文本从一个部落史，一部小王国英雄传变成了一部藏人的百科全书，地理、历史、风俗、自然观念、情感、神灵的谱系，无所不包。

我想，所有这些都是虚构。

但是，这些年，我越深入这部史诗，越觉得未能真正懂得它。所以，和过去那些小说的写作完全不同。过去，写完一个题材，就会离开，去寻找新的疆土。但这一次，写作完成后，我还在试图继续深入。这一回的果洛之行也是这种努力的继续。包括当地政府正在尝试的这个文化题材的产业化开发，也是一个令我感到新鲜的话题。而这次不经意的谈话，又给了我一个新鲜的、从未设想过的知识空间！

现在我知道了，在果洛——传说中格萨尔创立并使其空前强大的岭国的核心地带，有一些人——我不知道是所有人还是一部分人，他们认为史诗所吟唱的故事，都是历史的事实。而且，他们还担心我这样的当代小说家在史诗基础上又多所虚构的故事会损害了这个故事的真实性。

这是我第一次听到这样的说法。

我没有替自己辩护。我只是被震住了。虽然辩护是多么容易。一般的文艺发生学的基本原理。或者就这个题材本身而言，专家学者们相同的见解。但在这里，很多的问题，不是基于抽象的道理，而是一种强烈的情感。我只是有些理亏似的、吃力地解释。说明我的文本是多么微不足道，于《格萨尔》这部伟大史诗不能撼动分毫。这也是一个从祖先丰富的遗产中获得启示的写作者应有的谦卑。

经过我这番吃力的解释后，一个朋友表示，他会把我的这些说法写成一篇文章，告诉给那些担心虚构文本会对史诗真实性有所损伤的人。我这才推测，有这种担心的人不在少数。或许，他们还不只是存在于格萨尔故事的核心地带之一的果洛。

我知道，我们只是出于善意在试图彼此理解，并不可能在这短短的时间里就彼此说服。

带着这个问题去参加下午的研讨会。

散会的时候，过去访问讨教过的那位有着"画不完的格萨尔艺人"称号的艺人过来问候。他是一位著名的藏医，同时，还创作了数量众多技艺精湛的格萨尔题材的绘图。他不但用绘画把格萨尔故事中众多的人物作了生动的塑造，据说，其画作还对史诗中遥远时代的宫殿、服装与兵器作了真实的还原。他拉住我的手，说："你的书我们看到了。他们有些意见，不过还是很好。"

我想，"他们"和"我们"在这里都是一个意思。

我问他："是因为我写的和原来的故事不一样吗？"

他笑笑，和我告辞了。

晚上无眠。因为这次得到的前所未有的新鲜经验。

带着这样的经验的震撼，我开始在果洛大地上行走。带着这样新鲜的经验，我在灯下阅读新得来的有关果洛与格萨尔的文字材料。在旅行中，遇到格萨尔艺人或其他人，我有意无意，抛出一两句闲谈去试探。

诸如："你演唱的故事是真的吗？"

诸如："格萨尔是一个真人吗？"

他们总是淡淡一笑："当然是真人了，当然，他后来成了一个神仙了。"

于是，我就在这古老传说展开的人神之间的宽广地带中不断游走。有一处宫殿，是格萨尔王建立的。有一处湖泊，是他妻子曾经的伤心之地。有一块巨大的冰川运动后留下的巨大的冰碛石，那是英雄的武士头盔。黄河滩上的草原是岭国百姓曾经的游牧地，更是英雄降妖伏魔的战场。你看，这片黄河与浑圆山丘间的草原，难道不是和史诗中吟咏的格萨尔赛马称王之地的地形地势一模一样？没有人反过来想一下，一个游吟诗人也可能在此景此情中用眼前的地势重新构建了那个盛大的场面。

在果洛，我观摩了专业文艺团体用现代歌舞剧重现格萨尔赛马称王的历史时刻。而在一个露天广场上，一所中学的学生们，在用古老藏戏搬演这伟大的传奇。传奇与现实如此交融，我开始理解，这些新朋友为什么愿意坚信《格萨尔》这部穿越千年的传奇是真实的历史。

果洛记

在果洛的最后一天，到了黄河上游的第二个县——达日。晚餐之后，半天细雨，半天晚霞，应主人的邀请，我们去到河边草滩上一个帐幕宫殿。我相信，这也是对于遥远古代的一种模仿与重建。我们饮酒，交谈，歌唱，并和这些新朋友再次交流。和他们的交流与跟专家学者的交流有所不同。在这里，这不是一种知识，而是一种深沉的情感，一种坚定的信仰。

在史诗的辉煌时代后，仿佛一个长长的梦魇，青藏高原就陷入了长期的停滞。直到紧闭的智识之门訇然开启，世界蜂拥而来，难以抗拒。这时，人们怎么会不愿意像在格萨尔时代一样，是自己扩张了自己，不待世界拥入，自己就敞开心胸去勇敢地进入。

马上英雄的时代很快就结束了，蒙昧的人们被高踞法座上的人教导引领，把自己的生境构想成一个坛城般庄严圆满，且一切具足的世界，只需要祈祷与冥想，转动的时轮会把一切有情带到世界美好的那一面那一端。可是，世界美妙的那面与那端，我们灵魂寄居的此一肉身上的双眼却不得亲见。可以亲见的，却是传说中那个辉煌的英雄时代不再重现。

从这个意义上说，岂止是这些新朋友愿意相信本于历史却又多所夸饰的英雄史诗就是历史本身，即便是我这个一起笔便知自己是在虚构与想象的小说家，也何尝不是在幻想的引领下表达希望，表达一些超现实的梦想，关于英雄，关于浪漫，关于个人与族群的精神舒张。因此，我理解这些朋友的主张与情感。

那天深夜，一个朋友送微醉的我回酒店，我们又倾谈半晌。

话题依然是格萨尔这株巨大的故事树，关于藏民族口传文学中的英雄传奇，到底是铁定不移的史实，还是渴望英雄再世而在想象中多所虚构——文艺的虚构不是谎言，不是基于事实，而是在漫长的失落后一种强烈情感的真实表达。从这个意义上说，即使格萨尔故事全是真实又如何呢？对我们今天这个平庸的缺乏英雄气的时代来说，即便这部史诗全部呈现的都是铁定的历史，也已如虚构一般。

那个夜晚，因为酒意，我沉沉睡去。也因为宿醉的头痛，因为心中那些挥之不去的纠结，我在清晨醒来，便再睡不着了，干脆穿衣出门。在早晨清新的空气中，穿过一个个黄土筑成院墙的人家，在此起彼伏的狗吠声中爬上达日县城背倚的山岗。那里的山嘴上，有一座高大的格萨尔高踞马背的塑像。天阴欲雨。湿漉漉的经幡低垂不动。背后山下，小城正在苏醒。一个个小院里升起淡蓝的炊烟。而在我前方，黄河从遥远的天际漫漶而来，映着幽暗的天光，缓缓流淌的水面闪闪发光，带着一种坚硬的金属质感。

是离开的时候了。下山的路上，我数次回望那座白色的英雄塑像。这是短短几天里，我在果洛看到的第三座格萨尔塑像了。

是的，未曾离开，这篇今天才写就的文章就已有了题目，名字就叫《果洛的格萨尔》。

山南记

◇　从天上看见

　　飞国内航线，我一般会要一个靠走道的座位，为的是进出方便。只有去西藏，如果坐飞机去，我都会要一个靠窗的座位。航程到一半，就是凭窗眺望的时间了。众神退场的时代，人可以飞翔，美丽河山，可以从天上看见。机翼下，一座座雪峰涌现，让人联想到佛教色彩浓重的藏文表达里的修辞，正该说是一朵朵吉祥的莲花浮现。这当然是一种象征的说法。但一个象征反复使用，这比喻刚诞生时的生气便日渐枯萎了。我摇摇头，抛开这个只剩下干瘪的修辞空壳，只是靠在窗口，看座座雪峰在机翼下一一显现。

　　这群雪峰的东边，是紧邻四川盆地的横断山区的幽深峡谷。那些深切的峡谷中的一派翠绿，因为阳光折射而浮动着淡蓝色的烟岚，峡谷底部，一条条蜿蜒的河流亮光闪闪。我去过那些峡谷中几乎每一条河流。同时也得承认，只真正到达过少数几条的源头，因为所有源头都是那样难于抵达。这每一条河流，无论我多么熟悉它们中下游的牧场、村落、城镇，多么熟悉一条河流与另一条河流相逢汇合的地方，但它们的上游，那些远离人烟的雪山丛中的发源地，总是因为险峻而难于抵达。而从这样的高度俯瞰，地理的秘密便一览无余。于是每一次飞行到达这个空域，我都会凭窗眺望。我看见雪峰顶上，堆积着厚厚的积雪。积雪堆积到一定数量，就会因为自身的重力慢慢往下滑坠。

就这样，一条条冰川在雪山上形成了，它们顺着陡峭的山坡俯冲而下。其实冰川流动非常缓慢，但那庞大的体积，和自上而下的重力感，依然给人俯冲而下的强烈感觉。冰川下降到一定高度，在自峡谷中向上蔓延的绿色即将到达的高度上，它们终于融化了。在砾石滚滚的地带形成喧腾的溪流。

　　这些冰雪在融化之前，它们在山顶深睡了很多年，又变成更坚硬的冰慢慢向着山下滑动了很多年，直到我从这样的高度向着冰川凝视的这一刻，它们在冰川晶莹的舌尖上融化为一滴又一滴水。天空蔚蓝，白云舒卷。下方翠绿的山谷正是盛大的夏天，这一刻，许多鲜花正在绽放。更重要的是，一架飞机，载着那么多不同的人，飞过上方的天空。一滴滴刚刚转换为液态的水悬挂在冰川的舌尖，在我乘坐的这架飞行器横过天空时，轻轻震颤着脱离了冰川，汇入了细细的溪流。那是成千万成亿万融化的水滴的汇聚。突然，这些暗哑了许多年的冰雪听见了自己欢快的声音，同时，它们还感到，速度突然变快了，那些砾石与苔藓一掠而过，当它们涌上青碧的草地时，它们看见了牧人的帐篷和牛羊。再过一个小时，等我降落在拉萨机场的时候，它们一定已经流进了峡谷底部的农庄。

　　雪峰继续从机翼下滑过。刚才还在雪峰的东边，现在已是在那些高耸的雪峰的西边。我最熟悉的一条大冰川出现在眼前。在上方，它是两条冰川，两条冰川在一片铁灰色的悬崖下汇聚在一起，两边的悬崖像一道紧紧的束腰，使得冰川在这里高高隆起，然后，变成一个宽大的扇面扑向山下。第一次看到这条冰川时，冰川的下方，有一个灰蓝色的小湖泊，然后，才是溪流在砾石中一泻而下。第二年，冰川依旧，小湖却消失了。这回，这个松耳石颜色的湖泊又出现了。和雪峰群东面山谷的幽深翠绿不同，西面的山谷开阔平坦，绿色变得相当稀薄，若隐若现。这就是说，已经离开了横断山区，来到了青藏高原的顶部。这里，那些河谷最深的部分也在海拔三千六七百米。这里，所有从雪山下来的融雪水都改变了方向。它们大多向西向南。

雪峰群东面的河流叫鲜水河，叫雅砻江，叫大渡河，叫金沙江，叫澜沧江。

现在，在雪峰群的西面，机翼下是宽阔的拉萨河谷，和更为宽阔的雅鲁藏布江。

这里以雪山为中心，发育众多河流，这些河流又构造出众多适于耕作与游牧的谷地，所以，藏族传统的典籍中才把高原辽阔的大地称为"雪域"。最早具有人文主义启蒙精神的藏族学者更敦群培曾经说过，"自西部的邬仗那至东部的工布直至康定都在这一雪域山脉的范围之内"。

飞机下降。视野里再无亮光夺目的雪峰，而是河谷两边并不高峻的灰色山峦。山峦中间，是闪闪发光的河水涌流，是河岸两边的绿色平野。这些绿色平野，顺水而走，仿佛戈壁中的绿洲。

就这样，我又一次来到西藏。来到喜马拉雅山北侧的雅鲁藏布河谷中间。

◇　山南

终于来到了山南。

到山南很容易，不像在青藏高原别的地方，要穿越崎岖深峡，要翻越陡峭的雪山。出了机场，沿雅鲁藏布江边的公路而下，柏油路面平整，宽阔漫漶的雅鲁藏布江面就在路边，有时，江水去到远处，平整的田畴，柳树和杨树林，或者是宽广的沙滩隔在了江水和公路之间。平坦宽阔的河谷两边，山峦上土质瘠薄干渴，植被稀疏。河岸边生长着茂盛的柳林和高挺的杨树，但高出河岸两三米的山坡，就被稀疏多刺的锦鸡儿与沙生槐组成的低矮灌丛替代了。山坡与河谷仿佛两个不同的世界。大多数时候，沿江而行的公路就是这两个世界的分界线。山崖上，镌刻着佛像和密咒。空气通透，随风振动的经幡上的藏文字母清晰可见。我有些恍然，这是因为神佛护佑了这片土地，还是因为期待中的福祉尚未降临，耐着性子的人们仍在固执地祈求。江流与江岸的绿野那样肥沃，那样生机勃勃，仿佛真受着福佑，而江岸边那些山岗，如此荒凉，似乎早被遗忘。

路牌上出现了一个地方，朗色林庄园。前年冬天我到过那里，那座庄园的主体建筑正在重建。以下的河谷地带，就是我从未到过的地方。

到了桑耶渡口。我有些激动。江流宽阔。有不少人等待过渡到对岸。我没有要求停车，我想，这几天的行程里，我会来这里看看。我会从这里坐船去到对岸，去看看西藏历史上的第一座寺院桑耶寺。至今，在我家乡嘉绒地方，一位名叫白诺杂纳的高僧依然被高度崇拜。这个在远离西藏的大渡河流域最早传布藏传佛教文化的高僧，一千多年前，就在对岸的桑耶寺剃度为僧，是历史上藏族人中最早出家的"七觉士"之一。汽车开过渡口，我回身，看到渡船启动了，去往彼岸。天上大堆的白云倒映在江水里，那渡船仿佛在天上滑行一般。

雅鲁藏布江上的渡口都有漫长的历史。

一位叫作亨利·海登的英国人在一本叫《在西藏高原的狩猎与旅游》的书中描绘了这样的渡口和渡船："在一个小小的河湾，我们看到有两只渡船正在那里等着送我们过河。这是两只巨大的长方形的驳船，在船头雕有粗糙的马头图案。渡船装载着 15 头负重的骡马，由两名船夫在船头划桨，另外还有一个在船尾掌舵。"时间是 1922 年。

这位英国人已经是第二次来到这个渡口，他在书中写道："这次摆渡，让我想起 18 年前的往事。"那是 1904 年，因为西藏地方政府拒绝英印殖民政府的通商要求，英印组成远征军，直扑西藏腹地，最后在拉萨迫使西藏地方政府签订城下之盟。这位英国人当时也是远征军中的一员。只不过这一回，他已经是应西藏地方政府的邀请作地质与矿产调查了。他在书中写道："现在的木渡船看上去就像我们当年用过的那两条，只是如今过渡的只是五六个人和大约三十头牲口。那一次，则有无数的人马和装备源源不绝摆渡到对岸，向拉萨进发。"

看过一篇作于 1962 年的《山南地区调查报告》，其中论及山南的交通：雅鲁藏布江"这条南北大堑，利于行船，沿岸有牛皮船和马头船（一种木船）横渡，沟通两岸居民来往"。

这篇调查报告还提到，没有公路以前的 50 年代，风平浪静之时，有牛皮船从拉萨河顺流而下，入雅鲁藏布江，到山南。全程需要三天时间。

今天，我站在渡口，渡船还是长方形的平头船，只是没有船首的马头雕塑，而船尾也装了一台柴油发动机代替了桨手。船上，是游客、村民与朝圣的信徒，牲口变成了摩托车，还有一台小型拖拉机也想上船，但是被拒绝了。往下游不远，有新修的桥梁可供机动车，包括载重汽车来往于两岸，只不过需要多绕行一段路程罢了。

50 年代修筑了拉萨至山南首府泽当的公路。

今天，这条柏油路面的高等级公路相当平顺，下飞机才一个多小时，我就到了山南地区的首府泽当。

住进酒店，房间里有当地的旅游宣传品。跟我此前读过的材料相比，更简明扼要。

山南，藏文化发祥地。

这里产生了最早的藏族人，最早的青稞地，第一个国王，第一座宫殿，第一座寺院。

泽当，直译出来的意思是"玩耍的坝子"。谁玩耍呢？不是人，是猴子。那时，猴子们居住在坝子边山前的洞中，后来，旁邻的洞中来了一个魔女，引诱猴子与其交媾，其后代就是今天藏族人的先祖。60 年代搞出《山南地区调查报告》的调查组考察猴子洞，并留下详细的测量数据，"猴子洞身全为坚石，洞口东北向，直径 2.46 米，洞深 4.49 米，口大底小成一锥形"，"看不出有原始人类居住过的痕迹"。

从网上查猴子洞的相关资料，那个洞的空间就大了很多。想必那是另一个洞窟了。网上资料描述这个更大的岩洞："东南石壁上有狲猴手捧'曼扎'坐在莲花上的彩绘壁画及小猴画像，还有浅刻的石板佛像及'六字真言'的各种石刻，五彩经幡比比皆是。"

传说中有信史的影子，但要将传说像信史一样落实，难免出现这样的局面。所以，那份考察报告也只是说，这对"考察山南历史是不无兴味的"。

传说中还说，那个魔女与猴的后代日益繁衍，自然地便从吃山野之果而转向野生谷物，再从采集野生谷物转向种植谷物。于是，在山南泽当出现了西藏第一块人工耕作的田地。

翻阅完这些资料，天色已近黄昏。我打开窗户，目光越过一大片楼房，投向这座高原城背倚着的灰扑扑的山岗。根据刚才看过的文字，藏人产生的神话发生地就在山岗阴影浓重的某一道皱褶里。那些猴魔交混的后代，遂成就了雅鲁藏布江宽广谷地中最初的文明。

这些初创文明的人群，正是后来在这片河谷中建立了吐蕃王朝的那个族群的祖先。

吃完饭回来，我凭窗眺望，深蓝的天空下，星星闪烁。那山岗在山下城市灯火和天上的星光之间，变成了一个巨大而模糊的阴影。这仿佛一个意味深长的隐喻。天空笼罩的大地就是整个世界，它能用自然的光亮照亮自己，白天用太阳，晚上用月亮和星光。眼下，山下新城密集灯光同样强大，仿佛在说，那是过去，而这才是现在，同时是未来。在新城市辉煌灯火的辉映下，那沉陷于阴影中的神话的山岗，现在却如此晦暗不明。

在灯下，打开行李箱，取出几本吐蕃史著作放在床头。有当代人的著作，也有西藏过去的佛教史家的著作。其中一本叫作《西藏的观世音》。据说这本书是由印度高僧阿底峡发掘的"伏藏"。公元11世纪，阿底峡到西藏译经传法，是藏传佛教史上大有影响的人物。据说，这本书是他从拉萨大昭寺的柱顶上发现的。所以这本书还有另一个名字《柱间史》。这本书对猕猴与魔女的故事有详尽的叙述。

在故事中，那只猕猴是观世音菩萨的弟子，遵观世音之命到雪域山中修行，并给他起名叫猕猴禅师。某天，猕猴禅师修行时，一个岩罗刹女化成雌猴模样来到他面前，"一会儿扬土，一阵子露阴以求交配，就这样一连折腾了七天七夜"，但猕猴禅师不为所动。第八天，罗刹女变成妖艳的女人，禅师照样不为所动。于是，罗刹女便以自杀威胁禅师。

禅师起了慈悲心，却又怕毁败戒律，便往普陀山请示观世音这事该如何区处。观世音说："既如此，就与她成婚好了！"

结果自然是第一个藏人的诞生。"这孩子长得既不像其父，也不像其母，脸面赤红，没长猴毛也没长猴尾，饿了吃生肉，渴了饮鲜血"。"有一天岩罗刹女饥不择食，竟然要吃掉孩子充饥。猕猴禅师只好把他背到孔雀林中，暂且让他与猴群一起生活"。

不想，一年后猕猴禅师再去探望自己这个儿子时，发现他与林中雌猴群交已生下四百多个子女，他们因"不善攀援采撷，终日食不果腹"。猕猴禅师只好再往普陀观世音处求解困之道。观世音"赐之以青稞、小麦、谷子、豌豆和小豆等五谷种子"，告诉猕猴禅师，

山南记

他的子子孙孙就以此为食。

观世音还把手中一把金沙撒向雪域吐蕃，对猕猴禅师说："你的子孙后代最终将依靠黄金生存"，并预言，"在他们中间将有超凡的菩萨相继如期而至"。

猕猴禅师返回雪域后，当即撒播下了五谷种子。秋天收获后，他走出森林的四百多子孙吃饱喝足，自然欢舞腾跃，因此之故，吐蕃人的最早的耕种与定居之地就叫作了雅砻泽当。

这是佛教史家以佛教观改写与覆盖西藏史的典型案例。当神话被改写变成浸透宗教观的所谓史实时，历史已经被意识形态固化，质疑这种神话化历史观的人，自会付出沉重的代价。

1934 年，一个叫更敦群培的西藏僧人到印度求法，1946 年，他返回拉萨。在通常意义上，一个僧人就是一个觉悟者，而当这个僧人走向宽阔的世界，并敞开心胸接纳这个世界提供的新的智识时，他成了一个真正的觉悟者。他开始更贴近历史与现实真实地书写。他说："使遇人惊愕的浮夸之词，向显贵谄媚的奴颜媚骨，让信徒呻吟的神话故事，统统远抛之，走我正直之路。"正是在这种信念的支撑下，他开始全新的吐蕃史《白史》的写作。他在《白史》中明确地说，他的写作，凭据的是三种重要的材料。最重要的是刚发现三十多年的敦煌文书；以及汉文史籍《新唐书》和《旧唐书》。可惜，不久他就被旧西藏地方政府投入监狱。《白史》一书写至吐蕃国王芒松芒赞时代便戛然而止。监狱生活严重摧残了这位智者的身心，释放不久，他就于 1951 年病故于拉萨，走完了四十八年短暂的人生。

再来，我来到了那个盛极一时的吐蕃王朝的历史开始的地方。吐蕃，一个雅鲁藏布江支流上的小邦而成的大国，宏大帝国又在盛极之时轰然坍塌。从那时到今天，世界又向前行进了一千多年。但是，这个曾经以盛大王朝为荣的族群，却与世隔绝，如今要重图振作已是相当艰难。甚而至于，这个族群一面以曾经的吐蕃雄强为荣，一面，却连这个王朝的信史都没有留下。曾用藏文写下《西藏简明通史》的恰白·次旦平措先生曾经说，"佛教兴盛的同时，原有的古代文书都被销毁，代替它们的是取自印度的一些传说，这些传说鱼目混珠，掺杂进西藏的历史，使得西藏真实的历史无法传播，搞昏了人们的头脑"。

正是因为这个原因，这回所带的枕边书，主要是从敦煌和西域流沙中发现的吐蕃文书的断编残简的汇编，以及对这些断编残简的研究文献。这些断编残简，属于名满天下的敦煌文书的组成部分。

那是一个同样令国人心伤的故事。敦煌文书四万余件，由斯坦因、伯希和们带往外国。其中，藏文文书有八千余件。这些文书，对吐蕃王朝由小邦而大国历程（也是藏民族形成过程），及其社会结构，官制，对外关系，以及内部权力与宗教斗争的情形均有所记录，可供今天人们来还原一部吐蕃历史。台湾学者林冠群就在其论文集的序言中感叹"吐蕃传世史料的缺佚"，但无论如何，这些敦煌藏文文书，经中外学者孜孜不懈的努力，使得在藏族人自身认知中早已模糊不清的吐蕃王朝的面貌，又开始清晰浮现。所以林冠群们当然有理由感叹，"唐代吐蕃种种，吾人很难与其后代的西藏相联结，因为二者间几成鲜明强烈的对比"。

过去就有机会到山南。但山南，不是地图上的一个简单的目的地，山南是历史的深处。一个民族，一个文化幽暗的历史深处。这样的深处，不可能轻易抵达。其实，我一直在期待。这个期待并不是要等学者们把历史深处那些晦暗不明的未解之谜全部解开。我更在等待，这个民族自己——如果不是全部，起码也应该是领受了现代教育的年轻人，知悉并接受这样的研究成果，不只是从这些成果学到正确的历史知识，还能领会到看待历史的正确方法。我想看见，有现代感又具历史感的西藏自己的年轻学人开始书写。就像疯僧更敦群培写作《白史》那样开始书写。我知道，从历史到现实，把一切该认知的加以认知，把一切该廓清的晦暗加以整理，然后，一个失去活力的民族以理性而觉醒的姿态主动融入现代社会，主动建设一个现代社会的时候并没有真正到来。

我想起一个黑非洲诗人的诗句：

有人问起，两个国王中哪个更好些？
你们首先应该回答：哪一个更卑鄙？

我没有见过人问这样的问题。从古至今，人们争先恐后在做的，只是挑选一个国王。历史进展到现在，已经出现了多少个国王？更有甚者，当统一的吐蕃王朝崩陷，在青藏高原这块以雪山为栅的孤绝之地，常常同时出现好几个王。那样的情形下，如果不问后一个问题，谁的选择也不会正确。

带着满脑子这样夹缠不清的思绪，我睡去。然后，又醒来，我看见了天上接近圆满的月亮。我起身到窗前，再次眺望那些灰色山岗。传说中，在山上的某个洞窟，那只禁不起诱惑的猴子，因为自身的不坚定而产生了后代。有人说，那不是猴子不坚定，那是神的安排，是一种宿命。如今星散在高原上宽大河谷中耕种的众生，在那些高旷草原上游牧的众生，他们的命运因此也难以选择？那个山洞依然隐藏在山沟皱褶浓重的暗影中，不能看见。时间是凌晨三点。我倒回床上，却再也不能入睡。一直在想象那个山洞。如果那个山洞真发生过那样的事件，我敢肯定，它早不是原来的模样了。它是一个圣地。空中一定飘扬着经幡，岩壁上一定镌刻了漂亮的字母，这些字母组成一些有奥义的经咒。

天一放亮，我就到这个新城中行走，四处看看。水泥铺就的街道那么宽阔。没有人，也没有车，红绿灯依然在规定的时间间隔里明明灭灭。笔直宽阔的街道用遥远内地的省份命名。因为那些省份出钱建筑了这些街道。我顺着这样的大道走到城外，看见柳林和杨树掩映的村庄升起了炊烟。收割不久的庄稼地里，觅食的鸟群起起落落。在西藏，新起的现代城镇总显得有些突兀，好像是火山突然喷发，一夜之间就造就了一种新的地貌，坚硬，簇新，象征着一种不可阻止的力量。而在这些建成不久的街道尽头，是那些有上千年历史的村庄。这些村庄里的人们的祖先，曾经有可能用自己的方式建成城市，但是，他们早就放弃了这样的努力。只是在低矮的土屋中间，建起了一座又一座金碧辉煌的寺院。现在，我就站在古老村庄和崭新的城市之间，身后的城市代表的就是对于充满预言的佛法来说未曾预言的事物与力量。

重要的是，这样的城市不是由这里的人们自己建成的。更重要的是，一千多年前就在这里建成雄伟城堡的人们，不知什么时候已然消泯了创造的欲望。

就在那一刻，我决定不去看那个山洞了。

早餐时，有很多在这个酒店里开会的人。从他们的交谈听得出来，他们是这个地区从事统计工作的人。他们正在这里学习新的统计方法：表格、口径、一些数据的计算公式。也就是说，一种新的方式正将这个地区尽量精细地纳入。

◇ 藏王墓

接我出游的车来了，司机问我是不是先去那个山洞。

我摇摇头，说，藏王墓。

藏王墓?

司机一脸茫然。我想这是因为语言的原因。我用的汉语。于是，我换了一种语言。司机还是一脸茫然。我说的是对西藏人来说一个遥远地方的方言——这是一些自认正宗的藏族人不承认为藏语的方言。这种语言叫作嘉绒语。以西藏中心的观点来看，我来自一个偏远的地方。对山南这个中心的中心来讲，更是如此了。当然，这位朴实到有些木讷的司机没有这样的故意。他就是听不懂。对他，对我，这只是一种简单的语言现实。他和我都不会故意把这个问题抬升到某种高度。这个高度，是那些因为失落而总要发泄不满与愤怒的人的道德支持——有了这个支撑点，任是什么样的怨毒都会具有某种崇高感。

我对司机说，问问吧。问到第三个人，就知道这个地方的所在了。我们刚好走错了方向。那个刚从某个单位的铁栅门后走出来的人很和气，说，掉头，看见去琼结县的路牌一直往前，藏王墓就在县城旁边。

司机也明白过来了。他用西藏藏语念出了那个名字。汽车向着目的地飞奔而去。

我问他是本地人吗? 他摇头，他来自拉萨市下面的一个县。再问

山南记

155

车是他自己的吗？老板的，他用汉语说了一个词，打工仔。他的老板是一个干部，买了车，雇了他，出来挣钱。这回，他在电影剧组里已经待了三个月了。他问我，你是拍电影的老板的朋友吗？我在想，要不要告诉他说我是这部电影的编剧？这时，一个哨卡出现在公路上。昨天从拉萨到山南，就遇到了两个哨卡。警察看看身份证，再看看我，就挥手放行了。也许是因为车窗上放着剧组的牌子吧？我不知道。

如此这般，琼结县城就到了。醒目的棕色路牌出现了。上面标识了去往藏王墓的方向。

拐出县城，上了一条不那么平顺的公路，也就一公里多，田野中，村庄和县城之间，那些巨大的土丘出现了。我知道，这就是藏王墓了。那位有些木讷的司机因为内心里的某种东西，脸上有了表情。停车的时候，他低声说，自己从来没有到过这里。

这里的冷清让我感到惊异。

没有游客。也没有喜欢朝圣的藏族人。

这里没有遍布西藏的圣地景象，除了靠近路边的土丘上有个小小的寺庙式建筑。我惊异。这里才是真正的历史。躺在这些巨大土丘下的那些人，才是真正使一个民族一个文化得以成立的人。但他们显然不被看见，或者，已被遗忘。以至于我都怀疑自己是不是真的来到了埋藏着吐蕃王朝最为强盛时的那些伟大国王的地方。但就在路边，一个牌子上出现了文字。藏王墓，某某级别的文物保护单位等等。我的确没有走错地方。但是，没有任何标志，说明哪一座陵墓属于哪一个国王。

来前做过功课，知道路的右边，顶上有一座小寺庙的大土丘，大约是松赞干布墓。我没有顺着新修不久的水泥阶梯去看那座小寺院，而是围着这个吐蕃最伟大国王的陵墓转了一圈。陵墓封土堆的背面，向着田野和一条小河，那些夯土经过一千多年的风吹雨刷，有许多已经崩塌到下面的河沟，又被水流冲刷到下游。再远处，是雅砻河更宽阔的河床。那些被雨水冲刷的沟槽中长出了蒿草和忍冬灌丛。而我脚下的碎石与干硬的土路，也是从封土堆上崩塌下来的。一圈转过，我又回到了原点。

在公路的左边，是另一座巨大的封土堆，我越过公路，同时在犹豫，要不要登上这一个光秃秃的丘顶。这时我看见，就在那座土丘顶上，坐着一个牧羊人，周围四散着他放牧的羊只。羊群不大，也就三十只左右吧。于是，我也登上了那座土丘。那个牧羊人表情木讷，看了我一眼，没有说话。在我脚下，更像是一座寻常的土丘，而不是一座王陵庞大的封土堆。这些泥土混合着细碎的沙石，质地灰白，和附近山坡上的土质几乎一模一样，一样的坚硬，一样的瘠薄，一样的干枯。我都不明白，这些羊在这里可以寻到什么可以果腹的东西。这个平坦的土丘顶上，稀疏生长着的，都是标志生态环境恶化的植物——多刺的锦鸡儿和沙生槐。那些羊伸长舌头，试探着在那些灌丛枝上把尖刺与绿叶分开。除了这些多刺的灌丛，就是这里一丛那里一丛的草麻黄了。这种植物，茎就是叶，叶就是茎。我想羊很难咀嚼与吞咽。这些羊，在这样的环境中，成了一种悲哀的动物。看看它们灰色的眼睛，其中的悲哀真是无从言说。丘顶上有强劲的风。我在这丘顶上环绕两三圈后，也坐了下来，望向远处。隔着一片收割后还没有翻耕的青稞地，我望见了另一座王陵。那是一座同样的土丘，突兀在田野之上。

山南记

157

倒是那些竖立着的麦茬，在强烈日光的照耀下，闪烁着光芒。麦茬间有觅食的鸟群起起落落，给这片沉寂的风景增添了些许生气。越过那座土丘，又是一片田野。然后，就到了灰色沉重的山体跟前了，那里有更多的陵墓。但是年深日久，那些封土堆已经和山陵混为一体，难以区分了。想想上网上找资料时，有叫了吐蕃之子的人，或者诸如此类网名的人，鬼影一样出没在网络空间里，说着暴戾的语言，说着怎样为吐蕃的业绩而骄傲的胡话。其实，从那些谈吐里，你就知道，或许他们真是吐蕃人的后裔，但他们并不明白吐蕃是怎么一回事情。这样的人应该来到这里。只有在这样的情景中，他们或许才会明白，一个民族在历史的长河中失去了什么，又遗忘了什么。我说的不只是史实，而是使那些伟大史实得以成立的精神。简单的人种学与民族学的常识告诉我，从血统的意义上讲，我不是吐蕃人的真正后裔。但在这样一个地方，此情此景，即便是与我完全无关的一个族群，我也会深感悲伤。比如，在埃及，那些仿佛精华耗尽的沙漠上，看见那些雄伟的正在倾圮的金字塔时，我心里涌起过同样的悲伤。

不，不是悲伤，而是一种宽阔无边的荒芜之感。

我不想感叹古人的伟大，因为这种伟大如果没得以延续，而是走向衰败，那只能激起比悲伤还要强烈的荒芜之感。

当我觉得自己不想再受这种悲伤折磨的时候，我对帮我背着摄影包的司机说，我们回去吧。

他问我，不要再看看另外的那一些吗？我摇头。

他又指着上面有一个小庙的那一座，要不要上去看看？我仍然摇头。下了土丘，我和他一起，又围着据说是松赞干布墓的这座土丘绕行一周。我以为心里会有些什么想法，我以为心里会涌起来一些话。但我木然着，没有想法。从下往上仰望，风吹过的时候，雨水在土丘边缘冲刷出的深深浅浅的沟里，有泥土沙沙落下。

我离开了。再回头时，视野里只是琼结县城高低不一的楼房，那些曾是雄伟陵墓的残存的土丘已不可见。

回到山南，查阅资料。知道藏王墓靠着的山叫丕惹山，意为增长之山。真是如此意思的话，那真是一个巨大的讽刺，一千多年，青藏高原除了神秘威严的教法流布，其他方面真的未见增长。资料上还说，这里是吐蕃王朝时期第29代赞普至第40代（末代）赞普、大臣及王妃的墓葬群。

也是资料上说，藏王墓究竟有多少座？众说不一，由于长年水土流失及流沙的堆积，位于山坡的几座陵墓已与丘陵相混，不易辨认，现在可以清晰辨认的封土堆一共九座。

据藏文史料记载，"君死，赞普之乘马、甲胄、珍玩皆入墓"；"墓内九格，中央置赞普尸，涂以金"；"墓内设有经堂五座，藏各种珍宝"等等。

据更敦群培未完成的史学著作《白史》记载，藏王墓群中也不全是吐蕃国王的陵墓，也有藏王妃葬于其中："薨时，将骨肉和金粉，盛铁瓶中，埋藏地下。"

9世纪中叶后，吐蕃王朝因宗教之争而分裂，而崩溃，雅鲁藏布江河谷的这一带发生大规模的奴隶起义，赞普陵墓全被捣毁，财宝被掘，藏王们的尸身被弃被扬灰，有文字说，现在的藏王墓只是衣冠冢而已。如此说来，这些陵墓都早被起义者掘开，里面的尸身与珍宝都被挖掘殆尽了。想在网上搜寻更进一步的资料，再不可得。输入不同的关键词，打开几十个不同的网页，所说都大同小异。这就是西藏，这就是西藏史，这就是西藏文化，真正的问题，总是很难得到详确的答案。对于后世在青藏高原占了主导地位的宗教，这些都是不重要的问题，他们认为不重要的问题，自然不会留下答案。他们认为重要的问题，却又不是事实的呈现，而是以种种神话代替史实。

　　但是，历史并不总是被自欺也欺人的神话所遮蔽。不论是哪个民族，总有对历史怀有真正敬意的人们，把严重神异化的史料去伪存真，一点点用科学的方法还原着历史。吐蕃强盛的时代，曾在河西走廊建政近百年，以至后来发掘出的敦煌文书中，还幸存了数千卷藏文文书，还有外国人在同样被吐蕃帝国占领过的西域流沙中发现了一些藏文残简。这些发现，都为那个时代的社会面貌提供了一些生动的细节，更重要的是，为外向扩张时的吐蕃留下了某种精神写照。于是，由藏王墓那些封土下的国王们建立的功业才重新进入我们的视线。

◇ 雍布拉康

离开藏王墓，在一个藏餐馆里就一碗汤吃了几个包子，算是午餐。

继续上路，汽车沿着宽阔的雅砻河谷行驶。

说说地理，雅砻河是雅鲁藏布江南边的一条支流。这条河和它的那些支流大多都来自高耸在更南边的喜马拉雅山间。

山南首府泽当，最早出现藏族人，出现最早农业文明的地方，都傍着雅砻河岸，都因为雅砻河水的滋养。

车开了一阵，司机又问，再去什么地方？

正好，一座城堡出现在前方的山梁上。这是从照片与电视图像里早已稔熟的建筑。

雍布拉康？我问。

是的，雍布拉康，藏人史上的第一座宫殿。这座建筑连接着一个遥远的传说。早前，古代的牧羊人们在山上放羊，遇到了一个人。人们问他从哪里来。这人不说话，用手指指天。信神的人们便认为他是从天上下来，是神要顾佑他们的意思，于是把这个不知来自何方的人扛上肩头——也就是典籍记载中的"以肩为舆"——抬回村庄，拥立为雅砻河流域的黑头黎民的王。这个人遂被后来从雅砻部落兴起的吐蕃王朝追溯为第一个国王。这段历史传说，在敦煌吐蕃文书中也有记载："大蕃圣神赞普自天而降，入主人间，成为黔首的君主。"后来，又有人增加了国王家族的神间谱系，"在广阔苍穹之上，住着天神父六主之子，三兄三弟加上墀益顿次共七人"，而那位从天而降的聂墀赞普，他是墀益顿次之子，"作为泽被大地之人主，滋润土地之甘霖，降临大地。天神之子，先为人间之主"。

那时，雅砻河谷地带的农业耕作应该已经有了相当的水准，雅砻河两岸那些山岗定然也没有如此荒凉，一定还牧草青碧，适合放牧牛羊。所以，他们才有财力与技术为他们拥立的王建造一座宏伟的宫殿。从此开始，那些为王建造宫殿的人，那些最早种植青稞的雅砻人的身影便清晰地出现在历史的地平线上。

但是，这座宫殿的地址是谁选下的？

是那位叫作聂墀赞普的王？他要选一个高处，从那个地方，登上楼顶，就可以俯瞰他小小的王国，那些田畴与村落，稍稍抬头，就可以看见山间的牧场与牛羊。当然，要是有人意图谋反，王就在一个居高临下的地方。

也许，建造这个宫殿的时候，王没有说话。因为他还不知道怎么样做才是一个真正的王。是服从百姓的意愿，还是把自己的意志强加于他们？也许，有百姓中的智者出来说，王的宫殿要建在高处，可以供我们仰望。这样的高处，国王想看见我们的时候，就不用劳烦他老人家亲自来到我们这些低贱者的身边。而且，在那样的高处，楼顶紧贴着星空，晚上，国王可以和天上的神悄悄说话。总之，无论是出于百姓还是国王的意愿，虽然大部分人喜欢住在平地，国王的宫殿就建在了险要的高岗之上。从此，有些人就要高高在上。从此，这似乎便成为了西藏建筑的定制，重要的建筑——王宫、寺院、叫作"宗山"

的权力机构都要建在高峻的山上，居高临下，俯视众生与尘寰。

据说，吐蕃王位传递到二十八代，天上有佛教的经卷与法物下降到雍布拉康宫顶。同时，天上发出声音说：王位还要再传五代，那时的人们才会懂得这些经卷的意义。再传五代，就是吐蕃历史上最伟大的国王松赞干布。那时候，吐蕃已经走上了对外征服之路。先是统一了雅砻河流域各部落。然后，从雅砻河谷前出，征服并统一了更加广阔的雅鲁藏布江中游的富庶的农耕河谷，再北上，侵入拉萨河谷的农耕流域。那时，相对四周环伺的地理位置更高的游牧之国们，农耕为主的吐蕃是一种更先进的文明。这个富于活力的文明，在与周围那些游牧为主的国家的战争中均取得了胜利。最先被征服的是今天西藏阿里为中心的羊同，和藏北草原为中心的苏毗。斗争也是激烈而残酷的。敦煌吐蕃历史文书中对此有简略记载。松赞干布父亲在位时，这些新征服的地区全面叛乱。国王自己也被毒杀。"王子松赞年幼亲政，对进毒为首者诸人等断然尽行斩灭……"并依靠一个叫作芒布杰尚囊的能臣，"对苏毗一切部落不用发兵征讨，以舌剑唇枪征服之"。也是这个时候，松赞干布把吐蕃的都城从雅砻河谷迁往更靠近北方新征服之地的拉萨，并把吐蕃的新旧疆域分为五个叫"茹"的行政区，进行管辖。

松赞干布也是引佛教到西藏的第一位国王。

据说，文成公主入藏后的第一个夏天，就在雍布拉康宫殿中度过。还是据说，更多时候住在拉萨王宫的松赞干布对雍布拉康进行了改建。具体说来，就是增建了两层楼的殿堂。殿堂底层为佛殿，二层为法王殿。至此，雍布拉康由王宫改作了寺庙。有了庙，就有了僧，于是，

山南记

163

后来的人们又陆续新建了僧舍。后来，建筑前的小台地上又有了佛塔。再后来，已经是清康熙年间了，五世达赖又为雍布拉康高大的碉楼式建筑增建了闪闪发光的金顶。

所有这些建筑都毁于 20 世纪 60 年代。眼前的建筑，是 20 世纪 80 年代恢复重建。

现在，我来到雍布拉康跟前。山下，正在大兴土木，盖房子，用水泥铺路，铺停车场，原来农耕的村庄正在演变为一个初具规模的旅游小镇。小镇周围是农庄和麦田，镇子外面是公路，再外面是流向雅鲁藏布江的雅砻河。出了镇子，高耸的白色建筑就在上方的山梁。山不太高。但这里的平地的海拔就在三千七八百米。对来自内地的游客来说，要攀爬上去实在有些艰难。这种艰难创造了商机。上山的路口有村民牵着马等待游客的雇佣。也有人沿着曲折的山路攀爬上山。少言的司机帮我背上了沉重的摄影包。我只拿着相机，加入了攀爬者的行列。

两千多年前就有人不断上下的山路两边，肥沃的土壤已被冲刷殆尽。干燥的碎石与风化严重的岩石缝中，还是有顽强的植物在生长。荨麻，蒿草，还有枝条干瘦的灌丛，是某种丁香，在灼人的高原骄阳下开放着细碎的小花。在照相机的镜头里，这些坚韧顽强的花朵有着别样的美丽。这些年，我一直在拍摄这样的花朵，将其视为高原生命富于活力与美感的一种象征与替代。

二十多分钟吧，我就站在了那座依山而建的高耸但有些逼狭的建筑跟前。有一块小平地。平地边有熏烟的香炉。有人出售熏烟的材料。那是由高山杜鹃的枝叶与伏地柏的枝叶混合而成的碎屑，投进炉中，就会升起香气浓烈的青烟。无风的天气里，这些烟柱，就会升腾而起，上接云天。这些熏烟的材料分装成小包，三元一包。本来打算买两包来投进香炉。可一个心情复杂的人，说不出简单的祝颂与祷词，于是作罢。于是，登上特别陡峭狭窄的石头阶梯，来到了雍布拉康的主体建筑跟前。先是一个光线昏暗的前室。里间佛殿里的灯油味和香火味飘出来，充满了房间。门口左手边有一张桌子。两个干部模样的人坐在桌子后面。一个人在诵念佛经。一个人出售门票。我掏钱的时候，已经走到佛殿门口的司机转身对我说，藏族人不用买票。

我也准备享受一下这个特别的福利。

那个干部模样的卖票人正色问："你是藏族吗？"

面对这个问题，我有犹豫。过去我肯定会回答说，是。因为身份证上这么写着的。但现在，我的确犹豫。因为有人说，用汉语写作的人不算是藏族人。还有人举证我的血统，我只是母亲是藏族人。近来，更听到进一步的说法，我所在的那个叫作嘉绒的部族，不算是真正的藏族人。的确，那个四川西北部群山深峡中的部族，只是在吐蕃最为强盛的时期被短暂统治，并在那个时期接受了藏传佛教。最近看到《凤凰周刊》上披露20世纪50年代国家识别并划定少数民族成分的材料，才知道，我们这个自称"古鲁"的部族，原来定为未识别民族。最后，又不知为何划入了藏族。我们也一直以藏族身份示人，并以为自己就是真正的藏族人。但这些年，这个问题对我越来越成为一个问题。所以，面对这样的诘问，我几乎无从回答。是，有冒充的嫌疑。不是，有更严重的词在伺候着，这个词叫作"叛徒"。

好在对方递话过来了："身份证，我要看你的身份证！"

山南记

165

我都没有想这个景区卖门票的工作人员有没有看我身份证的权利，手就已经从包里掏出身份证递了上去。

　　对方看了身份证，说："不像。所以要看你的身份证。"

　　我想问他谁像，但没有问出口。

　　收回身份证走向佛殿。还没走向门口，身后又响起了那个人的声音："你！"

　　我转身："我？"

　　"对，你！你不是藏族吗？我们藏族进佛殿都要脱帽！"

　　我知道进佛殿要脱帽。问题是我还没有走进佛殿。再说，脱帽如果是基于一种自由的信仰，那我也可以不脱帽。是谁在规定藏族人必须是一个佛教徒。而且，脱帽也只表示这个人保持了形式上的顺从与虔敬，内心呢？至此，我已经游兴索然。但还是把那些脸上贴金的塑像瞻礼了一圈。殿里明亮一些，因为有天光从楼上漏下。我上到二楼，去到外面的天台。从这里，可以俯瞰下面的雅砻河谷。金黄的青稞地，碧绿的流水。但四周的山野光秃秃的。我在一篇去河南周口的文章里写过，我怕去那些说是文明发源的地方，因为那种辉煌耀目的历史与今天的现实恰成一种强烈的对照。我说过，那样的地方，总给我一种精华耗尽的感觉。越是那样的地方，越会遭逢愚蠢与狭隘。望着人烟稠密的河谷四周的濯濯童山，想想藏族人自己，两千多年了，仅就建筑而言，再也没有过能超越这旧王宫的形制与范式，我不禁悲从中来。

　　高处，风呼呼有声，再不下去，会吹出人的眼泪来。

　　下了楼，再经过佛殿前卖票的前室，那个卖票人看我有揭穿了骗局的胜利者的目光。

下了山，时间是下午三点。

司机说，距此不远，就是桑耶寺，要不要去看看？我想，也许又会经历令人尴尬的身份盘查。而且，我不想那里的热闹反衬了藏王墓的冷清。算了，回酒店休息吧。小睡一会儿，起来查阅网上资料。说雍布拉康建立的那个藏历木虎年，据推算是公元前 127 年。我有些惊讶。再查山南地区的政府官方网站。上面也说，该建筑建于公元前二世纪。修建它的是，从天上下来的第一位国王。但我想，这个时间无论如何可能都太早了一些。网上的东西不可靠，便翻阅自己带来的随身书籍。上面推论，建立雍布拉康的时代大概相当于西汉。这看起来较为可信。吐蕃从第一个国王传承二十八代到松赞干布。松赞干布在位的年代有信史可考，即公元七世纪。那么，二十八位国王在位不可能有七八百年时间。如果这样，每位国王平均在位有三四十年。考吐蕃王位传承，多是王子到了亲政的年纪，老国王便要让位，这样长的国王在位的平均数似乎并不可靠。这让我想起意大利藏学家杜齐在《西藏中世纪史》中说过的话。

他说："在拉萨和雅砻的城堡里，古代国王的光荣业绩说起来还是很动人的。时世越发艰难，古代光荣业绩越成为陈迹，各式各样的传奇就越发赋予它们以各自的解释，用缤纷的色彩涂饰过去的幽灵。几乎所有贵族家庭都自夸是古代赞普、大臣、将军、幕僚的后代。"但现今，大多数世袭的贵族失去权力与尊贵的地位半个多世纪了。原因可能是在历史的重要转折关头，高原上的人们作出了一个错误的选择，把希望的实现完全委托于出世的佛法。于是僧侣集团成为权力的中心，形而上的信仰变成了现实的约法。于是，民族与国家如何强健这种现实考量，却依凭了虚无的祈禳。比如说，轮子在所有文化的出现，都是制造去到远方的车，更进一步，是造成种种机械。但在青藏高原上，除了水磨房，所有该出现的都没有出现，出现的是经轮。具象者是手摇的，手推的，水冲的种种经轮。抽象的，金光灿然，在寺院的高顶之上。

晚餐时，我四周还是坐满了开统计会的干部。这是一个与雍布拉康截然不同的世界。我知道，他们统计出来鼓舞人心的数据，我会从电视里，从报纸上得以看见。但是，还有另一个世界，深潜在这些数据的下面。那不是统计学意义上的，那里永远有人在发问，你是什么人？那里永远有人在宣判，你不是什么人。世界在统计数据里大步前行。但在这些表格与数据之外，还有另一种晦暗而尖锐的生活，让人觉得，这个世界也许没有未来。

来山南的第四天。

飞机，汽车，检查站。

去剧组探班。

去藏王墓和雍布拉康。

第四天——昨天司机问明天去什么地方，我说什么地方都不去了。没想到的是晚饭时遇到从拉萨来的熟人。他们陪记者来山南采访。聊天时我问他们，有没有近便而且自然风景好的去处？答说雅拉香波雪山啊！还告诉我，雅砻河就从雅拉香波发源，一路奔流而下，造就了雅砻河谷。于是，我决定上雅拉香波。而且，两位朋友还决定一个人陪记者团，一个人带了他们的车陪我上山。

雅拉香波雪山海拔六千六百三十六米。就是这座雪山，哺育了全长仅六十八公里的雅砻河。但就是这段短促的河流，在高原河谷中哺育了辉煌灿烂的吐蕃文明。

我想起从飞机上往下俯瞰时所见的景象。雪峰上晶亮的积雪变成一条条冰川凝重地滑向山下，然后，冰雪变成流泉，流泉壮大，奔向河谷地带的田野……大自然慷慨的赐予，使人类得以繁衍孳息，创造文明。人类理应顺应自然。但人类的历史，反倒常常是轻慢与辜负大自然美好情意的历史。正由于此，在好多自然哺育了美好文明的地方，大自然便日益憔悴与枯萎，那些文明也随之委顿凋零了。人类伐尽山上的树木建造伟大的庙宇与王宫，又在人类自起的冲突与战争中毁掉它们。然后，再次开始重建。就这样，一次次的悲剧重演，终于毁掉了自然的精华。读到过一则与雅砻河谷的吐蕃王朝有关的史料。我不想费神再次去查阅这则史料，在这里准确引用。在那则史料说到的年代，在雅砻河谷中构建吐蕃国宏伟的建筑已经得翻过大山，去喜马拉雅山更深处的工布地区砍伐柏树，并千辛万苦运送到此地。而正是那些无从忍受沉重劳役的奴隶暴动了，结果，不仅是新的建筑没有建成，连一些过去的建筑也毁于战火。战乱平息后，一切重新开始。百姓为重建又担负更多的赋税，更重的劳役。而自然的进一步损毁，却没有在历史书中留下半个字母。以祈求人类幸福为号召的书与经，也没有讨论过人在损毁自然的同时，也损毁了自己的精神与情感。

太阳出来了，我们正穿越河谷中的田野，顺雅砻河而上。

河流的下游，青稞与小麦都收割了，土豆也收获过了。羊群四散在田野中间。相对于荒芜山坡上那坚硬多刺的耐旱植物，田地里，田地边那些草肥嫩又多汁，这样的季节，真是羊群们的节日。我在冬天到过同样的河谷地带。那时，植被都脱尽了叶子，河流枯萎，风把河滩上的沙吹到山坡跟前，又把山坡跟前的沙尘扬到天上，使得河谷中的村庄与日子，都在灰蒙蒙的尘土笼罩之下。而现在，在这个世界，大自然正呈现出它最美好的那一面。阳光明亮，植物碧绿，河流丰沛而宽广，一个个掩映在绿树丛中的村庄都显得自足而安详。在我眼中，那就是被自然之神祝福与佑庇的模样，那就是幸福的模样。

就在这样的情景中溯河而上，地势渐渐抬升。还未收割的庄稼地出现了。一片片沉甸甸的金黄和蓝天相互映照，除了穿过田野的公路，以及田野里的输电线路，一千多年前，这片河谷应该就是这样的景象。吐蕃第八代赞普布德贡杰统治时期，雅砻部落已经有了发达的农业。只是按历史的写法，这样的功绩，总是归于帝王。藏文史书《贤者喜宴》中记述道："其（布德贡杰）聪睿之业绩是：烧木为炭；炼矿石而为金、银、铜、铁；钻木为孔；制作犁及牛轭；开垦土地，引溪水灌溉；犁地耦耕，垦草原平滩而为田亩；于不能渡过的河上建造桥梁；由耕种而得谷物即始于此时。"我们当然不相信，一个国王不论如何聪慧睿智，也不可能同时做这么多事情。却可以相信，在他的统治时期，他鼓励和倡导着技术文明的进展。如果换一种历史观，也许这样的国王才是比那些开疆拓土，强力推广佛法的国王更多造福了子民的伟大而贤明的国王。

接下来的吐蕃国王统治时期，生产技术还在继续进展。

美国藏学家皮德罗·卡拉斯科在《西藏的土地与政体》中引述藏文史料。他写道，布德贡杰国王的"继任人赤年松赞的有生期间，边远河谷受到了注意，并开垦为田地。湖都装上了水闸，湖水引进渠道。夜间积蓄的冰河水白天用于灌溉"。

"在达日年细时代，开始混杂饲养了犏牛和骡。"这两种力畜，都是不同品种的牲畜杂交的后代。

松赞干布时期，吐蕃社会已经相当发达，人们开始讲求生活享受了。"发明了各种尘世食物：米酒、青稞酒，简言之，各种食物必需品；用牛奶做成了凝乳，用凝乳做成黄油和酥油，由酥油产生奶酪，用泥土做成了坛盆；利用水推磨；用纺织机纺织及多种机械工艺"。

山南记

171

也就是说，藏人今天的生产方式与生活面貌，早在一千多年前就已然确定，以后几乎很少改变。卡拉斯科因此说，"这个古代王朝的农业形态和税收制度与后来各时期完全相似"。这是在说前朝的光荣，还是在说后世的萎靡？

继续转引卡拉斯科的话："藏王牟赤赞普所进行三次穷富平均，意图在于保持农民的平均分配制度。"

然后，转折出现了。"藏王赤松德赞制定的法律确立了财产继承权，并一直保持至今：在几个儿子之中，年长者居住在家中，年少者进入法门。那些没有儿子的人要以他们的女儿的丈夫代替"。

再一次经过了雍布拉康山下。

未收割的金黄田野在眼前出现。

雅拉香波的雪山现身了！在碧蓝的天空下面！

田野尽头是村庄，村庄背后，在雅砻河闪闪发光的水流的尽头，雪山庄重地升起。

那是一座金字塔形的雪山，随着汽车的行进，正在眼前缓缓升起。

我期待着，有一个地方，这座雪山会显露出它的全貌，它全部的雄伟与高大。但是，再往前走，反倒是近处的没有积雪的山梁升起，渐渐把雪山挡在了后面。赶紧请司机停车。我离开公路，走向田野。沉甸甸的青稞穗子从我的腿上一一拂过。那种触感带着感动与温暖。想起少年时代，春天里土地解冻苏醒，一个少年人牵着两头用木枷并肩相连的犏牛，后面，是一个扶犁的长辈，在用一种特殊的调子歌唱，一些简单的口令也融入这歌唱中：直行，转弯，快，慢。犁的两边，黑土唰唰地波浪一样翻涌，那位扶犁的男性长辈后面，是一个撒种的姑娘。她也在歌唱。一把一把的青稞种子，随着她手臂优美的摆动，沙沙地落进了犁沟。正在翻种的土地里，鸟儿起起落落，在啄食刚从泥地里翻出来的虫子。暖烘烘的阳光下，熏蒸起浓烈的泥土香气。锄草的季节。夏季盛大无边，绿荫深处，有布谷鸟悠长的鸣叫。听长辈们感叹过，自然之神怜悯人类，所以使得一年中最美好季节的白昼在一年中最为漫长。也许是为了怀念农耕时代的狩猎与游牧的时代，那个季节，定居的农人们会离开老房子，在河边，在草滩搭起帐幕，歌舞嬉游。其间一个最重头的节目，就是祭祀神山。每一座雪山都是神山。因为每一座雪山都哺育了自己的溪水与河流，这些溪水河流，都滋润着山间的牧场和山谷中的农田，都哺育了山下一个又一个村庄。所以，不同河流边的村庄便有着不同的山神。从这个意义上说，神山无论大小高低，在其哺育的流水所经过的村落，就是人们感恩的自然之神。但是，有一天，一些神山在宗教的观念中变得比另外一些神山更伟大。神山也分出了高下，被纳入了一个严整的宗教性的等级系列。雅拉香波在某个神山的等级系列中位列第二。

但我来到这座雪山跟前，不是因为这种神圣的排位，而就是想亲眼看到这座哺育了藏民族文明源头的雪山的模样。

又往前行几公里，因为过于抵近山前，雪峰从眼前消失了。

当地人以为，雅拉香波的山形是一头白象。据说，卫星遥感图片证实了这一点。但我并未搜得这样的图片。倒是在雅拉香波山跟前，从庞大山体中伸展出来一道陡峭山脊很像大象的鼻子，长长地伸到了山下村庄前的溪流跟前。这道象鼻样的山脊直逼到面前，遮去了背后晶莹的雪峰。公路也在此一分为二。往象鼻的右边，是一道狭窄幽深的山沟，公路分岔处立着一块牌子，上面是一座寺院的名字。往左，公路更平坦，山谷更开敞。司机看我，我指了左边的道路。经验主义，从开敞的山谷里，更容易望见积雪的主峰。

公路开始上山了。熟悉路况的司机主动停了车。他说路边有一眼治病的神泉。果然，就在公路路肩上有一个用石板护着的泉眼。泉水底下有一层乳白色凝结物，捻在指间手感滑腻，可以闻到硝石的味道。泉旁，有一通山南藏医院立的水泥碑。读此文知道，泉叫壤穆，公元12世纪时由一个藏医所发掘。泉以开掘者的名字命名。"传说壤穆神泉是雅拉香波神山的'桑巧布'（尿水）。此药泉水主要成分为石膏、矾等矿物质，从此药水中用1~2勺，对治疗'培、隆'引起的胃胀、胃痛等胃肠疾病具有很好的疗效"。我的胃肠也有毛病，但没有医生在旁指引，未敢取饮，只把那碑文拍了照片，便继续上山。

有好几公里，公路穿行在那些干旱而土质瘠薄的山坡。但这只是一个过渡地带，越往山上去，山间谷地越来越宽阔越来越湿润，其间开满了黄色的花朵。我知道，那一团团鲜亮的黄色是喜欢湿润的斑唇马先蒿。两边的山坡上绿草也越来越茂密了。这一天是2012年9月5日，已不是高原植物的盛花期，但还是不断有稀疏的花影在车窗外闪现。斜挂在庞大山体上的草甸中，出现了牦牛的身影。没有高大的树。但那些金露梅和杜鹃灌丛散布在山坡上，也有相当的美感。我停下来观察植物。小小一块地方，还在开花的就有肉果草、虎耳草、委陵菜、黄芪、红景天、金露梅、臭党参、橐吾、狗娃花、火绒草……竟有十一种之多。在它们的根部翻掘一下，立即就显现出了湿润肥沃的黑色土。这一切说明，这座山依然充满活力。

　　再次停车，已经到了四千八百米的高度上。那是一片碧绿的草坡，上面有牧人的帐幕和羊群。羊群从半坡上一直散布到浑圆的山梁上。山梁背后，是不知深浅的峡谷。一座陡峭的岩石山峰从峡谷那边升起来，直刺蓝天。青色的石壁被阳光照亮，带着金属的光泽与质感。但看不见雪山。我爬上那道山梁，意图是可以从那里看见雪山。用了半个多小时，终于气喘吁吁地上了那道山梁。眼前所见，只是脚下的深峡，和深峡对面更显高峻的岩石山峰。依然没有看见雪山。我意识到从这条路线，可能看不见雪山。于是转而去看脚下的植被。浅浅的牧草中间，星星点点的蓝色花在盛开。这是属于秋天的龙胆花在贴地开放。我伏下身来，细细地拍摄这些美丽的蓝色花。那是比背后的洁净深邃的天空更深的蓝。眼前有两种龙胆，花朵大的那种我认识，华丽龙胆。一簇簇紧挨着，花丝伸出花冠，还顶着紫红花药的那种是第一次看见。满坡都是半球形的垫状点地梅。它们的花期已过，但那一团团垫状植株依然颜色苍绿，缀满了草坡。在这样的高度上，植物都改变了形态。低矮，多毛，紧挤在一起，变成了垫状。我还发现了一种开黄花的虎耳草。花朵还是和别处所见一模一样。但叶子的形态却变化了。变成了厚厚的肉质叶，贴着地紧叠在一起，成为植物学描述中的石莲叶。

　　第三次停留盘桓的地方，是公路经过的山口。山口的路牌上，标志这里的海拔高度是五千二百多米。我们在山口停好车。到处都是风化中的巨大岩石。太阳照耀着，岩石中夹杂的云母与石英碎屑闪闪发光。雪山仍然隐身于一些青色的岩石山峰后面，不能看见。身旁有一

山南记

个小湖。雨水不断把公路路基上的裸露的泥土与沙石冲刷到小湖中，那个本应碧蓝的小湖便混浊了。而在山的那一面，公路盘旋而下的方向，有一个更大的湖，在光线迷离间。山口旁边的山梁上，有一个移动通信基站。公路边停着一辆小货车。有几个人在上面，为通信基站新装一组太阳能电池板。我想上去看看。爬到半途，却被意外遇见的植物吸引住了。这个地带，除了裸露的岩石，植被相当稀疏，但居然还有漂亮的开花植物。先是看见多刺绿绒蒿。然后，看见了形态跟垫状点地梅形态相似的癣状雪灵芝。多刺绿绒蒿开着一朵朵硕大的蓝色花。癣状雪灵芝那半圆状球体上开满的是细碎洁白的小花。用广角镜头，这些花朵在近景里清晰呈现，同时，那些逶迤的远山，深远的蓝空也得以在背景里呈现。这是属于高山之上才能得到的视角。这时，那几个人已经完成了工作，从山梁上下来了。我听见他们互相交谈，是几个四川民工，在这样走路都难喘上气来的地方从事着艰苦的工作。我想问他们怎样得到的这样的工作。但看到他们被高原阳光烤焦的脸庞，这话没有出口。

我们在山口一块巨大的岩石后吃简单的午餐。说午餐太正式了。火腿肠、面包、瓶装水，都是上山前在超市里买的。我还带了剧组送到我房间里的几只苹果。司机是一个沉默但却有自己主意的当地藏人。我问他，在西藏，修路，盖房子，到维护或修建通信基站诸如此类的工作，为什么都是外地人来干？当地人不干是什么原因：一、不会干？二、不愿干？三、想干，但在竞争中失败？司机依然沉默，没有回答。

我提醒自己是来看雅拉香波，但雪山并没有在眼前显现。

意料之外，是在这山上看见那么多正在开放的花朵，以此看到了生态脆弱的高山草甸还生机勃勃。在自然中，可以想起人类文明的消长与命运。在这里，我想起美国人利奥波德的话："像山一样思考。"这种思考当然是一种审美，"如同在艺术中一样，我们洞察自然本质的能力，是从美的事物中开始的"。但进入大自然，对于一个现代人，又绝非只是单纯的审美。在我看来，当一片土地上的文明面临着前所未有的困境，这个困境在这一两代人看来，除了泛意识形态的诉求，并不会有真正的解决方案。那么，当看到曾经哺育过这个文明的自然界还保持着生机，比起那些与自然一起同归于尽的文明，由雅拉香波发源的雅砻河起源的文明，还有一个摧折不算厉害的自然界可以依托，那么，当今天的人们走不出历史的怪圈，总还可以寄望后来人的觉醒，找到进入现代文明的通路时，这个美丽的自然至少可以为未来的文明选项提供一个坚实的依托。

吃饱了肚子，有那块高大的岩石挡住了山口那边横吹过来的风，太阳暖烘烘地照着，我躺在草地上，看着天上的流云，假寐片刻。在海拔五千多米的高度上，自然有点缺氧。闭上眼睛，身子便轻飘飘的，像是在下坠，也像在飞升。我但愿这是飞升。真的是在飞升，在洁白的流云之上，雪峰在眼前出现了，那些千年的积雪，正在阳光下融化，融雪水正欢快地奔向山下宽阔的河谷，从雅砻河，一直奔流到雅鲁藏布江。

◇

武威记

◇ 乌鞘岭

下午准备从兰州出发时，就设想过进入乌鞘岭时的情景：要在黄昏时站在那脉山梁的高处，劲风振衣，极目西望，满目苍茫。从山水的苍老看到历史的苍老。等到同行的人陆续聚齐，开车上路，时间已是下午七点。有人宽慰，西部嘛，天不会按北京时间黑下来，过岭时应该还有天光。但我知道，今天，乌鞘岭是不可得见了。

行前，找了些相关文字来读。一首清诗叫《乌岭参天》："万山环绕独居崇，俯视岩岩似岱嵩。蜀道如天应逊险，匡庐入汉未称雄。雷霆伏地鸣幽籁，星斗悬崖御太空。回首更疑天路近，恍然身在白云中。"

没到过乌鞘岭，却到过祁连山脉的其他地方，暗暗觉得属于祁连山系东延部分的乌鞘岭不会是此种景象。因此疑心写诗的这位未必到过乌鞘岭。"雷霆伏地鸣幽籁"之类，不该是浑远干旱直抵到北方沙漠戈壁跟前的祁连山北坡的真实景象。在网上搜这位写诗人的相关资料，不见。倒搜出他又一首诗，写近旁的马牙雪山。情景倒还真切。可见他是到过此地，或者竟是生活在此地的。有清一代，人文精神萎靡。掌握文墨的人，常写些与现实无关的虚饰之语，发些无缘故的夸张感叹，也是不正常的时代里正常的文化现象。

倒是林则徐过乌鞘岭的文字平实真切："十二日，戊子，晴，辰刻（晨7—9时）行，五里水泉墩，又五里乌梢岭，岭不甚峻，惟其地气甚寒，西面山外之山，即雪山也。是日度岭，虽穿皮衣，却不甚寒，下岭即仍脱皮衣矣，岭之西北七里为平番（今永登县）、古浪交界，又七里双口子坪，又六里安阳……又七里古浪县城，入东门内行馆宿。夜雨。"那是道光二十二年——公元1842年，林则徐因禁烟获罪，发配伊犁，农历八月行经此地。

三十多年后，又一个清朝官员冯竣光于光绪三年——公元1877年，也是农历八月过乌鞘岭。在其《西行日记》中这样记载："八月二十一日，二十二里镇羌驿尖。忽阴云四起，飞雪数点，拥裘御酒，体犹寒悚。以经纬度测之，此处平地高与六盘山顶等，秋行冬令，地气然也。饭毕五里水泉墩。又五里登乌梢岭。岭为往来孔道，平旷易登徙。十里至山巅。"

"尖"，打尖。"镇羌驿尖"就是在镇羌驿这个地方简单午饭。西部行旅，很可能就是吃点自带的干粮。

可注意之处，冯竣光过岭时，已有经纬度的概念，还有仪器测量。所测似乎不是经纬，而是海拔。不然，"测之"的结果不会是"此处平地高与六盘山等"。虽然所用科学术语不太准确，比照前述那种脱离实景的虚夸的诗句，还是能看到大历史推动下国人观察世界方式的变化。

上路不到一小时，天就黑了。可以感到车路开始逶迤向上。上下岭的车一柱柱车灯明亮划破夜空，照亮路上的种种标志，照亮路牌上那些远远近近的地名：武威、张掖、酒泉……一个个都在辽远，一个个都曾在史书中频频出现，现在，它们被车灯的光柱唰一下照亮，光

武威记

柱划过，又在身后隐入了夜色。也因为这车灯不一般的明亮，光柱之外的景物，全部隐入黑暗，不能看见。我的手表也是一只仪器，显示海拔等诸种数据外，还显示月相。表盘上显示今夜此时天上该有新月一弯，但强烈车灯映照之下，天上月亮并不可见，朦胧山影也不可见。

这时，又一块被照亮的路牌提示，此时我们已经身在乌鞘岭上了。当地朋友为了路还将在岭上盘旋一阵而抱歉，并说，岭下，有大机器正在山的肚腹里开掘，二十多公里的隧道即将完成，下次来，就不会再有这攀山之苦了。我们却说起了一个话题，和古人相比，今天人怎么写得好游记，在乌鞘岭这般曾经非常重要的地理和文化关节上，再不必要像过去的人，在风中雨中雪中阳光中，步步丈量，因此也就没有了从容的观察和细致的感受。

如果说在这大一统时代，乌鞘岭这个关节在军事上甚至文化上的区隔作用已然消失，作为一种地理的分野，其意义却仍然存在。

过了乌鞘岭，就是漫长的河西走廊。河西走廊，古代丝绸之路上最辉煌的一段。过了乌鞘岭，所有的河流都成为内流河。也就是说，它们从祁连雪山发源，顺北坡而下，灌溉绿洲，再北流，最后，都消失在沙漠中间。那些河，曾经注入到沙漠中那些叫"海"的湖。但今天，这个词，只是它们干涸之处，曾经有过湖泊的地方在风中发出空洞的回响。

在夜里，在迅速移动的汽车上，我们还讨论了一回乌鞘岭的"鞘"，是不是该读作"梢"。这也不难。苹果手机功能强大。一查，这是多音字，刀鞘的"鞘"之外，也有另外一个意思，皮鞭的末梢，也和这个"梢"同一读音。说话间，已到了山下小镇上。专因过往的车辆暂时停歇而兴旺的小镇，灯火通明，修车店外，几乎全是饭馆，差不多布满整个西北的撒拉清真饭馆。更多的四川饭馆。饭馆都不大。但店招都大，都被灯光照得耀眼。有一家四川饭馆灯箱更加巨大，竖在门前，是拿手菜单，赫然有大盘鸡这样的新疆菜名罗列其间。常在西部行走，我熟悉这样的小镇，其实也就是夹着公路的两排房子。在这个一切都在迅速变化的时代，公路每一次加宽一些，速度稍稍提高一点，都会使行驶在路上的车和人行进与停留的节奏发生变化。于是，一些曾经热闹一时的镇子便迅速凋敝，另外一些应和了新的交通节奏的小镇又在仓促间热闹起来，给过往的车辆提供补胎加水一类的简单的技术支持，和不同的饭食。这个从我们车窗外一掠而过的小镇也很快就要衰落了。当岭下的隧道开通后，将不会再有长途驱驰的车辆经过这个地方。路上，当地朋友还指给我看路边一掠而过的灯火稀疏之处，说，那是没有高速公路时，从武威去兰州吃中饭的地方。又过一处这样冷寂下来的小镇，说，那是过去停车吃早饭的地方。如今这些地方沉寂了，一个时代的前行与进步，总是以抛弃一些地方、一些人，忘记一些人、一些地方，作为必须的代价。

我熟悉这样的沉寂。我自己就出生在一个川藏茶马驿道上因为马帮来往而生意兴隆的地方。只是当我出生、成长时，一条公路出现改变了一切，驿道荒芜了。我们村过去也是一个局促的小镇，聚集的是开骡马店，开饭馆，做着种种生意的人家。我懂事时，他们都变成了种地的农民。传说中，那些委顿的、贫寒度日的村中长辈，曾经是见过世面行过江湖的掌柜和老板。我没有经历过那种传说中的繁华，却十分熟悉那种繁华过后的孤寂与困顿，和那些枯萎的人生。车经过那样的地方，我还禁不住要多看一眼，多回味一番。那味道在记忆中自然泛起，是灰色的变旧的那些人生的味道。

　　那年，在乌鲁木齐，毫无准备地遇上了"7·5"事件，因此多滞留了半天时间。在机场书店购得新疆人民出版社所出"西域探险考察大系"丛书数种。其中一种叫《新疆游记》。作者是民国北洋政府财政部官员，名叫谢彬，1916年受民国政府委派前往新疆省和阿尔泰区作财政考察，1917年返回。"历时十有五月，归成游记三十万言"。其实，他的日记还记下了他途经陕西河南甘肃的所见所闻。写这篇小文章时，我重读了这本游记的甘肃部分，并作了一个统计，当年他从兰州到武威，整整走了八天，一月十五日至一月二十二日。朱家井、咸水河铺、青市堡、平番县西关、岔口驿、龙沟堡、大墩、凉州东关，这是谢彬从兰州到武威八个夜晚住宿过的八个地方。他大小是一个"委员"，也是坐车而行。不过是大车，当时讲究一点的乘客，"车幕车帘还需自备"，"今日准备此顶，仍未成行"。这样缓行细看，一路经过多少村庄人家，入眼多少尘世间事，不像今天，不论干部还是文人，进入一个村庄都像一个仪式，哪有如此的寻常自然。小干部是去检查，大干部是去调研，文人，是采风，是深入生活。常常，都显得外星人一般。

　　今天，我们去河西，去武威。那些小地方应该还蜷缩在枯干山皱里的某一处，这样的夜晚，人们应该都熄灯上炕了。再或者，还有人守在一台电视机前，看着里面播放着不属于自己的都市繁华。那是高速公路、高速铁路和空中航线连接在一起的另一个中国。由于这些通道的建立，在这个都市和那个都市之间，我们越来越看不到提供着粮食与蔬果的村庄，看不到卑微的农家。我们在另一个中国高速穿行时，看到的是加油站、收费站、超市、免税店。我们夸张着我们非关生存的痛苦，而忘记还有别一个中国，还有那么多的中国人，他们所有的痛苦与有限的欢乐，都只跟两个字相关：活着。一个中国精神委顿，另一个中国却进步神速。民国初年，谢彬坐大车，从兰州到武威，是八天时间。一百年过去了。我们坐着一辆中巴，只用三个小时。再一年，等到乌鞘岭下隧道贯通，这段行程又要缩短将近一个小时。那么，刚才经过的乌鞘岭下那个小镇又要冷落消失了。那些补胎的人，那些拿着橡胶水管给超载的卡车滚烫的刹车降温的人，开小饭馆的人，又会到哪里去讨他们的生活？

我不反对高速公路，更不反对时代进步，反对的是这种进步只是由一部分人来分享，而另一部分人却要被遗忘。而在我们读着这个进步时代的几乎所有文字，几乎都是受益者的欢呼，却未见对那些被快速的时代列车甩在车外的人们的描述。在中国的车站上，行驶的车速度越来越迅疾，但不是所有人都能顺利地登上这些去往远方的列车。

远处，夜武威的灯光已在前方闪烁。照例自然还得经历一下收费站制造的小小塞车。其实，也就十来辆车。但在那闸口前，大家都要争先恐后。前面的，要保证自己前面的位置。后面的，却要找到一个缝隙，千方百计挤进来，把自己的位置稍稍提前一点。于是，一辆大货车和一辆吉普车在闸口前把彼此都别住了。这是常见的景象，不只是高速公路闸口。这像是当下社会的一个隐喻，所有设置了有形闸口无形闸口的地方，都会看到这种争先恐后，以及因此造成的失序失德与混乱。

武威记

几天后回程，上午过乌鞘岭。

汽车盘旋着上到山口，司机问停车不停。我摇头。窗外并无想象中的动人景色。下山路上，高速路护栏有一豁口，我们还是停了车。倾斜的草坡上有羊群四散。草浅，而且稀疏，缺少水分，少到盖不住裸露的浮土。路肩下，有一条干涸的溪流。有一个人穿着护路人的橙色衣服，拿把锄头在干涸的沟边挖掘什么。应该是一株根茎有药用价值的草本植物。我想近前看看，但没去。有一种不忍的心情。这土地再经不起这样的翻掘了。同样不忍去劝止那个佝偻着身子奋力翻掘的人。

在这片严重退化的高山草甸背后，祁连的雪峰升起来。那是冰川，是千年积雪，正是从那里下来的融雪水，化成溪流，溪流汇聚成一条最后消失在沙漠中的石羊河。那些融雪水，是眼下这片群山，以及武威绿洲保持生机的源泉。但在全球性的气候变迁中，这些积雪与冰川都在萎缩。

遥望那一脉雪线日渐退缩的雪山，那日渐缩小的固体水库。眼前，却浮现着这些天见到的种种情形。武威人并不因为自然条件的局限而放弃希望，所到之处都是热火朝天的建设场景。他们辛勤劳作，并规划和憧憬着更美好的未来生活。想到某一天，这些冰川与千年积雪或许会消融殆尽——那就是对人所有努力与憧憬的严酷否决。想起在民勤，石羊河最后没入沙漠之处，想起那里人们如何艰辛备尝，在绿洲边缘种植梭梭，以对抗沙漠的蚕食。想起曾去做客的绿洲农家，那些热腾腾的面条，喷香的羊肉，和院子里的瓜架与盛开的芍药。想起沙漠公园一道长廊上绘制的武威八景……正是这些美好的忆念，并想起眼前的高山草甸也曾经是怎样的百草丰茂，牧歌悠长，我心中却没有升起一丝一毫的诗意，也没有举起我一路频频举起的相机。

　　下了山，飞机起飞，我想再回望一眼苍茫祁连，但飞机向东，祁连落在背后，不能看见。

◇　武威，武威

在我意念深处，河西走廊上好些地名都曾这样反复念叨。

一个地名，在史籍中，在地理书上，在诗句间，在想象里，反复出现，自然就会带上咏叹的调子。

在店里吃了当地饭食，在武威城中某酒店七楼有了一个暂时属于自己的房间，已是半夜时分了。临睡前，为两张床中该睡哪一张犹豫一阵，最后挑了靠窗的那一张。我没有拉上窗帘，希望能被最初的晨光唤醒，想要看到第一缕阳光把想象中的古城照亮。

我也的确是在那个时间醒来的。

立在窗前，触目所见，这座古城正是中国现实中最典型的那一种——像一座没有前传的新城，兴之所至就仓促建成。我甚至没有失望。没有城墙、雉堞，没有佛刹……不见岑参诗中"片云过城头，黄鹂上戍楼"的情与景，没有《凉州词》中所有的景象。灰蒙蒙的水泥楼房，没有新的容光，也没有旧的味道，楼顶上密布着太阳能热水器，在视线里无尽蔓延，直到光秃秃的一脉灰色矮山跟前。

我又回到了床上。半梦半醒间，写于公元 6 世纪的《凉州乐歌》在耳边回响："远游武威郡，遥望姑臧城。车马相交错，歌吹日纵横。"

半梦半醒之间，我恍然在古城的市廛中穿行。错肩而过的，是各种装束、各种体貌的人们。周围沸腾着不同的语言。

某年在纽约，一位当地作家大卫陪我游走街巷，身边是来自全世界各个地方的人来来去去。大卫告诉我，有语言学家统计过，在纽约街头行走一天，可以听到一千多种语言。大的语种，小的语种，大小语种中的种种方言。恍然间，我在想，那么，在唐代的丝路上，在武威，可以听到多少种语言？或者，在这座过去叫凉州，今天叫武威的，建了又毁，毁了又建的古城中，那些泥砖木窗间，响起过多少种语言？

　　是啊，只有在想象中，一个人才能在一个地方同时遭逢走过这里的不同的人，不同的族群。匈奴人、突厥人、鲜卑人、契丹人、氐人、羌人、回纥人、月氏人、吐谷浑人、吐蕃人……那么多不同的语言沸腾在四周，在小国的王宫中歌唱，在攻城的阵列中嘶吼，在市集上叫卖，在寺庙法台上讲经。也有诗人在把酒吟咏。到今天，那些生活场景都消失了，却有少数文字透过历史烟云，流传下来，让我们可以依稀触摸到一点过去时代的生活质感。比如，岑参《凉州馆中与诸判官夜集》："弯弯月出挂城头，城头月出照凉州；凉州七里十万家，胡人半解弹琵琶。琵琶一曲肠堪断，风萧萧兮夜漫漫。"

　　我不想让自己如此精神恍惚，便从床上起来，坐在窗下读一本前人们写于古凉州的诗词集。我并不想梦回什么朝，臆想前尘旧事，假定自己生活在一个不属于今天的时代。在此说说古代，也只是今天现实的一个背景，一种比照。

　　今天的国人说到中国这个概念，脑海中会有一张大地图，那是清朝最为强盛时的疆域。这个短暂阔大过的中国疆域，让今人有理由对西方的帝国列强保持长久的警惕与愤慨。历史地看，中国的疆域却时大时小。一套谭其骧先生主编的《中国历史地图集》，是我常常放在手边翻阅的。如果中国的疆域一开始便是清朝帝国最为强盛时的疆域，那么生活在唐代的诗人岑参，身在凉州——也就是今天的武威——就不会有身在异乡的惆怅："琵琶一曲肠堪断，风萧萧兮夜漫漫。"就不会有大唐强盛时的雄阔悲凉的边塞诗，不会有惆怅邈远的"凉州词"。汉代，以武力开辟出河西四郡，到魏晋南北朝的大分裂时期，河西四郡又被不同族群交替割据。武威当地宣传材料上引以为傲的就是做过五凉古都。那些叫作前凉后凉南凉北凉的小小王国，王族们便来自各个不同民族——我只想说国王是什么民族，而不想用如今流行的表述，说这样的国家是由什么民族所建。

到了唐朝强盛，重新恢复并拓展了汉朝最为强盛时的疆域，岑参这位边塞诗人，和那些来到河西走廊，或者再出嘉峪关，开辟戍守安西四镇的人们一样，家乡和家乡感，都在中原。那时的凉州，即便对于史上最强大的唐王朝，也是不稳定的边疆。强大时大军所指，游牧民族的武装溃入漠野。喜欢定居的叫作汉的族群筑城，修渠，屯垦，种麦栽桑。马背上驼背上其他名称的族群就游牧于荒野，时不时，农耕地带麦粟瓜果将要丰收，高墙重门的城市里商贾云集，市面上金银充溢，这样的消息会迅速传遍漠漠荒野。牧人都是弓马娴熟的战士，他们倾巢出动，目标往往就是河西四郡。武威也是这四郡之一。

对于筑城农耕的族群来说，土地就是命运。流血漂杵过了几百年，在漠野上游牧的民族，或者消失，或者远遁，或者游牧人自己也变成了被游牧人抢掠的庄稼汉。

河西走廊四郡是汉代的建制。

到唐代，历史的模式未有变化，只是前来征伐的游牧人换了另外一拨。这回是从西南方来的青藏高原上的吐蕃人了。他们的目标仍然是河西走廊。所不同者，只是当年的河西四郡武威、张掖、酒泉、敦煌，已换了名字：凉州、甘州、沙州、瓜州。安史之乱后，河西走廊这一递声向西北而去的四州尽被吐蕃攻占。吐蕃大军从高原上呼啸东向，瓜、沙、甘、凉之外，肃州、河州、湟州，兵锋所指，都应声而下。甚至，公元763年，大唐都城长安也一度被吐蕃大军攻占。之后，吐蕃统治河西走廊近百年。近代，在敦煌藏经洞中发现的各种文书中，就有吐蕃文的文书好几千件，成为研究藏族史与河西走廊历史的珍贵材料。

北宋，形式上在河西地区建立了凉州府，实际控制的还是遗留在此的吐蕃六谷部。后来，这里有了另一个国，党项羌人的国，叫作西夏。武威今天的城市历史宣传中，宣讲其重要性，五个凉国的都城之外，说是还做过西夏的陪都。"大夏开国，奄有西土，凉为辅郡，亦已百载。"这是西夏时，用汉和西夏两种文字刻在《重修护国寺感应塔碑》上的话。

碑文上的西夏文因有汉文对照得以破译，但它的声音呢？党项人的语言在那个时代沸腾时，武威这城，市集庙堂，又是怎样的景象？

唐朝失去河西是因为内乱：安史之乱。趁乱，吐蕃得以乘虚而入。吐蕃强盛的时期，宫廷内部，王朝与地方豪强间的故事，也不出所有王朝史中的模式。吐蕃一朝，引入并信奉佛教者与本土宗教的信仰者之间的斗争贯穿始终。吐蕃王朝崩溃的直接原因就是崇苯灭佛的国王朗达玛被佛教僧人刺杀。这个僧人成了把戒杀生作为基本戒律的佛教徒撰写的史书中的英雄。从那时至今，青藏高原再没有出现过统一的政权，都是教派的割据，世俗贵族的割据，或者教派与世俗贵族联合的割据。

而那些东出征伐的部落，便被遗忘在遥远的边疆，自生自灭了。

行文至此，我得申明一句，我不是一个民族主义者。在这个民族主义泛滥高涨的时代，我甚至没有资格做一个民族主义者。因为我的血缘驳杂。我只好选择血液中某一成分较多的那个民族。具体地说，就是选择了因吐蕃的短暂强盛统一而形成的藏族。

也因此，常常有人论证分析说，我这样的人不可能深入地表达民族文化。这种分析也许很对，但必须有一个前提。这个前提是这个世界得为了这种学问特意准备封存一批具有标本意义的固态文化。我不敢说，处在多种族交集混血的地带的人往往能洞见文化形成的复杂性与流变性——那不是因为所谓的学养，而是听从了驳杂血缘带给的深刻启示。这种启示，让我始终关注文化学定义的模式之外的复杂现实——随着历史进展而流变的文化。这也是我来到武威，历史上曾经频频发生不同族群冲突与融合的地方的主要原因。我不是来寻找答案。我不以为翻过几本书，就会对复杂的现实得出答案。我来倾听，来感触，来思考，来证实，今天在别处上演的，在这里曾经上演过的种种复杂的文化现实。而这里的一切，或许是另一些地方正经历的艰难过程将要产生的结果。

太阳出来了，走在武威街头，我倾听着耳边响起当地的汉语方言。这是一种吐词不清的、字音模糊的、浊重的、滞涩的语言。我这么说，没有自诩口齿清晰明快、能说标准普通话的意思。没有轻视当地方言的意思。我想说的是，在中国的许多地方，都有着这样的汉语方言，

西高地行记

192

都带着一点其他族群的人带着程度不同的生疏，使用汉语这种语言时那些浊重的口音。在那些地方，使用汉语的汉族人，在与操着这种口音的异族人交流沟通时，也会自然地模仿那些不清晰的口音与表达，这种熟练者对不熟练者的口音与表达的模仿，是中国边疆地带与曾经的边疆地带广泛发生的一种语言现实。过去曾经发生，今天仍在发生。这种的相互模仿，目的在于更好地实现语言的交流功能，从而在边疆地带形成种种别有意味的汉语方言。

这是值得语言学郑重其事研究的族群与文化融合的文化现象，而不是轻佻的小品中那些针对文言的轻佻段子。

我没有看到过有语言学研究过方言的这种形成机制。

我不是语言学家，但我懂得方言中的这种文化况味。

我行走在武威街头，周围方言沸腾。不由得不想到，在河西走廊，在这座古城中曾经响起过的种种语言。是的，很多民族都在这里出现过，居留过，冲突过，交融过，又消失了。不同民族的人操持汉语时的口音仿佛都在耳边响起，都在今天的当地方言中留下了余响。

今天，这些族群大多都消失了。但吐蕃人的后代还在，当吐蕃统一的政权消失，以部落为单位东征的人们却留在了此地。武威市下辖的天祝，是今日中国的两个藏族自治县之一。这些人称为的"华锐"，意思就是英雄部落。

当然是英雄部落。

当年吐蕃兵锋东向时，他们以部落为单位，是远征的前锋。可是，当吐蕃的中央王朝分崩离析，世俗贵族和宗教势力在西藏腹心地带彼此算计，他们并没有得到过遥远故国一丁点的经济与军事的后援，依然顽强生存下来。他们征服过别人，也被别人征服；统治过别人，也被别人统治。宋元明三朝，在当地还是强大的存在。大量的地方史实，略去不谈。关于天祝，也就是今天武威境内的藏族，我摘录陈庆英先生《中国藏族部落》一书中的一些数据。1909年由凉州府庄浪茶马厅统计时，还余三十六族。这个族，不是民族，是部落。那些部落在多民族交集的地带，历经多年战乱，每个部落都很小很小了，最大者不过百户，最小的只余了几户人家。三十六个部落，共四百二十四户一千八百零五人。那时，和远在边地的很多藏人族群一样，没有什么"大藏区"的人顾念他们，只是自我图存挣扎。民国年间，国民政府在三十六族地区实行保甲制，天祝藏人三十六族仅编为八个半保。

◇ 鸠摩罗什，或鸠摩罗什塔

武威，这座要以武扬威于异域而得名的城市里，有一座幸存的文庙。这样的文庙，我在云南建水也见过一座。但当地朋友说，那个不算，不如武威城中这一座，是中国现存四大文庙之一。

在这里，我没有什么感动。因为只是建筑的幸存，里面却空了。像当下中国的各种庙，无论外面如何整旧如新，还是如何整新如旧，里面却空洞了，精气神都不在了。眼下这座文庙也是一样，里面固然还陈列了孔子像，还有照片与文物。但我还是感觉里面是空的。所以，人们在一间一间的房子里进出参观时，我坐在院子中间的太平缸旁，仰看几株苍劲的国槐。这几株国槐，树干在院子里，硕大的树冠却高张在房顶之上，它们的阴凉甚至溢出到了院墙之外。我想，如果将此视为一种象征，那么，这才是文化传承该是的状态。枝干苍老，但新的分枝却在阳光下生气勃勃，开花传种的同时，还在我们身上投下使人心境熨帖的清凉。我在另一篇文章中说过，在国内旅行，我不太愿意看人文古迹，从文化意义上讲，过往的兴盛总反衬出眼下的衰败，让人心生悲凉。在大西北，这自然环境严重恶化的地方，在烈日当顶炙烤焦渴的大地之时，我倒愿意坐在这几株老槐树下，享受这难得的清凉。

我还想起了一位西方传教士的话："今中国人多拜孔子而不行其

言。"那是这位西方人在19世纪的观察。那还是遍地文庙的时候啊！今天，人们不信之外，连拜也免了。

城里还有一座钟楼，悬着一口唐代的钟。轻叩一下，谛听，钟内有风拂过荒漠的余响。

是时间让原野成了荒漠，还是时间自己就是荒漠？

有一通西夏碑。很珍贵。因为靠这通有西夏文也有汉文的碑，专家们找到了破译西夏文的路径。有人拿来新写的西夏文的条幅，指着一个字说，这是风。风很干燥。又指着一个字，云。云很寡淡，没有雨意。我讨得一篇碑记的原文，标题叫《重修护国寺感应塔碑》。碑文中说："前年冬，凉州大地震，因又欹仄……诏命营治，鸠工未集，还复自正。"这塔了不得，被大地震弄得倾斜了，西夏皇帝诏命修复，但召集的工匠都未聚齐，它自己就站立端正了。宗教一变为神通的显现，就有些荒诞了。我不止一次听藏传佛教的喇嘛活佛说过，如今是佛教的末法时代。学问不精进。戒律难遵行。信众不虔敬。他们敬奉三宝，不是相信禅院丛林中严谨戒律下精进佛理的僧人与他们的学问。他们只是相信奇迹与神通。我原以为，这是现在时代的情形，原来，在古代，对佛教的信仰中就包含了这样的对于离奇神通的传说与信从。

当然，还要去看马踏飞燕。几年前，去兰州参加《读者》的一个会，得到过一尊马踏飞燕的仿制品。后来钟点工做清洁，擦拭那匹马时，把黏结在马掌上的燕子给弄掉了。那匹马，现在是中国旅游城市的标志，放大了，做了铜绿站在那些城市的迎宾大道旁。在那些实至名归的地方，我看那马踏飞燕就很生动。但在一些努力打造着四个A五个A人造景区的地方，我就想，这匹马掌下的燕子有一天怕是也要从马蹄下挣出来，自己飞走了。现在，我是在马踏飞燕的出土地了。这个地方叫雷台。原是一座大墓。中国的墓都是深挖洞筑成的。挖洞，当然是因为墓主怕被扬灰挫骨，为了不失去陪葬的宝物。在这个电视里常常直播挖坟的时代，再深再曲折的洞也难避免被"考古"的命运。倒是雷台的墓主爽快，墓几乎就建在地上，墓道浅浅的，墓室上面，垒起高高的封土。所谓"台"，指的就是这堆封土。因此之故，在考古发掘还不盛行的年代，就被发现。现在，雷台上就露天陈列着一个青铜的兵马方阵，都是墓中出土陪葬物的仿制品。天真蓝，铜真绿。一道大门，把喧闹的世界挡在外面。院子中，柏树挺立，芍药盛开。

最吸引我的是城中的鸠摩罗什塔。

佛教徒们传说，鸠摩罗什火化后，舌头不烂，葬在这座塔中。

鸠摩罗什，一个佛教徒。早远时代的佛教徒都是些真正的国际主义者。不像今天的教宗们，崇高的神职之外，往往还要扮演母族母国的政治领袖，是民族主义者。鸠摩罗什父母是印度人，出生在西域龟兹国，回印度深研了佛法后，不为护佑母国修法讽经，而是又回到龟兹。那个龟兹国早已湮灭于黄沙之中，地方是今天新疆库车县。传说，鸠摩罗什也广有神通。所以，他的名字才沿着丝绸之路一直传到长安城，传到前秦皇帝苻坚的耳边。那是汉文史书所说的五胡乱华的时代。前秦皇帝派手下大将吕光远征西域，唯一的目的，就是把这位高僧迎到自己的都城。吕光带几万大军西征得胜，在龟兹国俘获了鸠摩罗什，带了他大军东归，行到武威，却传来苻坚南征兵败淝水的消息。吕光遂在武威停下，自立一国，叫作后凉。吕光不信佛，自然也就不信鸠摩罗什有什么异乎寻常的神通，敢于对他百般戏弄。最严重的一条，就是强破僧人戒律，叫他娶了龟兹公主为妻。"光既获什，未测其智量，见年齿尚少，乃以凡人戏之，强妻以龟兹王女，什拒而不受，辞甚苦到。光曰：道士之操，不逾先父，何可固辞。乃饮以醇酒，同闭密室。什被逼既至，遂亏其节。"史料上不见说鸠氏有没有显现过神通。但说他娶了老婆，在吕光建于武威的后凉朝中，一待就是十好几年。过着俗人生活之外，还在皇帝身边做点出谋划策之类的事情。后凉政权也是短命王国，很快就被取代前秦的后秦国攻破。后秦皇帝姚兴来灭后凉，居然也是为了获得鸠摩罗什这位异国高僧。灭了后凉国，便将鸠摩罗什迎到长安讲经说法，皇帝还为他组织了三千多人的佛经译场。

鸠摩罗什五十六岁上，重操僧人旧业，空虚我见，译经说法，终日不倦。

姚兴还让鸠摩罗什搬出僧房，别立精舍，其中有美女侍候。"什为人神情朗澈，傲岸出群，应机领会，鲜有论匹者。笃性仁厚，泛爱为心，虚己善诱，终日无倦。姚主常谓什曰：大师聪明超悟，天下莫二，若一旦后世，何可使法种无嗣。遂以伎女十人逼令受之。自尔以来，不住僧坊，别立廨舍，供给丰盈。"

鸠摩罗什"一媾而生二子"。

当时众人对此议论纷纷，毁誉渐起。每到讲学时，鸠摩罗什总先对弟子们申明："好比臭泥中开莲花，只采莲花，莫取臭泥。"依然译经不止。从后秦弘始三年——公元401年到长安至公元413年圆寂，十一年中，他在弟子的协助下译经三十五部二百九十四卷。他的译笔忠于原文，圆通流畅，典雅质朴，订正了他人译经之误，成为后世流传最广的佛教经典。

公元 413 年，感知大限即近的鸠摩罗什，对众人起誓：假如我所传的经典没有错误，在我焚身之后，就让这个舌头不要烧坏，不要烂掉！不久，鸠摩罗什圆寂，依佛制焚身，火灭身碎后，唯有舌头完好无损。

这条舌头最后就葬在武威城中这座高塔之下。我不是佛教徒，连假的佛教徒都不是。但我还是对这个异国僧人心怀敬意，因为他为丰富汉语所作的杰出贡献。魏晋南北朝时期，汉语有了更多的词汇，更丰富的表达，其中，鸠摩罗什们从异族文字翻译佛经为汉语时的创造是很重要的原因。这也为母语为别种语言的异族人，加入这种语言，操持这种语言进行自我表达，提供了最早的成功经验。

站在这座塔下，向上仰望，不脱帽是不行的，头后仰的角度太大，帽子自己也会掉在地上。我脱了帽，向上仰望，正是夕阳西斜的时候，阳光在塔顶的后方，形成一片明亮的光晕。那塔顶几乎就化入到那片光晕之中了。喜欢奇迹与神通的佛教徒，或许会把此景视为又一奇迹显现。但我知道，这只是在一个恰当的时间，在恰当条件下一定出现的物理现象。

前面说过，鸠摩罗什的时代，佛教僧侣们仿佛最早的国际主义者。佛法可能弘传的地方，都是他们的祖国。鸠摩罗什从西方的丝绸之路而来。差不多同时，禅宗的始祖也是印度和尚的菩提达摩从南方而来，一苇渡江，来到了中原的山中，面壁求悟，成为佛教中最中国化的一派禅宗的始祖。到了唐代，一面有玄奘西去取经天竺，还有鉴真东渡扶桑传布教法。其时，邬仗那国的法师莲花生也正在西藏传播佛教密法。那时，佛教不像别的宗教，并不发动针对异教徒的战争。

武威记

只有一个个佛教徒，凭着自己的坚执，那样任意地穿越着族与国的界限，传播他们对于世界的解释和对人与人生的看法。但是，这种精神终究还是在其大规模传播的同时萎靡了。有一个鸠摩罗什的故事。说他少年时，当庭举起了巨大的石头。看见的人惊呼，说一个孩子怎么可能举起那么重的东西啊！于是，不知轻重，也就没有佛教所说"分别心"的鸠摩罗什心中立即有了轻重之分，立即就让那块石头的重量压垮了。早期佛教确乎是没有今天成就着这个世界也深深困扰着这个世界的"族"与"国"的分别心的。

我站在鸠摩罗什塔下，心中发此疑问，那塔只是直刺蓝天深入，那根自信向世界传达了世界真谛的舌头却没有回答。

◇ 白塔寺

出武威城，去近年恢复重建的白塔寺。

因该寺有一百座藏式白塔，也叫作百塔寺。

寺在武威郊外四十里。在埋骨于此的来自西藏的藏传佛教萨迦派教主萨迦班智达眼中，这是"霍尔地方"。他说："余为弘扬佛教，体念众生，更顾念操蕃语之众，来霍尔地方。"霍尔，藏语，蒙古的意思。

这是一个很老的故事了。

那时，西藏本土在吐蕃帝国分崩离析后，已经历了几百年的分裂割据。蒙古帝国崛起时，青藏高原上的割据势力是藏传佛教中的各个不同教派。这样一盘散沙，怎抵挡得住势如洪水的蒙古铁骑？阔端的大将多尔达一路进兵青藏高原，都没有遇到什么成规模的抵抗。这时成吉思汗已死，高踞汗位的窝阔台，派其子阔端驻兵凉州，祁连山以南以西的青藏高原也算是他的地盘。入藏先锋大将多尔达返回凉州禀报阔端："现今藏土唯噶当巴丛林最多，达隆巴法王最有德行，直贡巴京俄大师具大法力，萨迦班智达学富五明。"这里的噶当巴、达隆巴、直贡巴、萨迦都是藏传佛教不同教派的名称。阔端经过权衡，决定邀请萨迦派首领萨班前来凉州会谈。

萨迦第五祖萨班，此时已是花甲之年。手持来自凉州的蒙古王爷信函，于 1244 年，带着两个年幼的侄子八思巴和恰那多吉，离开后藏的萨迦寺，一路盘桓，直到两年后，萨班才抵达凉州。阔端与萨班在凉州幻化寺——今天的白塔寺相见会谈。

寺名幻化，据说是因为萨班具大神通，在此与幻术师斗法取胜而得名。传说是萨班一日与阔端闲谈，阔端说世间龟皮皆无毛（两人会谈西藏前途，作此玄谈本身多少有些可疑）。萨班便拿出一块带毛龟皮，还指点说皮毛之上有千佛显像，而阔端却怎么也看不出来。阔端不悦，招来幻术师造出一座虚幻的殿堂，邀萨班前去，想令其出丑。未承想，当萨班坐上那虚幻的宝座时，幻术师们却怎么都解不开幻术。阔端大赞其法力，这才真心臣服，大献供养，在此供奉三宝，于是这幻化的寺庙成了真正的佛堂。经过这么一场斗法，西藏的佛教史家们说，藏传佛教顿时扬名立万，奠定了藏传佛教在元朝宫廷中的崇高地位。

但在历史文献中，情形却是别一番景象。

萨班在与阔端会谈后，有致"蕃人书"一通："致书与卫、藏、阿里善知识施主大德"。卫、藏、阿里都是西藏不同地域的分称。信中说："当今之势，此霍尔之军旅多至不可胜数，窃以为赡部洲已悉入其辖土矣，顺彼者与彼共苦乐。彼等性情果决，故不准口称归顺而不遵其命令者，对此必加摧灭。畏吾儿之境未遭涂炭而较前昌盛，人畜财富由彼等自理。必阇赤、财税官、守城官均由彼等自任之。余如金、西夏、阻卜等地未亡之前，虽已派有霍尔使者，然彼等不遵命令，终遭覆亡，逃遁无门，仍需俯首归降。其后，因彼等奉行唯谨，故现各地方亦多任命其贵人任守城官、财税官、必阇赤者。吾等吐蕃部民愚顽，或有希冀百计千方脱逃者；有冀道长路远霍尔或不至者；有冀以战斗获胜者，如此必遭覆亡。各处投降霍尔之人甚多，因吐蕃人冥顽之故，恐只堪被驱为奴仆贱役，能被委为官吏者，恐百人之中不到数人。吐蕃投顺者虽众，但所献贡品不多，此间贵人们心中颇为不悦。"

必阇赤，蒙语译音，元代掌管文书的官员名称。

赡部洲，佛教的专用语汇中，可以说相当于中国皇帝常说的天下。

这一番话，其实就是劝西藏本部各割据势力归顺蒙古。意思是不要抵抗，抵抗的结果便是"终遭覆亡，逃遁无门"。所以，还是"输诚归顺"，则"……官员多有委其贤而任之者"。这里，只见一个弱势的政治首领不得已的力量权衡，却不见一个法王显示神通的轻松潇洒。

他在信中还转述阔端的命令："若能遵行功令，则尔等之地，各处部众原有之官仍然加委供职，如萨迦之金字、银字使者召来者，吾任之为达鲁花赤极为妥当。此事可广为宣喻：汝等应派堪充往来信使者，将当地官员姓名、百姓数目、贡品数量缮写三份，一送吾处，一送萨迦，一由各处自行收执。并志某已降，某未降，若未分别，则恐于未降者之祸殃及已降者。"

达鲁花赤，蒙语译音，元代官员，往往是一地方的军政首长。

自此，西藏本部卫、藏、阿里归服蒙古。重新区划行政，编为十三万户。萨迦派借蒙古人之力重新统驭了西藏本部。元帝又将这十三万户赏给萨迦派作为"供养"。

今天，对于这段史实，不同的立场者作着不同的阐释。因此，当年的幻化寺挂着爱国主义教育基地的牌子，因为这里是西藏正式纳入中国版图的见证地。还有另外的阐释，说这只是当年萨迦派与元朝结成的施主与福田的关系。我读此信，却见势大力雄一方，含蓄的威逼，也见萨班这样的教派领袖，不得已时的利益盘算。今天的西藏问题，是现实问题。对立双方，都费劲地在历史中寻找答案，须知，现实有时和历史有着深刻的关联，有时，很多问题又与现实毫不相关。这些问题有着关联时，回顾历史，可以提供某种助力，但若是这些问题的动因与困局都在当下，从历史追索与争辩会毫无意义。从某种意义上说，历史，只是彼时的人们解决当时现实问题的暂时方案。

年事已高的萨班再未回到西藏，他在幻化寺居住五年，于1251年圆寂于此。阔端为其修建了舍利塔，为此骨殖塔开光的正是当年随他前来的十岁侄子、萨班衣钵的继承者、后来元朝的帝师八思巴。今天，这塔还残留着塔基在地面上。中心夯土，外围包以青砖。腰挂扬声器，腮边挂着袖珍话筒的导游员说，前几年，有考古专家对此废墟作了探查，用先进仪器探得，萨班的遗骨还在下面。

那座骨殖塔的残迹，如今用先进的科技保护了，静默无语，在那一百座新修的藏式白塔中间。再四周，是祁连雪水灌溉的平坦肥沃的绿洲。玉米地一直延展到视线尽头，其间树树白杨，直刺蓝天。极目南望，是隐约的祁连雪山。雪山背后是青海湖和湖周的高山草原。再越过昆仑，是可可西里的亘古漠野，再过唐古拉山，才是拉萨，再翻越岗巴拉山，才是萨班所来的后藏。那来路真的和历史一样遥远。

今天在藏区，有一种观点，认为蒙元与西藏地方建立的只是一种供施关系。蒙元帝国的皇帝是施主，而西藏是一方福田。如果人们没有忘记这份重要的历史文件，多读读这封信，或许可以破除那些一厢情愿的迷思。

20世纪上半叶，先后八次入藏进行西藏宗教历史考察的意大利藏学家图齐也在他的著作里，结合对萨班这封信件内容的具体分析，对这一事件的实质和一些藏族史家掩盖这一实质的做法进行了详尽分析。他说："西藏历史学家记录下这件事情，记录下当时处于野蛮状态的蒙古部落与佛教之光的最初接触，说萨班大师秉自我牺牲的精神把佛教的光辉带到蒙古人中间。还记录了萨班如何神奇地为阔端治愈疾病，使之延年益寿并引导他善待佛教。萨班第一次在阔端面前显示了新宗教的仪式和难解的咒文，实际上阔端善待佛教不过是对于从这些咒术里召来了他觉得可怕的神秘力量敬畏的结果。"

"无论如何，萨班此行并不是为了传布佛教，他是服从阔端的命令，为了避免最坏的结局而去的，实际上这一行以经过一位西藏的代表把西藏再次交给蒙古为终结。西藏确认了在成吉思汗时代已经完成的归顺，承认了蒙古人的至高无上的权力。"

据说，百塔寺的一百座白塔恢复后，间或有藏族僧侣来此凭吊或做法事，不过，我没有见到。而且，这里有塔无寺，塔修复了，寺却未见，这些藏族僧侣如何行法事我就不得而知了。倒是辟有一个展室，有些许文物陈列。其中，多有现代出版物，主题很集中，几乎都从当年阔端与萨班会面开始，论述蒙元以来，西藏成为中国一部的历史。我离开的时候，这个爱国主义教育基地的负责人赶来百塔群前对着轩敞停车场的大门，与我见了一面。他自我介绍说是西北民族大学的硕士，武威市下属的天祝藏族自治县人，藏族。但我们的车马上就要出发，去天梯山看北魏时期的佛教造像，未及深谈便匆匆作别。

车上再读萨班信，其中细细劝诫此前各自为政的分裂各部："长

武威记

官携以厚贡，偕萨迦人前来，贡物多少亦与之议，余亦于此间策划。"并开了一份建议的贡物清单："以金、银、象牙、大粒珍珠、番红花、木香、牛黄、虎皮、水獭皮、蕃呢、氆氇等物，此间甚为喜爱。此间于牲畜颇不屑顾，然各地最佳之畜品贡来亦可。"

萨班这位宗教领袖的周旋固然巧妙，却早不是吐蕃铁骑纵横驰骋河西走廊时的气象了。

突然想起法国蒙古史学家格鲁塞在写《蒙古帝国史》时，说到了接受佛教对于曾经强悍一时的民族的影响。他在说蒙古人以前，先说到北魏。不想去查原著，但意思却说得很明白。他说，引入佛教后，北魏人到处修造石窟，但从此，他们确实是变得柔弱了。柔弱的结果，当然是建立北魏的鲜卑人首先失去了他们的国家，继而是无从保持自己的文化。在武威天梯山，就有北魏时期的石窟留存。

持同样看法的，不止格鲁塞一人。

我在这篇文章草成两年后，再来修改时，正准备《丽江记》的写作。读到了抗日战争时期在丽江居停数年的俄国人顾彼得所著《被遗忘的王国》。其中有这样的段落，也抄在这里："然而在古时候，西藏还没有皈依佛教之前，连丽江都在强大的藏族征服者统治下。佛教的到来和传播削弱了这片土地并使其屈服。"

从武威地方史料中，又看到一则转引自《宋史·吐蕃传》中的材料。可见佛教对于尚武的吐蕃遗民的影响："凉州郭外数千里，尚有汉民陷没者。余皆吐蕃。其州帅稍失民情，众皆啸聚。城中有七级木浮图，其帅急登之，绐之曰：'尔若迫我，我即自焚于此。'众惜浮图，乃盟而舍之。"

这是宋代的情况。

元代以降，吐蕃帝国崩溃后，还在河西地区雄强几百年的吐蕃余部也就终于式微了。

◇ 《缚戎人》：诗中的悲剧故事

读历史，无论是朝代史，还是地方史，都孜孜于"国族神话"的构建。中心从来都是那些处于权力中枢的政教人物。汉文史，是皇帝权臣充任主角。藏文史，是高僧大德。都难见到小人物的身影。历史书中，几乎不见对于他们在时代迁递中的命运与感受。

这时，我们得感谢文学，留下一些彼时彼地普通人生存状况的零星写照。在武威文庙，购得小书一本。武威县志办编于 1985 年的《古诗话凉州》，辑录各代诗人咏凉州的诗。印数两万。二十多年了，卖的还是当年那一版。也就是说，一年平均没有卖出一千册。回到旅馆，晚餐喝了当地的武酒。带着酒意坐在灯下，翻开新到手的书，读的却不是闲适诗文。

我读白居易的《缚戎人》。

白居易的诗常见，这首诗不常见。

"缚戎人，缚戎人，耳穿面破驱入秦。"

被绑起来的戎人，今天所说的少数民族，这里指吐蕃人，被押入了陕西，当时唐帝国都城长安。

"天子矜怜不忍杀，诏徙东南吴与越。"

可知那时对异族的俘虏也非一味杀头了事。诗还有注，说明书编得认真仔细，引的是和白居易同时代的诗人元稹的话："近制西边每擒边囚，例皆传置南方，不加剿戮。"近制，那就是说，远制是要戮的。

当然，这"传置"不是今天安置水库移民，情形自然颇为悲惨的：

"黄衣小使录姓名，领出长安乘递行。身被金创面多瘠，扶病徒行日一驿。朝餐饥渴费杯盘，夜卧腥臊污床席。忽逢江水忆交河，垂手齐声呜咽歌。"歌中是故事，比夜更悲苦的故事。

"其中一虏语诸虏：'尔苦非多我苦多！'同伴行人因借问，欲说喉中气愤愤。"

上层的人比谁钱多权重，下层民众，是看谁受的苦稍少一点。

一个无名氏的故事开始了。

"自云乡贯本凉原。"

讲故事的是凉原人，也就是凉州乡下人的意思吧，也是这本书要收这首诗的原因吧。

"大历年中没落蕃。"

大历，唐代宗年号，公元766—779年。

"一落蕃中四十载，遭著皮裘系毛带。"

穿皮袍系牛羊毛绳做腰带，虽是被"遭"入乡随俗，也是入乡随了俗。

"唯许正朝服汉仪，敛衣整巾潜泪垂。"

严酷野蛮的时代，偶也见文明闪光，准许一个异族人在大年初一穿上本族的服装，行自己的礼仪。只要行着母族文化礼仪时，还悄悄垂泪，那么，这个人的心就未被征服。白居易还见过别的从吐蕃逃归的人，这见于他在本诗的自注："有李如暹者，蓬子将军之子也，尝没蕃中。自云：蕃法唯正岁一日，许唐人之没蕃者服唐衣冠。由是悲不自胜，遂密定归计也。"

"誓心密定归乡计，不使蕃中妻子知。"

已经有了吐蕃人的妻子，还和她生了子息，也阻止不了他"密定归计"。

"暗思幸有残筋骨，更恐年衰归不得。蕃候严兵鸟不飞，脱身冒死奔逃归。昼伏宵行经大漠，云阴月黑风沙恶。惊藏青冢塞草疏，偷渡黄河夜冰薄。忽闻汉军鼙鼓声，路旁走出再拜迎。"

哦，可怜人终于见到自己人了。可是：

"游骑不听能汉语，将军遂缚作蕃生。"

史载，唐代在边境设有守捉使，捉生将，遇人有疑，便捉之，叫捉生。

在汉人眼中，不管他会不会讲汉语，他就是一个吐蕃人了。结果自然与其他吐蕃俘虏一样：

"配向东南卑湿地，定无存恤空防备。念此吞声仰诉天，若为辛苦度残年。凉原乡井不得见，胡地妻儿虚弃捐。没蕃被囚思汉土，归汉被劫成蕃虏。早知如此悔归来，两地宁如一处苦。"

对普通人来说，族与国都不可靠时，就只好"仰诉天"了。

"缚戎人，缚戎人，戎人之中我苦辛，自古此冤应未有，汉心汉语吐蕃身！"

读完此诗，久久不能掩卷，想国族冲突下，该有多少普通人的命运如此悲惨！但历史，尤其是中国历史的写法，将这些个人充满悲剧感的故事，从来略过不看。

类似写大时代中族与国冲突下小人物"转若飘蓬"之命运的，同书中，白氏还有一首《西凉伎》，也可一读。

其实，民太被忽视，国与族也就难保了。所谓朝代更替，提供的都是这样的教训，却又从来未被新的统治者真正吸取。为写此文，查阅藏文史料，从《汉藏史集》中得到一则材料，说元灭于明的原因之一，其解释更是完全堕入佛教的因果报应。也抄在这里吧。

"先前，当杭州宫殿被蒙古人火烧之时，蛮子之皇子向蒙古皇帝归顺了，但不得信任，被放逐他乡，到了萨迦地方，修习佛法，人群集聚在他周围。此时，蒙古皇帝的卜算师们说：'将有西方的僧人反叛，夺取皇位。'皇帝派去查看，见许多随从簇拥此蛮子合尊，将此情向皇帝奏报，皇帝命将其斩首。赴杀场时，他发愿说：'我并未想反叛，竟然被杀，愿我下一世夺此蒙古皇位！'由此愿力，他转生为汉人大明皇帝，夺取蒙古之皇位。又据说，蛮子合尊被杀时，流出的不是血，而是奶汁。"

每一种意识形态，都有自己解释历史的固定套路。佛教作为一种意识形态，也有着自己熟用的方法。这位法名合尊的人，就是南宋降元的末代皇帝。蒙古人先封他为王，但不放心。就将其发往西藏萨迦地方，也就是前文萨班所来的地方出家为僧。这位前皇帝可能真的做了顺民，便潜心修行，身边有了很多信徒。元朝皇帝不放心，将他迁到凉州。仍然不放心，找借口把他杀掉了事。这也是丝绸之路不再繁荣后，发生在武威的值得一说的故事了。

武威记

◇

丽
江
记

◇　去丽江

第一次去丽江，是二十多年前的 1985 年。

那时经过"文革"磨难的中国人开始恢复生活的情趣，刚刚开始整装出门旅游。我那时还在阿坝州，刚调到一个文化单位工作。无论如何，一个文化单位里的人，总有些得风气之先的意思。说，我们去旅游。去哪里？云南。

那是第二次出门旅游，游滇池、大观楼，再上西山龙门，除了在火车站排队上车，第一次见到这么多的人，争先恐后拥挤往一个方向。直到汗流浃背下了山，也想不起在山上看过些什么。上山前就不知道上去要看什么。之所以去，因为那是一个景点。旅游就是看景点。再去曲靖看石林。第一次看见年轻女导游穿了当地民族服装，手拿话筒用普通话讲每个景点的神话故事。后来旅游多了，知道此类景点故事，其实多出于应景的杜撰。但那时不知道这个。晚上在旅馆，还把这些没头没脑的故事补记下来。然后去大理。记得几样事情。坐船游过的洱海水面。洱海边民居夯土墙露出许多螺蛳壳。立在收割后的稻田中的三塔。收割后的干田里有人撒网捕捉蝗虫。没有蝴蝶的蝴蝶泉。饭馆里赶不胜赶的苍蝇。

在大理，决定下一个去处时，说起了丽江。那是第一次听人说起丽江。同行的人大多也是第一次听说丽江。所以，更多的意见是去西双版纳。因为大家都听说过西双版纳，知道傣族，知道泼水节。后来还是去了丽江。唯一的理由是，近。没有专门的旅游车，长途客车摇摇晃晃一天，天黑时候才到达丽江。车子从一个高岗上下来的时候，眼前出现了丽江坝子。这是云南的地理，爬一阵山，下来，过一个坝子，再爬一阵山，下来，又过一个坝子。丽江应该是云南省最西北边最后一个坝子了。记得看见了坝子尽头立着一座雪山。雪山没什么稀罕，我们所来的地方，到处立着这样的雪山。那阵的丽江还没有在旅游地图上。当地也没有今天这样随处可得的旅游指南。就像今天的大多数游客，并不知道自己为什么要来这么一个地方，却又来了，也就无头苍蝇一样四处瞎逛。仔细回想，也没有什么特别的印象。去过黑龙潭，也就是一坑水。哪一处的公园没有这么一坑水？唯一新奇的是四方街，白天是热闹的市集，熙熙攘攘的当地人，买卖些什么不记得了，仿佛还有好多牲口，下午时分，人流散尽，留下很多垃圾，包括牲口粪便，突然有不知道从哪里来的水漫流到街上，加上一些拿大扫把的人，不一会儿，石头镶嵌的广场就干干净净了。那些光滑的石头，在黄昏中，闪烁着一种特别温润的光亮。

晚上在旅馆里看一本《云南简史》，年代纷繁，民族众多，头昏脑涨却不得要领。就这样，登上回程，离开丽江。

二去丽江，十多年后了，准确地说，是到泸沽湖经过丽江。去住了一个晚上，回又住了一个晚上。其中一个晚上，住古城的家庭客栈。过一道水渠上的小桥就到了商店酒吧密布的街上。出了街，就是四方街那个广场。广场上有了雕塑，掌灯时分依然人来人往，熙熙攘攘，不是本地人，是游客。这一回的收获是，看到了当年冲洗四方街的水流所来的方向，并看到了放水的闸口。回来那晚，在城边农家乐喝酒，简单的建筑四周，松木参天。吃饭时候，有人唱歌助兴。有当地的纳西族歌手，也有从中甸来的藏族歌手。这时的丽江已经是一个旅游胜地，热闹非凡。

那时，已经知道些丽江地方的历史，知道洛克，知道纳西族木氏土司，知道玉龙雪山中某处有纳西族青年神圣的殉情之地，知道有一群老人每天搬演内地失传的洞经音乐，但也就是知道而已。因此主人安排的以后节目，都被我谢绝。我不是小资，我并不觉得丽江这个地方一定非来不可。

再过了几乎十年，这一回，我决定再去丽江。

这一回，丽江将与我漫长的写作生涯，发生一次短暂的关联。

这是 2012 年 6 月。

两年前，我有了两个计划。这两个计划，一个是要花几年时间，把整个藏区，以及历史上与藏区发生过密切关系的地方，都走上一遍。目的是对藏民族文化的内部多样性作广泛而独立的考察，同时，通过丽江这样与藏文化产生过密切联系的地区来观察历史的大尺度下一种文化的消长。再一个计划，就是拍摄与记录青藏高原及其边缘地带野生的开花植物。恰好，丽江这个地方，与我的两个计划都有关涉。所以，这个地方便成了我不得不来的地方。

去前，已经请当地普米族诗人鲁若迪基备好了车子。但我毫不容情地推翻了他制定的旅游节目清单。这一回，我做过功课，我有我的日程清单。鲁若迪基说，这一下，情形变了，从我带阿来游丽江，变成了阿来带我游丽江。

老朋友间不必客气，我说，你的任务就是开安全车，带正确路。

第一站，丽江高山植物园。

这个植物园，是我从网上搜出来的。

2001 年，中国科学院昆明植物研究所和英国爱丁堡皇家植物园合作，于 2003 年建成了丽江高山植物园。网上资料说，中英合作的这个项目包括丽江高山植物园、野外工作站和一个高山自然保护区。

植物园距丽江城二十四公里。所在地名叫哈勒古。

网上资料说，该项目受到中英双方高度重视，于 2004 年对外宣布为英国在中国的第一个联合科学实验室。

网上还说，据昆明植物研究所考察，植物园所在这一地区有种子植物一百四十五科七百八十五属三千二百余种。丽江高山植物园将在五年中，初步建成高山植物集中的科普展示和生态旅游园区，并向公众开放；建成杜鹃花专类园，从英国爱丁堡植物园栽培驯化的中国杜鹃科植物回归杜鹃花二十种。那么，我到丽江时，这个植物园已经建成九年了。

我去过苏格兰的爱丁堡皇家植物园。那个植物园栽培和驯化采集自世界各地的野生植物，其中，来自中国的植物，特别是来自中国西南部横断山区的植物是一个重点。爱丁堡植物园中，因此有一处地方专门命名为中国坡，我曾在那块园地中盘桓整整一天时间，拍摄那些来自遥远中国的开花植物。落新妇、钟花报春和偏花报春、火绒草、绣线菊、杜鹃、金丝桃和并不产于西藏，却在中国因西藏而得名的藏红花。记得园中的中国坡竖着一面木牌，上面一幅中国地图，所突出的正是中国西南的横断山区，少数几个地名中就有丽江。所以，我对

丽江记

丽江的高山植物园充满了期待，特意为相机准备了双份的存储卡和电池。

那二十多公里的沿途，风景真的是美不胜收。

出丽江城，过几个庄稼地围绕的村庄，地势缓缓上升。直到玉龙雪山陡峭的山体前，都是间生着松树与高原柳的牧场。一些马匹散布在被风拂动的草原。草原上，到处都有一丛丛金丝梅绽放着黄色的花朵。

几经询问，车开到了陡峭山坡前的植物园。

没想到植物园这么冷清，甚至有些荒凉。关着的铁栅门旁墙上的确挂着植物园的牌子，旁边是一座只有几个房间的小平房。天将雨未雨，气温很低，扒着平房的窗户，看见一间房子里有几个人看书谈话。

没想到他们会应我的要求打开大门，并回答我的问话。他们说，植物园还在建设中，没有对公众开放。当然，也没有公众要求开放。问他们网上宣传的科普展示和生态旅游园区在哪里，他们摇头说不知道。他们只是到这里短期工作的科研人员。他们告诉我，从这山脚，一直向上，到海拔四千多米的高度，都是高山植物保护区。但这些都不重要了，我看见大门正对的山坡，一片溪水漫流的草地上，正盛开着大片紫中泛红的报春花。我知道，这是只在植物志上见过的海仙报春。那几个专搞植物学的人，见我有如此爱好，自然敞开大门任我进园拍摄。报春花科的开花植物在横断山区蔚为大观。据统计全世界共有报春花五百余种，中国占二百九十六种，而横断山区是其主要分布地。我已经在不同的地方拍摄过十数种报春花。海仙报春却只从植物志上识得，在野外，这是第一次遇见。我在这片半沼泽的草地上忙活了两个多小时，盛开的海仙报春之外，还有结了繁密果实的小檗，开白花的粉条儿菜、开紫色花的瓣蕊唐松草。拍得累了，坐在山坡上干燥处休息，头顶的阴云正被高空风急急驱散。隔着树丛，我发现整个丽江坝子展现在眼前。植物园的位置，在丽江坝子的最高处。大地从此铺陈而下，隔着大片牧场，是村庄簇集的田野，田野的尽头，是丽江城，城的尽头，又是一派青翠的隐约远山。

出园子时，去向那几位搞植物研究的人道谢，他们在另一间空荡荡的房子里，围着地上的一盆菜，蹲着吃饭。说趁天晴了，赶紧吃了饭好上山去观察点开始工作。

本来准备去雪嵩村，那是今天在丽江有大名声的美国人洛克早年在丽江四处搜罗野生植物，再转而研究当地文化时主要的居住地。但在路上吃过午餐，休息一阵，天气又变化了。天上的雨云迅速聚集，继而雷声隆隆。正好在丽江有不认识的人相约见面，通过当地朋友介绍觉得不够稳妥，又托了北京的朋友来说。于是，临时改变计划，回丽江城。

被邀到一家书店楼上喝茶。普洱，还有滇红。约我见面的是丽江市教育局局长李国良，一位精干女士，以前是当地中学的历史教师。书店经理也是一个爱书懂书的人。他和李国良想必已经了解过我的爱好，说从书库里清出一套老书要送给我。

书搬来，一大纸箱。

书名叫《云南史料丛刊》，楚图南隶书题签，共十三卷，十六开本，每卷都在八百页上下，一千五六百万字。云南大学出版社2001年出版。

当下迫不及待，抽出一本，是第十二卷，翻开目录，就有川滇藏

丽江记

区和丽江当地史料，名列其间。如清人余庆远的《维西见闻纪》，魏源《圣武记·国朝抚绥西藏记》和《丽江木氏宦谱记》，都是与丽江相关的重要史料。得此厚礼，欣喜异常。但我得稳住情绪，先问他们有何事相托。李国良说，想请我写一篇关于丽江的文章。我笑，说有关丽江的文章，已有泛滥之嫌。她正色说，丽江市政府一直希望有一篇写丽江的文章，可以编入中小学教材，从我的微博上看到我要来丽江，所以……我笑说，我这是自投罗网。但丽江的千头万绪，如何写起，还适合中小学生阅读？真是个难题。我只答应这些天会认真考虑，并依依不舍，把书放回箱中。这也是不愿无功受禄的表示。

不想，第二天早上，就收到书店经理短信，说这箱书，已从邮局寄往我在成都的工作单位了。就觉得，这篇文章是非写不可了，如何着手，依然心下茫然。

吃完晚饭，到四方街，逛丽江古城，各种旅游商店林林总总，游人簇拥。最多的是酒吧。大酒吧里歌声、电子节拍器声和鼓声交相激发；小酒吧清静雅致，窗里烛光幽幽，窗外是穿行古城的渠水，倒映着灯火，光彩迷离。这是今天游客们的丽江。很多小资的网上或纸上文字，都津津乐道他们对丽江的新定义：艳遇之都。

那么，那些一夜两夜三四夜的情场游戏就是从那灯火迷离或歌声鼓声相互激发的地方开始发生的吧。

那么，经过那些地方，也正是与一些正在萌发的艳遇错肩而过了吧。

散步毕，回古城外的酒店，夜读丽江。

所带的书是《纳西族与藏族历史关系研究》。著作者杨福泉先生。

他是纳西族，历史学博士，就职于云南省社会科学院。2009年，在拉萨参加一个有关藏族史诗《格萨尔》的学术会议，得以相识，并蒙他见赠此书。当时就读过一遍，对他所下的扎实功夫留有深刻印象。这次带了这本书到丽江来细读，相信会得到更多的启发。

◇　玉龙雪山和九子海

早餐时，特意坐到饭厅外的露台上。

为的是，这样可以看到玉龙雪山。

先有雾，雪山不可见。但很快，阳光就驱散了雾气。目光越过几道覆着青瓦的屋脊和几株大树，其中一株山玉兰正在开花。隔着这些树，玉龙雪山晶莹的雪峰就耸立在蓝空下面。主峰下有一道陡峭的绝壁，当地人叫作扇子陡。

约瑟夫·洛克的巨著《中国西南古纳西王国》写到了玉龙雪山："最南端的高峰是最高峰，高耸于整个丽江坝子之上，它称为扇子陡，是因为它的有皱褶的表面，即顶峰下铺开的雪山山脊，像是一把直竖着的打开的扇子。"

其实，约瑟夫·洛克在学术上是个半路出家的人，但这并不妨碍他的行文非常学术体，非常冷静。

其后，一个叫顾彼得的俄国人也来到丽江，并在此度过了整个40年代。这个人也留下了一本书《被遗忘的王国》。

顾彼得在书中也写到了玉龙雪山，文笔具有相当的抒情性。

"我下马凝视这天堂的景色，气候温和，空气芳香，带着一股从耸立在坝子上的大雪山传来的清新气息。扇子陡峰在夕阳中闪烁，仿佛耀眼的白色羽毛在顶上挥舞。那上面风暴怒号，雪花漫卷，仿佛帽中绒花。下面却一切平静。一片片的树丛，红的桃花，白的梨花，和羽毛般的竹林相互点缀。而这一切都隐蔽在分散的小村落里白色或橘黄色的房屋背后。"

这一切，正跟我当下从一家酒店的露台上看见的情景相仿佛。

我多吃了一片面包，还多喝了半杯牛奶，就是为了去到那座雪山。

开几十公里汽车，然后在一片云杉林里换乘高山缆车。缆车升到半空，掠过高大的云杉树梢，掠过杉树间那些林间草地，掠过从山上奔泻而下的飞珠溅玉的溪流。下方的树变得低矮了，变成了杜鹃树丛，伏地柏的树丛。然后，是高山草甸，然后，草也消失，变成了滚滚的闪烁着金属光泽的砾石。砾石滩上方，是陡峭的岩壁。然后，闪闪发光的冰川在岩壁的顶端出现。在这些陡壁上方，出现了一个平台，缆车停下。现在，我们已经站在玉龙雪山上了。但不是它的顶峰，而是在肩头上。那些表面堆积着灰色岩石碎屑的冰川上方，才是扇子陡的绝壁。绝壁上方，是这座雪山晶莹剔透的冰雪冠冕。洛克所描绘的扇子陡绝壁上一道道遒劲的皱褶，被斜射的阳光勾勒得更加清晰遒劲。

同行的当地朋友自然觉得有责任向我介绍些有关这座山的神话传说，我谢绝了。我就想来看一座拔地而起雄踞于蓝空下的山，看一座沉默无言的山本身，而不想多听那些把山人格化或者神格化的传说。

把满世界都弄得充满种种神灵的世界观早已让我厌倦。借众多的神灵统治人类意识形态的世界早就失去生机。而不信神的人把对自然本真的认识转托于某种虚无的神灵，情形就更是不堪。

有一个永远停留在珠穆朗玛峰的登山者曾经说："山就在那里。"是的，山就在那里，我只要看见山，看见冰、雪和岩石直接构成的雄伟庄严。

游客开始蜂拥而来的时候，我们已经踏上归程。缆车上，我一直在注视，注视那些融化的冰川水，如何丝丝缕缕地垂下悬崖，如何在悬崖下汇成溪流，如何在草甸间，在杜鹃树丛中曲折蜿蜒而相互汇集、壮大，很快变成白浪飞溅的小河，在云杉林中奔腾而下。

很快，我们就在山谷中稀疏的松树点缀的草地上了。

草地上，鸡肉参、鸟足兰正在开放。接下来，似乎该下山，回丽江城中休息了。可我还是意犹未尽，想再四处走走，也许会遇见未曾遭逢过的什么奇花异木，特别是一些久闻其名，却未得一见的美丽植物。这样的意外之喜，前一天就遇到过一回。那天上老君山，去看杜鹃，下雨，除了些黄杯杜鹃，大部分杜鹃花期已过，心中难免失望。但下山路将尽时，却见路边林前草地上，星星点点，有白色的光点闪烁。赶紧下车。是闻名许久，却未能在野外亲见的象牙参！

陪同的李国良局长说，其实她已安排了一个新去处——九子海。她说，那里的海子边，有更多的报春花。我这个常在青藏高原，在横断山区行走的人，这些年，除了文化考察，对于高山上美丽的野生的开花植物有了越来越浓厚的兴趣。于是，便欣然前往。离开景区公路，一条崎岖的公路在一道浅而平坦的山谷中蜿蜒。那是另一种地理面貌。从玉龙雪山上奔流而下的水流不知道在什么时候从什么地方消失了，山谷两边的缓坡上尽是裸露的石灰岩。疏密不一的栎树林就生长在这些岩石中间。栎树林下，开放着好几种植株并不高大的杜鹃。准确认识的只有一种，白色花瓣的长蕊杜鹃。不一会儿，栎树林和山谷到了尽头，山路随山坡猛然下跌，然后，那个美丽的山间盆地出现在眼前。

在干旱的四围环山中，这个叫作九子海的山间小盆地滋润、肥沃、碧绿，而且宁静。草甸和农田间，还有两个小湖泊亮光闪闪。九子海，顾名思义，是说这山间小盆地有九个湖泊，但这些年，云南省旱情严重。这里的湖泊也因缺水而大多干涸了。

公路几经盘旋，我们终于从半山下到了盆地的底部。

盆地的边上，是一个安安静静的村庄。

先看到村支书不在家。支书的女人出来招呼。两位陪同的朋友去张罗一顿乡土风味的午饭。我自己去这小盆地中四处转悠。我看到，刚才消失不见的水又出现了。从山坡与盆地相交的岩缝间，甚至就直接从平展的草地下冒出来，汇集成溪流，在盆地中蜿蜒。一个个泉，一条条溪，老百姓说，都是来自玉龙雪山的融雪水。只不过，流到半山，就钻到地底下，又在九子海这个小盆地中露出头来。一个老乡说，你跟水走，走到落水洞那里，就又不见了。我便跟着蜿蜒的水流，穿过那些开满报春花的草地，直到盆地东南方，果然，水流从那里突然跌入一个空洞，又一次从眼前消失不见了。这样的洞，当地人称为落水洞。老乡说，这一股水，从地下一直奔向丽江城，重新现身处就是城边的黑龙潭。黑龙潭被人工渠引到老城，冲洗四方街，并流经古城百户千家门前。

而现在，我只看见水流在跌入深洞，消失不见。我不是地质学家，不敢断定这水就是在黑龙潭露头的那一股，但我愿意相信那位牧牛老乡的话，相信就是这水在丽江古城被巧妙应用，滋养了自然而美丽亲水的生活。

看了水回去，我穿过报春花盛开的草甸。准确地说，是灯台报春

丽江记

225

盛开的草甸。在好多地方，我都看见过这种美丽的报春花。可是，就在一个村落边上，就在庄稼地边的湿地里，开得如此繁密，如此众多的报春花，却从未得见。

等到有人来招呼我吃饭时，我手上，身上已因为凑近拍摄而沾满了这种报春花特有的白粉。

那真是一顿好饭。那么鲜美的野菌。那么粗粝又饱含植物本香的荞麦饭。坐在屋檐下吃得都有些撑了，这才抬头看见，大门两边的壁上张贴着好几张报春花图片。除了眼下正盛开的灯台报春和橘红灯台报春，还有另外几种。主人说，这些花都是会在这片草甸上渐次开放的品种。主人还说，这些图片都是常来这里的和博士拍了张贴在这里的。主人引我看一张照片。那是许多人，站在一个阴天的天空下，在九子海的草甸中央，在许多盛开的报春花中间，身后张开一个条幅，上面有报春花节的字样。这使我产生了特别的兴趣。坐下来，细细向主人打听。

不想，李国良局长说，她认识这位和爱军博士。和博士是丽江当地的纳西人，大学毕业后成为专业的植物学研究者，曾在日本攻读博士，主要研究方向就是横断山区蔚为大观的报春花科植物。学成后，和博士没有留在条件优越的日本，而是回到故乡丽江，在当地从事植物研究与保护工作。这个报春花节，也是他所组织的激发公众关注自然生态，特别是当地珍贵野生植物资源保护的活动之一。

李国良问我要不要认识这个人。我当然高兴有机会向这样的专家请教。她当即打了电话。她说，和博士正在拉市海边，不过会马上放下手头的事情赶来这里。拉市海距九子海好几十公里。我说不必来了，其实，也不太相信和博士真会前来。

饭后，我们继续走向报春花盛开的原野。

那片紫红色与白色花相间的原野，真让人流连忘返！

紫红色花当然是报春。白色花是草玉梅，和更多的我尚不知种名的银莲花。草甸就这样红白相间着，一直铺展到远山跟前。在一个小湖边，我还看到了长柄象牙参的黄色花倒映在如镜的水面。用了不同的镜头一阵狂拍后，相机电池快耗尽了。我还舍不得离开，便坐在一面小湖边继续观赏这自然奇观。

这时，和博士来了。

大家没有太客气。热爱同一种事物的人，接触起来用不着过分的客套。我们立即切入主题。我向他请教此地报春比别处更加繁盛的原因。和博士说，通常的观点认为，野生环境中的植物不宜受到人为扰动。但据他对九子海报春的多年实地观察，适度的人类活动——人的直接活动和间接活动（畜养的牲畜在草地中的不断穿行），其实有助于这些植物相互传粉与种子的传播。只是这种人为扰动，什么样程度算是合适，还不能有一个量化的指标，这有赖于更长期的观测研究。

和爱军博士告诉我，他正力主促成在九子海建立一个"世界报春花园"，集野生报春花品种研究、保护、驯化，以及旅游观赏于一体。过几天，我回到家，和博士把他即将出版的关于在九子海建立"世界报春花园"的研究报告发到我信箱，使我拜读到他基于可持续发展理论、生态建设理论和生物多样性理论对此所作的详尽的可行性论证。特别是其中报春花属植物在丽江地区的种群分布情形的介绍，使我这个高山植物的业余爱好者受益良多。

丽江记

来丽江前，春天，因为我小说英文版的出版去伦敦，曾抽空去那里的皇家植物园参观。看到好多种标明出自喜马拉雅山区的报春花正在园中盛开。也听本国植物学家说过外国植物学家来横断山区采集野生植物标本与种子的故事。其中一个叫威尔逊的人，他就采集过很多中国横断山区的植物到英国驯化。关于此人，有一个故事跟报春花有关。跟前面说过的海仙报春很近似的另一种报春叫香海仙报春，在英语中据说就是威尔逊以他新生女儿的名字命名的。中国那么多的美丽植物，自古以来，生长在荒野中，花开花落，自生自灭，大多数都未经科学认定，要等外国人来命名来发现。今天，这种情形已经随着中国人科学意识的觉醒、现代教育的普及、国力的增长而渐有改观。

于是，才有和爱军博士这样的人出现，以科学的方式，重新认识自己的乡土，检视自然环境，并努力寻求以科学方式建设乡土的可能与机会。

◇ 雪嵩村

该去雪嵩村了。

这当然是因为一个人——约瑟夫·洛克。

他于 1922 年到达，1949 年最终离开，这二十七年间，雪嵩村是洛克在丽江的根据地。他从这里出发，四处探险。

这个野心勃勃的人，是在 20 世纪初探险家们掀起的对中国西南部的探险热潮中来到丽江的。

这些探险者中，有一种叫作植物猎人。在中国人对自己国土上丰富多样的植物资源的价值还毫无意识的时候，这些人到来了。他们深入边僻，上高山，下深谷，疯狂采集植物标本和种子，带回自己的国家，丰富健全植物学体系，驯化中国原野中自开自落的野花，装点他们越来越美丽的花园。

在洛克之前，已经有法国人特拉佛、杜各洛、叔里欧、孟培伊，英国人弗瑞斯特、金顿、爱德华、安德烈，奥地利人韩马吉，美国人喜纳特等相继进入玉龙雪山周围攫取植物资源了。其中，英国人弗瑞斯特和金顿的考察据点也在雪嵩村。这些西方人，来自那些创立了现代主权国家法律体系的国度，包括洛克在内，却没有任何人想过这样的行为是否侵犯了另外一个国家的主权。

洛克来中国前是夏威夷大学的植物学教授。1922 年，他被美国农业部聘为农业考察员，来到中国。那时的中国内地，军阀混战，在中央政府力不能及的边疆地带，不同民族的地方豪酋、不同的宗教势力彼此明争暗斗，用洛克的话说，"中国唯一永恒的东西是混乱"。

但外国人却依着自己的计划按部就班。

洛克最初的行动，就是花着美国农业部的钱，以雪嵩村为根据地，在玉龙雪山中，以及玉龙雪山以西以北更广大的地区进行植物标本和种子的采集。美国人萨顿为洛克所作的传记中提到，仅1928年4月到9月，不到半年时间，他从雪嵩村出发，经泸沽湖，到达康巴藏区的四川木里，再由此深入到贡嘎岭腹地。返程时，就带回几千件植物标本，外加各种飞禽标本七百余件。同时，他还测绘了这些地区的地图，并拍摄大量照片。动植物标本到了美国农业部，地图和照片到了美国国家地理协会。

因为地图与照片，他同时被美国国家地理协会聘用，以国家地理探险队员的名义四处探询。他不无得意地说："大多数探险者满足于对特定地区作匆匆忙忙的考察"，"而笔者并非如此。我花了12年的时间对云南、西康和与此毗连的纳西人居住区域进行了全面考察"。

这个地域相当广大，以今天的区域划分论，云南丽江地区之外，他还到过云南省的中甸藏族自治州、四川省凉山彝族自治州的木里藏族自治县、甘孜藏族自治州和西藏自治区的昌都地区。其实，他的足迹远不止于此，1924年至1928年间，他还三次到达今甘肃省甘南州的夏河县一带，在那里，洛克以当地著名的卓尼土司客人的面目出现。而且，他还更向西，进入青海，考察了靠近黄河源头的阿尼玛卿山地区。

当他相继结束了与美国农业部和美国《国家地理》杂志的聘用关

系后，已经失去了经济来源。但洛克没有返回美国，而是以一个纳西文化研究者的身份继续停留在丽江，停留在雪嵩村。这时，他不再采集植物标本，也不再为《国家地理》杂志写作，而是专心于对纳西文化的研究与写作。对洛克生平深有研究的萨顿说，在这一时期，"他的著作包括了纳西族的历史、对纳西族宗教仪式的描述和对手抄本（东巴经书）的翻译。经历整 10 年（1935—1945）的工作，他完成了研究纳西族历史的书稿，出版了好几本东巴教仪式的书，并一起编入了他内容丰富的绝世之作《纳西语—英语百科词典》"。

洛克自己也乐于提及这段经历："当我住在过去纳西王国的首府丽江之时，我获得了所有重要的碑文拓片，拍摄了纳西首领的家谱和珍贵的手稿，以及可以追溯到唐代和宋代的祖传遗物，此外，我还收集了 4000 多本纳西象形文手稿。其中的许多手稿具有历史价值，其他不少手稿是纳西人的宗教文献，它们与西藏佛教前的苯教有关。"

洛克在 1944 年离开丽江。以前他也曾短暂离开这里回到过美国，但这一次，他好像不会回来了，因为他在丽江搜集的所有学术资料和所写的著作都被尽数运走。美国军方知道他对喜马拉雅东段和横断山脉南端接合部的地理有相当细致的了解。而这一带正是中国抗日战争后期，美国援华物资进入中国的驼峰航线飞越的地区。所以，美国军方召他到华盛顿，在美军地图供给部参与驼峰航线的地图绘制。

洛克先期飞往华盛顿，他所有学术资料装上了军舰，横渡太平洋。非常不幸，这艘军舰被一艘日军潜艇的鱼雷击中，洛克积累了二十多年的关于丽江纳西族以及周围其他民族地方资料，随军舰一起沉入了太平洋。其中还有他《纳西语—英语百科词典》的全部手稿。这个打击使洛克曾打算自杀来结束生命。这时，他已经六十岁了，不可能再去从事壮年时代的探险，而且，他后期对纳西文化的研究是没有机构资助的，他已经为此耗尽了全部积蓄。

他的传奇经历在美国本就受人关注，痛失资料与作品手稿的遭遇更激起了一些人的同情。正是在同情者的帮助下，他的《中国西南古纳西王国》一书得以在哈佛大学出版社出版。同时，他的同情者还为他争取到新的资助，使他可以重返丽江去重新撰写《纳西语—英语百科词典》。这使得他在"二战"结束后的 1946 年 9 月又重返丽江。这一次，他又在雪嵩村工作了三年。直到他的面部神经痛使得他不能吞咽固体食物，才不得不飞回美国接受手术治疗。但他在术后马上返回了丽江。这时，中国的"解放战争"大局已定，最后，他不得不乘美国领事馆派来的飞机离开了雪嵩村。这一离开，就是永远。

1962 年，一生未婚的洛克死于夏威夷家中。

死后一年，《纳西语—英语百科词典》第一卷在意大利罗马出版。而该书的第二卷，到十年后的 1972 年才正式出版。

以后人们才逐渐认识到，这是一部不朽巨著，"一部涉及纳西族宗教及源于泯灭的古代纳西语言文化的词典"。

其实，洛克的研究工作，很早就受到关心中国西南问题人士的关注。1929 年，藏汉混血的刘曼卿女士，主动向国民政府请缨，去拉萨向十三世达赖喇嘛和西藏地方政府传达中央政府改善中央与西藏关系的意愿。并借此机会也广泛考察了川滇藏接合部的社会情况，归来后写成《康藏轺征》一书。此行中，刘女士也到了丽江，并留下了关于洛克研究纳西古文字的记录："丽江乃滇省迤西之重镇，在清为府，今则改为县矣。其民族非汉非藏，亦非百子，乃另一民族也……有象形文一种曰东巴文，现不用以纪事，但书于木剑之上，悬之门首，用以禳祷祛邪而已。有美国络约瑟其人者，曾久留是地，研究此文，称为文中最古者。"这位络约瑟就是洛克，刘女士文中是错植文字，还是当地人就这么称呼约瑟夫·洛克的呢？这已经不得而知了。中国从来都是有明白人的，但中国的明白人总是太少，明白人的声音也总是很少被人听得明白。

至今，我没有得到过这部巨著在中国出版的讯息，但我很高兴，在丽江，纳西族朋友们送给我《中国西南古纳西王国》一书的中译本。翻译者名单中，就有我熟悉的纳西族朋友。

所以，我一定要到雪嵩村看看。

洛克自己在书中两处写到过雪嵩村，不是写他在村中的生活，而是简明而客观的关于雪嵩村地理位置的描述。

一处说："雪嵩村位于丽江坝子西北部的尽头，刚好就在雪山山脚，它的海拔是 9400 英尺（2865 米）。由于它离雪山近，所以当我勘察云南西北部和西康时，它总是我的总部所在地，我就是从这个村子出发去金沙江峡谷和北地的。"

一处又说："该村名叫嗯鲁肯，约有 100 户人家。汉语称之为雪嵩村。"

今天的雪嵩村很僻静，少有游客光临。在村中找到洛克客居多年的那所房屋时，院门上挂着锁，但门上也插着一个纸牌，上面说要参观洛克旧居，请打电话，并留有一个手机号码。打通电话才十来分钟，一个清瘦的老人就来替我们打开了这个并不宽敞的院子。院子里栽着些花木，兰草芍药之类，都不在花期。这是一座"凹"字形的建筑，主体是正中间的两层小楼。洛克的卧室兼工作室在二楼。房子里还陈列着当年的木制家具，掌管着这所房子钥匙的老者说，这些家具都是按照洛克的要求，由当时村中最好的工匠打造的。老者是洛克房东家的近亲。他说，真正的房东家人都不在雪嵩村了。从洛克居室的窗户往下看，正是楼下的安静院落。楼下左厢的几间房打通了，成为一个小型陈列室，最主要的展品，是洛克拍摄的地理与人物照片。相当部分，已经在有关洛克的出版物中看到过了。

晚上，在丽江城中读一些同时代的人关于洛克的文字。

一则文字，见于美国记者埃德加·斯诺的记录。就是那位后来写下《红星照耀中国》的斯诺。那时，他刚刚进入中国不久，从上海出发，经越南到达昆明，再经昆明去缅甸。在昆明他遇到洛克，并与洛克的马帮同行一段。在大理，两人分手，洛克继续向西北的丽江进发，而斯诺转而向南，去往缅甸。斯诺这一行，不断撰写旅行见闻，寄回美国在纽约《太阳报》发表。这些文字，后来结集成《马帮旅行》一书，在中国出版。

必须指出的是，那时的斯诺也是在中国西南进行探险旅行的西方冒险者中的一员，他在自己的文章中写到了促使他进行这种旅行的动机："当然，我想到马可·波罗沿着他的路线横贯中亚这一古老的诱惑，偷偷地爬上了我的心头。"于是，从云南昆明到缅甸的马帮旅行，"已经成为我的决定，我的雄心壮志"。

进一步刺激他真正踏上这条马帮之路的，是他在上海遇到了一个叫罗斯福上校的人。"西奥多·罗斯福和克米特·罗斯福带领他们的探险队到中国西部去搜捕大熊猫，而结果大熊猫是在云南境内被他们射杀的（笔者注：斯诺所记有误，罗斯福探险队射杀大熊猫是在四川岷山山区）。"

"罗斯福上校在上海时我见过，而且作了两次长谈。"

"他说他们在急风暴雪的高原上扎营，顺着溜索横越扬子江，用临时扎起来的木筏横渡湄公河。他说有一次差一点碰上土匪……他还谈到在四川捉到金丝猴，在云南捉到羚羊。他生动地描绘了马帮生活，描绘了翻越崇山峻岭、穿过密林的长途跋涉。听起来真够味。他的证词使我感到满足，我所需要的正是这样的旅行。"

当然，斯诺也读到了洛克发表在《国家地理》杂志上的文章。他说，"约瑟夫·洛克博士在美国《国家地理》杂志上发表的文章非常有意思，特别是那些照片"。

看来，那时候能往各自的国家带去描绘中国西部的文字，或者带去动植物资源的外国人生活得都相当不错。斯诺在书中抱怨，"我手下除了一名四川厨师外一个人也没有"。

他之所以这样抱怨，是和洛克博士相比较。

"洛克博士受哈佛植物园和美国农业部的派遣，经费充裕，能够雇用一队马帮里面大部分马匹供他个人使用，他也没有不易与当地人联系的困难，他从西方带来他自己的马夫。他有十名纳西族人同行，他们对山路十分熟悉，而且对他忠心耿耿。

"洛克习惯于野外生活，他的种种巧妙的设备，可以帮助一个孤寂的漫游者忘却自己已经远离家室，远离亲人，远离美味佳肴。他有许多天才的发明，如折叠椅、折叠桌、折叠浴缸、热水瓶，等等。无怪乎他所到之处，当地人敬畏之余无不把他看作一位外国的王爷。我本人能厕身于他的侍从人员之中也深感庆幸。

"唯一的不幸就是到了大理府他就要把我扔下，率队北上，只消再花六天工夫，就可以到达丽江，而我却还要折腾一个月左右才到得了缅甸。"

萨顿在她的洛克传中就指出，洛克能如此长时间停留丽江，除了他冒险的天性，以及越来越强烈的对纳西文化的痴迷，其实还有另外的原因，因为唯有在中国丽江，"能过上他异想天开的、有权有势的豪奢的生活，除了置身于遥远的异邦，除了生活在'次等'民族中间，哪里还有他理想的归宿呢？"

也有很多文字描述过这个人的自负与傲慢，记得藏学家任乃强在某本书中也说，他曾在康定见到过正在着手测量四川藏区最高峰贡嘎山高度的洛克。而这位美国佬留给任先生的也不是什么好印象，也是因为他的目空一切，因为他的傲慢。想查查任先生当年的文字，便在家中书房到处翻寻，一时却找不到这本书了。不意间，却翻出另一本小书来，和斯诺那本《马帮旅行》同时编入云南人民出版社的"旧版书系"丛书，叫作《雪山·圣湖·喇嘛庙》，书中所收文章分别发表于1939年和1940年。作者李霖灿。李先生那时任职于抗战中迁移到昆明的国立艺专。国立艺专为研究边疆艺术，设立丽江工作站，李先生在那里工作时，周游过玉龙雪山周围，及与丽江相邻的泸沽湖与中甸（如今已更名为香格里拉）藏区。除这本旅行记类的文字外，李先生还有《麽些（今称纳西）象形文字字典》、《麽些经典译注九种》和《金沙江情歌》等专著出版存世。

李霖灿在关于泸沽湖（永宁）的文字中写到了洛克与这个地方少数民族总管阿云山的友谊，让我们又得见洛克身上深具人情的另一面。李霖灿去到泸沽湖时，这位深孚众望的阿云山已经去世。但他还是记述下阿云山救助洛克的一个故事。前文说过，洛克曾深入康巴藏区的贡嘎岭地区探险考察。"那年西康稻城县的贡嘎岭匪人作乱，声言要洗劫永宁并且要吃洋人肉。因为洛克博士到贡嘎岭探险后，不幸当地落了大冰雹，打伤了许多人畜，贡嘎岭的强人说这全是洋人来了冲犯了山神，所以必欲得之而甘心"。那时，洛克正待在永宁的泸沽湖上，阿云山得知这一消息，连夜把洛克送到金沙江边，并动员江边的藏人纳西人中会水的"蛙人"，用羊皮浮囊"革囊渡江"，将其送回丽江。

据说，这是阿云山一生离开泸沽湖两次中的一次。

而李先生刚到泸沽湖第三天，洛克也前后脚来到了泸沽湖上的永宁总管家的寨中。

"原来是那一阵子日本人进攻云南西部，腾冲、保山都有失守的谣言，于是把这位老人家吓得赶快奔来泸沽湖避难。湖山无恙，故人已逝，那两棵他手植的尤加利树苗早已高可参天。洛克博士一进山门便用他那老态龙钟的手一再抚摩树干，手背上的皱纹和尤加利树树干的光滑相映成趣。我忘不了那老头子泫然欲泣的凄怆表情。我更忘不了那天总管夫人盛装盈盈相迎阶前，两人相对无语，好一会儿，老博士含着眼泪强作微笑送上许多礼物，总管夫人依当地风俗褰裙为礼之后即泣不可抑重返佛堂，传出话来，连嘱尽量招待这位不远千里而来的丈夫生前好友，自己却整日尽在小小佛殿内哭泣诵经。"

"洛克博士一两天都不大开口说话，只是终日绕室徘徊，尤其是好到岛尾小阜上亭子间去独自徘徊,因为这是他当日的书房……一天,他得了信,知道滇西的危机已过,就又起程转回丽江去了。"

洛克走后,李霖灿发现他在那小亭子间左壁上留下一段英文文字。李先生将其翻译了,也记在文中。洛克写道:"若说这是我最后一次来看泸沽湖,我说这话时心中实在是十分难过,然而一个人年纪如此,不这么说又怎么说呢?……泸沽湖依然是美丽动人,但由于没有了我的老朋友阿云山,我是在这里住也住不下去了,我只能心有余恨地在这里向泸沽湖山告别。"

在我所见过的洛克留下的照片中,身材高大,神态沉稳的阿云山似乎也是他拍摄最多的一个人物。

在洛克的经历中,除阿云山外,他与木里王子,以及更北到甘肃地界的卓尼土司,都有超乎一般的深厚关系。如果不是如此,只是靠几个雇来的纳西勇士护卫,他能长居各族豪强各自割据称雄一方,兼有兵匪不时为乱的动荡不已的中国边疆,并能在植物学、地理人文考察和纳西文化研究方面均取得巨大成就,似乎就是一件不可思议的奇迹了。

◇ 藏族人在丽江

在丽江，纳西族朋友知道了我的藏族族别，便常从他们口中听到一句话：藏族是大哥，白族是二哥。有时，这句话还有另一种表达：汉族是大哥，藏族是二哥。我不是那种听了这样的话民族自尊心就得到放大的人，但我还是充分感受到今天人们美好的情意。

从人口数上讲，纳西是一个小民族。总人口三十余万。

历史上，纳西族就在今天丽江所在的金沙江中流地带扎下根来，繁衍生息，却又在吐蕃、南诏和唐王朝几大势力相互争战角逐的缝隙间艰难周旋。那时，青藏高原上吐蕃国崛起，除了在甘肃四川一线与唐王朝时战时和，长期对峙，也从青藏高原东南顺势而下，图谋云南。兵锋所指，进入纳西人生息的地域。公元 680 年，吐蕃在所征服的纳西（作者注：古籍中写为"麽些"）设神川都督府。史载，今丽江古城北边金沙江上有铁桥一座，为吐蕃人所建，并设有专门的职官铁桥节度，镇守这个东向云南的交通要点。那时，麽些人地域的盐池之利是吐蕃占领这一地区的最重要原因。藏族史诗《格萨尔》，以描述格萨尔开国的四大战役最为著名。其中一战，叫姜岭大战，起因与目的，就是争夺盐池之利。姜是纳西人的王国；岭，则是金沙江和黄河上游的藏族王国。如今，学术界的观点，一般认为这场战争即是曲折反映当年吐蕃对金沙江中游的战争。百多年后的公元 794 年，早前与吐蕃结盟拒唐的南诏王异牟寻背叛吐蕃，联合唐朝驻四川的剑南节度使韦皋夹攻吐蕃，攻破吐蕃在铁桥以东的十数个城垒，吐蕃军队败退，今丽江大部地区变为南诏的势力范围。异牟寻断铁桥，以绝吐蕃东进之要道。而此时的吐蕃已因外来佛教与本土宗教苯教之争和王室权力斗争而日渐衰落，再也无力东顾了。公元842年，吐蕃支持苯教的国王朗达玛被一个佛教徒刺杀，吐蕃王朝崩溃。这段历史，在汉藏史籍中都有明确记载。

而有宋一代，这一地区的历史却少见于文献记载。

宋太宗举玉斧在地图上顺着大渡河一画，便把中国西南部画出了中国之外，所以，文化发达的宋代汉文典籍在历朝历代中关于中国西南部地区的记载最少。而吐蕃崩溃后，青藏高原上的藏族人也进入了最黑暗的历史阶段，自己的疆域早已分崩离析自顾不暇，更遑论去张望宽广的外部世界了。其典籍中当然也少了关于外部世界的文字。也许正是在这样一段历史的真空中，纳西人在这片土地上获得了休养生息的宝贵时机。

元代，公元1253年，忽必烈沿横断山区南下，在丽江境内的金沙江上"革囊渡江"，征服大理国。当时统辖丽江一带的纳西人头领麦良审时度势，率人往金沙江渡中迎接忽必烈，因此被封为元朝的"管民官"。

到明代，他们重新出现在世界面前时，已经是另外一番模样了。

世代统治纳西地区的麦良之后，摇身一变成为明朝册封的土司，并由洪武皇帝赐姓为木。这便是明清两朝统辖丽江数百年的木氏土司家族。我在丽江时，CCTV正在黄金时段播出依据木氏土司家族史敷衍出的长篇电视剧集。丽江古城中的木氏土司府也重新修筑完毕，成为一个热闹的旅游景点。

有明一代，木氏土司倾心向化，主动学习吸纳汉文化，在云南土司中，以木氏家族接受汉文化最早。史籍载称："云南诸土司，知诗书，好礼守义，以丽江木氏为首。"几代土司"以文藻自振，声驰士林"，其中尤以木泰、木公、木高、木青、木增和木靖土司诗文成就最高，被后人尊称为木氏六公。

其中，土司木增与中国文人中少有的旅行家徐霞客的交往，就是一段富有文化意味的佳话。

公元 1636 年，五十一岁的徐霞客从江苏江阴出发，开始他一生中最后一次旅行。这也是他历时最长，路程最远的一次旅行。三年后的崇祯十二年正月，徐霞客到达丽江，受到了土司木增的盛情接待。有了木氏土司的支持，徐霞客得以完成他的游记中与丽江相关的篇目《丽江纪略》《法王缘起》和《溯江纪源》等篇目。其《溯江纪源》一文，第一次明确金沙江为长江上源，匡正了过去认为"岷山导江"，以岷江为长江正源的谬误。南中国人享受长江水利几千年，这才有人发现这个非常容易发现的错谬。直到今天，我们一方面要指责洛克们的殖民主义行径，一方面，却又要从学术领域到今天的旅游开发方面，援引他们的"发现"，他们的成果。

其实，从严格的意义上说，徐霞客的文字也算不上专业性的地理考察，其关注地理山川，尤其人文方面往往概而论之，枝蔓粗疏。以《法王缘起》说藏传佛教噶玛巴一派为例，也多属道听途说而已。即便如此，这在中国传统文人中，已属于凤毛麟角，以至于今天的我们也无从求全责备了。

徐霞客居停丽江期间，还为土司木增修订编校汉文书稿，指导木增之子的汉文写作。

而我更关心的，其实是这个时候的纳西族与曾经统治过这一地区的藏族人是一个什么样的关系。换句话说，吐蕃王朝崩溃后，藏文化在丽江还有遗存吗？如果在这一地区还有着藏文化的存在，又是以什么样的方式存在的？在哪些方面产生着影响？

我发现，有明一代，藏族宗教文化在丽江地区有着广泛的存在。

明代的木氏土司，因为其倾心向化，更因为明朝中央将丽江一带视为固之"可以筹云南"的重要边塞要地，而对纳西族的木氏势力大力扶持，以木氏家族的稳固统治作为稳固西南边疆的重要依凭。明代人的著作中说："西北吐蕃，以丽江、永宁为扼塞。"这一地理要点，被视为云南"三要"之一。"视此三要，足以筹云南矣。"此时的藏族地区，却陷于教派首领与地方土酋各自割据争雄的分裂状态，得到明朝中央强力支持的木氏家族并不以固守丽江为满足，趁此良机向西北部的藏族地区大举扩张。"明初，裂吐蕃二十三支，分属沿边郡邑，以土官辖之，丽江控制古宗（笔者注：彼时对今中甸一带藏人的称呼）。"木氏家族因势利导，将今天云南中甸，四川巴塘、理塘、西藏芒康、盐井一带藏区，都纳入其统治之下。木氏家族不仅派兵镇守，派土官辖制，还向这些地区大规模移民。今天的中甸、盐井和巴塘等地还有当年移民部落的后裔与当地藏民共同生存。

这样的扩张，自然与这些地方藏族部落的地方豪酋产生难以调和的激烈冲突。史载木氏家族在相邻藏区用兵达三十多次。在此情形下，在藏区崛起的藏传佛教的噶玛噶举一派，被木氏家族视为统治藏区与笼络藏族上层势力的手段，而有意引入了丽江地区。不仅在藏区统治尽量争取这一教派的支持，还邀请该教派历代活佛到丽江传法，兴建寺庙。

这种策略也是与明朝在藏区"多封众建"藏传佛教各教派首领为三大法王，以抑制世俗政治势力的政策相因应。明朝册封为"大宝法王"一系的噶玛噶举派在前藏地区和与丽江相邻的康巴地区有最大的影响。所以，木氏家族历代土司特别重视与该教派发展关系。明正德十一年——公元 1516 年后，木氏土司邀请到该派黑帽系八世活佛弥觉多杰到丽江弘法。

徐霞客在其游记《法王缘起》一节中，就写道："丽江北至必烈界，几两月程。又两月，西北至大宝法王。"

"法王曾至丽江。"

弥觉多杰到丽江事，也见于藏文典籍，只是文字更注意记载法王受到的欢迎场面与得到的财物供养。文中说法王到达丽江，盛大的欢迎仪式后，"法王被请上轿子……一同前往木天王王宫大殿……一同步入宫殿上的金宝座，随僧或坐次座，或坐下座。座前均设饰以金花纹精雕细画的方桌。继而，向法王敬茶，恭献珠宝、绸缎等一百件礼物。之后，敬献各种食物饭菜，举行盛宴。其后，姜结布（笔者注：藏语中对木氏土司称号）从库房取出神珠等'轮王七宝'、王妃所用诸饰品一同献上，甚为悃诚，且派人送礼至法王下榻地。次日，复请法王入宫殿款洽如意。姜结布并答应：'自此十三年不发兵西藏，每年选五百童子入藏为僧，且度地建一百寺院云云。'在此以前，姜结布并不信仰佛教，然而从此以后，姜结布对佛教尤其对噶玛教派坚信不疑"。

一百多年后，支持新兴格鲁教派的蒙古人派兵攻入康区和西藏。在西藏失势的噶玛噶举派第十世黑帽系活佛却英多杰到丽江避难。

可见，吐蕃以后的时代，西藏对世界的影响就局限于宗教方面了。而且，这种宗教影响，一方面的确产生于佛教教义的力量，与此同时，宗教作为一种政治势力被利用，也是藏传佛教产生影响的一种现实原因。这一点，不唯在丽江地区如此，早前，蒙古王室对萨迦派的倚重与后来清王室对格鲁教派的扶持，首先都是出于政治格局上的考量。清代皇帝中，乾隆皇帝对藏传佛教信仰颇深，身边便有封为国师的藏人章嘉活佛。但他亲笔撰写的《喇嘛说》一文，即把这种政治考量说得十分清楚直白："若我朝之兴黄教则大不然，盖以蒙古奉佛，最信喇嘛，不可不保护之，以为怀柔之道也。"

丽江木氏土司家族，固然也崇佛至深，但如果没有稳固其新征服藏区统治的打算，要如此倚重厚待噶玛噶举教派，恐怕也是不太可能的。洛克就曾经指出：对丽江的纳西人来说，"宗教活动是一种外在的表面的行为，而不是内在的信仰。他们的婚仪，以前是土著祭司司礼，今天则多半采用道家的仪式。而举行葬礼时，一般请噶玛巴喇嘛和汉传佛教和尚主持。"

但有了如此机缘际会，噶玛噶举一派在藏区以外的丽江产生相当影响也成为一种历史事实。

民国年间，约瑟夫·洛克还对丽江境内的藏传佛教寺庙存留的情形进行过详尽考察。在他的《中国西南古纳西王国》一书中，有专门章节加以记述。当年木氏土司在西来的法王面前要建百座寺庙的发愿是否真的完成已不可考。但到洛克生活在丽江的时代，他还记录下来丽江存有五座噶玛噶举派寺庙的事实。

这五座寺庙是解脱林、指云寺、文峰寺、普济寺和玉峰寺，以及几座小庙。

洛克说解脱林是避难丽江的活佛却英多杰所建。建庙的地址是木氏家族以前的刑场。

他记玉峰寺有这样的文字："玉峰寺所在的丽江雪山东斜坡，由华山松古老的森林簇拥着，风景优美，寺门前高大的松树围绕着一个美丽的小池塘。寺的进口处已非常颓败，整个建筑和座位上堆聚着几英寸厚的尘埃，证明这些寺里的人并未按教规的要求坐在座位上祈祷诵经。在主要的庙宇的楼上，天花板和地板破败腐朽，如去参观，十分危险。"

那天，我从雪嵩村下山，当地一些纳西族的文化人请我在束河古镇吃饭。其间我打听洛克记录过的这几座寺庙的情形，他们告诉我，至少指云寺还可前往一观。一位先生，是刚卸任的一座纳西文化博物馆的馆长。他告诉我，他小时候，就是在指云寺大殿改建的教室中接受的中学教育。也正是因为庙宇改建为学校，这座古老的建筑才经历"文革"劫火而得以保全。

隔天，我去指云寺，建筑风格藏汉合璧的指云寺建筑隐在一片苍老的柏树林中间。大殿前的院中，还植有几百上千年的树龄的梅树。梅树花期已过，健旺的枝头上挂着青色的梅子。殿前廊下，十几个年轻僧人，正在整理专用于寺院的铜质建筑构件。问这些年轻僧人的来处，没有当地人，他们都来自邻近丽江的康巴藏区。寺院的活佛也与他们来自同一个地方。而洛克的文字中，还有遗存的寺庙是由本地的纳西人担任主持活佛。

绕到大殿后面，是高大围墙。央人开了后院门，眼前一小块平旷之地，生长着一些颇有年岁的梨树。梨树林后，是一面陡起的山坡。山坡顶上，一座完全藏式的寺院建筑的主体已耸立在蓝天之下。上面传来清晰的斧凿之声。想见见寺院活佛，说出门去了，不在寺内。一年后，在北京的一个场合，见到了这座寺院的主持仲巴活佛。他没有穿袈裟，显得特别精明干练。人多，话题也多，未能深谈。

谈到宗教上的影响，丽江的朋友说，以纳西人的象形文字为依托的东巴教，无论是教义，还是仪轨方面，也都有着藏族本土宗教的遗存与余响。而且，这种影响是早在吐蕃东扩的时代留下的。但这门学问太过专门，我只得知难而退了。好在，杨福泉先生所著《纳西族与藏族历史关系研究》中有所论述。

而我所关心或者希望发现的那些邈远时代世俗社会里的众生相，民间社会成员间的日常关系，在汉藏文史籍中都不可得见。

◇　顾彼得和他笔下的藏族人

　　我终于在一本叫《被遗忘的王国》的书中，见到了对那些频繁出现在丽江的世俗社会中的藏族的详尽描述。

　　比如以丽江为重要物资集散地的滇藏间茶马古道上西藏马帮的记述。

　　"前头有一阵杂乱的响声——铃子的叮当声、铁器的铿锵声、喊叫声和牲口踩踏声。那是从城里出来的一队藏族马帮。不久，马帮的主人骑着肩宽体壮、粗毛蓬松的矮种马来了。他们是两个藏族绅士，穿着华丽的红色丝绸衬衫和厚实的上衣，腰间系着彩带，头戴绣金宽边帽。

　　"'你们上哪儿去？'我用藏语向他们问候。

　　"'去拉萨。'他们咧嘴说。然后其中一个用漂亮的英语说：'先生，请抽支香烟。'并且递给我一盒菲利普·莫利斯牌香烟。

　　"他们慢慢前进，不一会马帮跟上来了。我们拉马到路边以便马帮通过。藏族马帮不像下关到丽江的白族马帮，他们悠闲地行进，没有猛烈冲撞的危险。骡马进入西藏不驮 140 磅至 180 磅重的驮子，而只驮 80 磅到 100 磅；他们不像白族马帮一样钉马掌以防马在石头路上打滑。藏族马帮一天能走的路程是很短的，20 英里为限。牲口得到很好的照料，总是显得膘肥体壮，养得很好。从丽江经过拉萨到印度卡里姆邦三个月的跋涉，如果要牲口存活下来的话，驮子轻、路程短和饲料充足是必要的。途中没有大道，只有一条要攀登的弯弯曲曲的山路，通过阴暗多石的峡谷，沿着陡峭的大山忽上忽下，涉过咆哮的冰川溪流……

"我们遇到的马帮和任何其他典型的藏族马帮一样。头骡戴着面罩，上面用绿宝石、珊瑚、紫水晶石和小镜子作奢华的装饰，耳边有红色丝带。头骡上有一面三角黄色旗，作绿色锯齿状镶边，暗含的藏语意思为：'丽江—卡里姆邦运输线'。每20匹骡马为一组，由一个步行的藏人看管。这藏人扛着枪，带着一只脖子上套着红色毛织花环的大藏狗。"

无独有偶，这样的马帮，埃德加·斯诺也在昆明到大理的马帮路上遇到过。他的记叙突出了藏族马帮的强悍的一面：

"距离村落不远，我们遇见四十来个西藏人，身材高大，裹着羊皮，穿着手工纺织的黄麻长上衣。他们赶着大约六十头骡子，全都驮着很重的驮子，牲口疲惫不堪，身上沾着泥块。他们人人都带着武器，有的扛着老式的毛瑟枪，有的挎着长剑，插在加工粗糙、嵌有银丝装饰的剑鞘里。他们气概威武，肩膀宽阔，走起路来步子很大，表现出山里人从容不迫的气度。

"我们的人有一个停下来去问路，回来时带回来很有趣的故事。这些西藏人全部都是从拉萨来的，带着礼品送给龙云。他们经过巴塘，沿着云南西部崇山峻岭中的荒凉道路，来到云南府周围的平坝，大约花了六十天时间。他们沿途并没有受到匪徒的袭击。昨天，距离省城昆明只有五十英里了……他们却遭到了五六十个汉人匪帮的袭击，当他们正要进关的时候，那些人冲了下来。

"英勇的西藏人没有逃跑。他们十分愤怒。虽然匪徒人多，但他们据关固守，保护着骡马，以西藏射手的准确性回击。袭击者没有料到会遭遇这样的抵抗，惊慌失措，陷于混乱，大约一半人被打散后四处逃逸。西藏人并不满足于此，他们发起反攻，把土匪逐回山里，共击毙一人，伤俘四人。他们把俘虏押送进村，交给当地驻军长官……就是这一个军官来到围墙外迎接我们，护送我们进入老鸦关。他说如果西藏人把这件事报告给省主席，他肯定要被撤换。"

这也是民国，这也是让今天一些人心醉神迷的"黄金时代"的民国，有"民国范"的民国。

但这不是我的兴趣所在。让我兴奋的是终于在一些文字中看到了普通的世俗的藏族人形象。直到今天，在中国人大部分关于西藏或者藏族人的书写中，总是那些自己就是神的教派领袖与高僧。普通人消失不见，日常的世俗生活消失不见。倒是这些外国人，不受汉藏双方都热衷的权力书写，而注意到了日常生活中，那些更普遍的世俗生活的存在。中国人出于旅游开发的需要，热炒茶马古道这个题材已经十多二十年了，但这样详尽描述茶马古道上流动生活的真实文字，至今不可得见。

所以，今天我们才要感谢斯诺留下这样珍贵的文字，要感谢留下了《被遗忘的王国》一书的作者顾彼得。

顾是俄国人，1901年生，十月革命后随母亲流亡到上海。青年时代，在上海为谋生从事过多种工作。抗日战争爆发后的1939年，他受雇于国际援华组织"中国工业合作社"，先后到四川西部的康定和云南昆明、腾冲等地工作。1939年至1940年间，他游历了四川康巴藏区和凉山彝族区，在凉山彝区认识了带有传奇色彩的彝族土司岭光电。根据这段经历，他写下了《彝族首领》一书。1941年他来到丽江，从事"中国工业合作社"在丽江的组织工作，直到1949年。他曾记述说，他之所以去丽江，是因为在同一组织中工作的同事中，"没有一个汉族愿意到丽江去担任此职"。因为在那些同事眼中，"可以说那个地方在中国之外，是'边远蒙昧之地'"。而他则把在丽江的九年视为他生命中最美好的时光，正是这段经历促使他写了《被遗忘的王国》，而这本书也是今天了解丽江最著名的作品之一。在丽江，随便一个小书摊上都有这本书的存在，约瑟夫·洛克的书也许是太学术了，反倒难得一见——虽然几乎所有到丽江的人都会念叨洛克，洛克。仿佛这是一个咒语，只要念动几声，任何一个肤浅的旅游者，就真正进入了丽江。

如果说洛克这样的人归根到底还是怀着强烈的殖民心态，那么顾彼得完全是怀着帮助中国人的心情来到丽江的。

这是题外话，还是来看顾彼得的书。这个人在当地的炼铁、纺织等传统手工业领域，推广工业合作社这种现代生产组织方式，帮助当地人提高生产组织水平。同时，他深入到当地人的民间生活中，留下了丰富细致的社会生活记录。

他充分注意到在这个古城里频繁出现的藏族人的身影，并在书中有一个专章记述《丽江及其周围地区藏族》。

"丽江的藏族数量可观。"

"他们总喜欢住在离公园不远处横跨丽江河的双石桥附近的房

子里。"

"丽江的藏族社会，人少名声大。"

这些藏族人不是前述传教者建立的多所寺庙里的喇嘛。民国年间，出于信仰同时也出于统治藏区需要而把藏传佛教引入丽江的木氏家族，已经衰微，丽江纳西人对藏传佛教的信仰也相当淡泊了。洛克记述的这些寺庙都已衰败不堪。这时，出现在丽江的藏族人主要是因为贸易而来。

那个时候，"所有的中国沿海都落入日本人之手，缅甸也正在迅速陷落"，中国获得外国援助与商品的滇缅公路被切断，从国家层面讲，驼峰航线的开辟，目的就是从印度往昆明运送美国援华物资。而在民间贸易中，一条完全由马帮承运的贸易通道在喜马拉雅山中兴盛起来。

"藏族商人和其他小商贩组成的大军从冰天雪地的西藏高原下来，进入加尔各答闷热的商场和旅店。订契约、立合同，能用牦牛和骡子运走的东西立即购买。缝纫机、棉布、高级香烟，不管是美国造的还是英国造的，威士忌和名牌杜松子酒，染料、化工品、罐装煤油、梳妆用品和罐头，以及成千上万各种小商品开始汇成一条源源不断的河流，用火车和汽车运到卡里姆邦，迅速包装分发，用马帮运到拉萨。"

"在那里，这股商品流涌进宫殿和喇嘛寺的院子和厅堂，转交给一大群分类工和职业包装工。最不易碎的货物挑出来放到一边，由北路用牦牛运到打箭炉，其他货物打包后运到丽江，特别是到昆明，那里挤满了干渴的美军和英军。为了让商货越过世界上最高的大山，经受风雨和烈日，在山石路上拖拉三个月而能存留下来，商货必须包装精巧而仔细。"

　　"据估计，战争期间所有进入中国的路线被阻时，马帮运输曾使用八千匹骡马和两万头牦牛。几乎每天都有长途马帮到达丽江……这些来往于印度与中国之间的马帮运输规模宏大史无前例。"是的，今天中国知识界突然流行起一种风气，热衷于传说民国年间知识分子的"民国范"，说他们那时短暂的思想与表达自由，以及他们以天下为己任的天下情怀。但没有注意民国知识分子视野的局限，那是中国许多大知识分子云聚于昆明的西南联大等机构的年代。但那些知识分子，有多少人意识到过城外的云南大地，分布着众多非汉族族群的地带是否也是中国？有多少人对这些地方与族群有过道德的学术的关怀？别的学科姑且不论，那时这些人中也有经济学人吧，为什么对这样突然兴旺起来的民间国际贸易情形视而不见？而这样轰轰烈烈的情景，只是在一个外国人笔下才得以被记录，激活我们对于那个时代更全面的记忆。不得不说，今天中国学界的主流，大部分时候，依然自说自话着儒家的天下，而对中国是多民族国家的真正现实视而不见。无论左派还是右派，对边疆地带仍然缺少关怀，缺少体察。

　　而那些从事商贸的藏族人就这样来到丽江。

　　"身居高地的拉萨藏人，不顾路程的遥远，还是喜欢来丽江做生意或度假。藏人都善于旅行，而马帮旅行在那个辽阔的地区只要组织得好，是相当快乐的。"这是今天的国人普遍缺乏的一种能力或精神，即工作，而且能在工作中享受到快乐。

　　商人之外，还有逃避藏地不利处境而在丽江的藏族上层人士。

　　"有一家从拉萨来的出身高贵的藏人在丽江定居。这家人有两个男子，一个女子生个小孩，另外有一队随从。他们温文尔雅，待人相当讲究礼节，处事周到。其中一位先生稍为矮胖，蓄着胡须。他通常穿着一件紫红色短袖束腰上衣，用一根彩带系在腰间。还有一件黄色的丝绸衬衫，这暗示了与一个宗教组织的联系。他的伙伴也是个矮个子。他的头发剪得很短，也留一撮胡须，稍带苦相却非常聪明。他公开地身穿喇嘛服装，但不是普通喇嘛长袍。那个女子高大、白皙，很漂亮。她打扮成出身名门的拉萨女子，穿着传统的彩色丝绸条纹围裙。小孩大约有五岁，是我见过的最好看的藏族男孩。"

原来这两个男人，一个是这个贵族的管家，一个是这个贵族的法师。这个贵族在西藏的权力斗争中失势而被投入监狱，并死在监狱。贵族的管家和法师却带着金银财宝一路逃到丽江，这个靠近西藏，而又在西藏地方政府势力范围之外的地方。"他们定居下来，需要时卖点他们的金子和货物。"

"对于纳西人和其他藏人来说，一个名门藏族家庭出现在他们当中，是非常讨人欢喜的。管家和喇嘛经常应邀赴宴。为报答人家的热情，有一天这两位先生安排了一场宫廷宴会。"

"藏族饭菜没有什么烹饪法而言，由于他们宗教的强加的限制，纯粹的藏族食品是极为单调的。"

"正像英国富人靠雇用法国厨师解决烹饪问题一样，藏族社会靠雇用汉族厨师解决问题。"

不过这一次宴席的厨师是一位姓和的纳西族大妈。顾彼得还详细记述了那次宴会上丰富的菜肴："但凡是丽江能准备的每一道珍贵而高雅的菜都有了。有清炖鸡、油炸鸡和烤鸡，鸭、猪、鱼也做同样的烹饪。""定了多种烈性酒，用金壶银壶大量斟来。"

这样的文字把藏族人还原成跟这个世界上所有的人一样的人，一样可以以日常性的生活化的姿态跟外部世界沟通的人。

顾彼得还记述了一个来自拉萨的藏族青年："那是1946年底，当时战争已成为过去。一个文质彬彬的藏族青年来到丽江。他做豪华的旅行，从加尔各答乘飞机到昆明，从昆明坐私人小汽车到下关。他住在我一个朋友家里，我这位朋友半纳西族半藏族血统。我被及时地介绍给这位有文化的藏人，他身着西装，英语讲得很漂亮，名叫尼玛。"尼玛是某个西藏地方政府官员的秘书，来丽江办事，却和房东家漂亮的女儿发生恋爱。结婚后，这位年轻人带着新婚的纳西族妻子回到拉萨。

这时，日本人已经投降，中国沿海口岸重新开放，以丽江为重要节点的繁盛一时的马帮贸易通道重新归于沉寂。西藏以贸易打开的门户已悄然掩上了。

而经常出现在丽江古城街头的是金沙江两岸的康巴藏人。

他们当中有强盗，有合法的生意人。他们来自不同的地方，有东旺人，有巴塘人，有乡城人，有木里人。"康巴人从来都使其他藏人敬畏和羡慕。男子通常是身材魁梧而貌英俊，女子长得美丽，肤色白皙。"

顾彼得书中还有更多关于与这些康巴人交往的故事，限于篇幅不再摘抄。他不厌其烦所作的这些记录，可以帮助我们打破把藏文化、藏族看成一个固化整体的迷思。他郑重写下这样的文字："外界对藏人的理解通常是：同一祖宗相传的人口，口语和宗教信仰相同，都一致效忠于达赖喇嘛和他的政府。其实不然。西藏分化为许多家族和部落，小王国和领地。"他举了距丽江很近的木里小王国。藏化的"木里王是个蒙古人，他的始祖是忽必烈大军中的一名将军"。而今天，许多人还在对藏区作着顾彼得反对的那种虚假的整体性描述，一些人（包括学者）自然是满足于肤浅的一知半解，而另一些人在今天的国际政治背景下，所作所为却是在建构一种并不存在的藏文化整体性，其目的不言而喻，那就是煽动民族主义，以其作为"藏独"的理论依据。

今天，走在丽江街头，除了偶尔见到一两个身穿袈裟的僧人，顾彼得所描述的那些穿行于街市的个个不同的藏族人已消失不见。也许他们还如我一样，依然出入在丽江街头，但时代已使我们和所有人一样穿上了相同的装束，使用着能与更广大的人群相互沟通的语言，而融会进今天的社会。穿着同样装束的人群在丽江古城中涌动，潮流一般在那些曲折的街巷中回旋。我也希望一些汉族朋友不要自以为是地，把这样的情景叫作汉化。在丽江，也遇到对我说这样荒唐话的人，他脚上穿着耐克鞋，身上穿着奥索卡的冲锋衣，这样的装束与我几乎一模一样，他手里也跟我一样提着日本产相机，背包里背着一部手提电脑。这个朋友辩解说，你不是正在使用汉语吗？我提醒他，更重要的是，我们使用这种语言中所包含的认知方式与价值观。其时，我们正坐在街边的某个酒吧里，我得说，这个情景不是汉化，而是西化或全球化，而不是某种虚无的中国内部一种文化对于另一种文化的胜利。事实是，每一个人都在是某国某族人的前提下，同时也正在变为一个世界人。

我遇到这位朋友的时候，正坐在一个咖啡座里，在苹果电脑上读

丽江记

255

一本新下载的书，叫作《历史的终结》。作者是著名的日裔美国人弗朗西斯·福山。我们也许不同意他冷战结束后，人类文明在社会制度上除了西方民主再无新选项的说法。但全世界的人与社会发展模式，几经优选，确实越来越少选项，而某种文化以多样性的理由而自外于世界潮流而单独存在的可能性越来越小，也是一个不争的事实。

当年，因抗日战争而来的短暂而繁盛的马帮已成过往，顾彼得笔下更世俗化更生动的那些藏族人的群像，还是不时闪现在我眼前。今天马帮来往的茶马古道已湮没于茂林荒草之间。滇藏公路上有一群群年轻的骑游者进入金沙江峡谷，他们中有中国人，也有外国人，他们的目标是拉萨。头顶上，飞机在蓝空下闪烁着光芒。

丽江又一次成为外部世界前往拉萨的一个新起点。

图书在版编目 (CIP) 数据

西高地行记 / 阿来著. — 北京：北京十月文艺出
版社，2023.6
ISBN 978-7-5302-1901-0

Ⅰ. ①西… Ⅱ. ①阿… Ⅲ. ①纪实文学—中国—当代
Ⅳ. ① I25

中国版本图书馆 CIP 数据核字 (2018) 第275013 号

西高地行记
XIGAODI XINGJI
阿来　著

出　　版	北 京 出 版 集 团	
	北京十月文艺出版社	
地　　址	北京北三环中路6 号	
邮　　编	100120	
网　　址	www.bph.com.cn	
发　　行	新经典发行有限公司	
	电话 010-68423599	
经　　销	新华书店	
印　　刷	北京盛通印刷股份有限公司	
版　　次	2023 年6 月第1 版	
印　　次	2023 年9 月第2 次印刷	
开　　本	710 毫米×1000 毫米 1/16	
印　　张	16.5	
字　　数	182 千字	
书　　号	ISBN 978-7-5302-1901-0	
定　　价	58.00 元	

如有印装质量问题，由本社负责调换
质量监督电话 010-58572393